鸿儒经典

词学十讲
词学通论

龙榆生　吴　梅◎著

广陵书社

图书在版编目（CIP）数据

　　词学十讲 / 龙榆生著. 词学通论 / 吴梅著.
扬州 : 广陵书社，2024. 10. -- (鸿儒经典). -- ISBN
978-7-5554-2250-1

　　Ⅰ. I207.23

　　中国国家版本馆CIP数据核字第2024G431S4号

丛 书 名　鸿儒经典

词学十讲　龙榆生　著
词学通论　吴　梅　著

责任编辑　白星飞　　　助理编辑　郭志慧　　　特约编辑　吕春阳
出 版 人　刘　栋　　　装帧设计　鸿儒文轩·末末美书

出版发行　广陵书社
　　　　　扬州市四望亭路 2-4 号　　　　　邮编 : 225001
　　　　　http://www.yzglpub.com　　　E - mail:yzglss@163.com
印　　刷　三河市华东印刷有限公司

开　　本　880mm × 1230mm　　　1/32
字　　数　234 千字
印　　张　11
版　　次　2024 年 10 月第 1 版
印　　次　2024 年 10 月第 1 次印刷
书　　号　ISBN 978-7-5554-2250-1
定　　价　78.00 元

目　录

词学十讲

词学通论

词学十讲

龙榆生 著

第一讲　唐宋歌词的特殊形式和
发展规律

　　词不称"作"而称"填"，因为它要受声律的严格约束，不象散文可以自由抒写。它的每一曲调都有固定形式，而这种特殊形式，是经过音乐的陶冶，在句读和韵位上都得和乐曲的节拍恰相谐会，有它整体的结构，不容任意破坏的。

　　每一曲调的构成，它的轻重缓急和节奏关系，必得和作者所要表达的起伏变化的感情相应。这种"因声以度词，审调以节唱，句度短长之数，声韵平上之差，莫不由之准度"①的歌词形式，原来是古已有的。"由乐以定词，非选词以配乐"，就是我国文学史上所习用的词曲名称，也是从古乐府中所有"操""引""谣""讴""歌""曲""词""调"八种名称中拈取出来的。清人宋翔凤说："宋、元之间，词与

————————
　　①　见《元氏长庆集》卷二十三《乐府古题序》。

曲一也。以文写之则为词，以声度之则为曲。"（《乐府余论》）因为这两种形式都得受曲调的制约，所以在声韵方面都是要特别讲究的。

词和曲的体制既然是由来已久，为什么直到唐宋以后才大量发展成为定式呢？这就得追溯到声律论的发明和它在诗歌上的普遍应用，才能予以充分的说明。梁代沈约早就说过："夫五色相宣，八音协畅，由乎玄黄律吕，各适物宜。欲使宫羽相变，低昂互节，若前有浮声，则后须切响。一简之内，音韵尽殊；两句之中，轻重悉异。"（《宋书》卷六十七《谢灵运传论》）根据这个原则，积累了将近二百年的经验，才完成了"回忌声病、约句准篇"①的唐人所谓近体诗。这种近体诗，本身就富有它的铿锵抑扬的节奏感，音乐性异常浓厚。恰巧我国的音乐，到了这时，也在呈现着融合古今中外、推陈出新、逐步达到最高峰的繁荣景象。这样相挟俱变，推动了燕乐杂曲和长短句歌词的向前发展。据宋人郭茂倩《乐府诗集》卷七十九所标举的《近代曲辞》，表明了"倚声填词"由民间尝试而普遍流行的关键所在。郭茂倩说：

唐武德（唐高祖李渊年号）初，因隋旧制，用九部乐。太宗（李世民）增《高昌乐》，又造《燕乐》而去《礼毕曲》。其著令者十部：一曰《燕乐》，二曰《清商》，三曰《西凉》，四曰《天竺》，五曰《高丽》，六曰《龟兹》，七曰

---

① 见《新唐书》卷二百二《文艺列传（中）》。

《安国》，八曰《疏勒》，九曰《高昌》，十曰《康国》，而总谓之燕乐。声辞繁杂，不可胜纪。凡燕乐诸曲，始于武德、贞观（太宗年号），盛于开元、天宝（明皇李隆基年号）。其著录者十四调、二百二十二曲。

　　这和《旧唐书·音乐志》所称："又自开元以来，歌者杂用胡夷里巷之曲"，都可说明词所依的声究竟是些什么。燕乐诸曲，既然在开元、天宝间就已"声辞繁杂，不可胜纪"，这也说明唐宋间所习用的"曲子词"一直跟着隋唐燕乐的普遍流行而不断发展。民间艺人或失意文士，按照这种新兴曲调的节拍填上歌词，以便配合管弦，递相传唱。在明皇时代就已有了大量的创作，如敦煌所发现的《云谣集杂曲子》，只是仅存的沧海一粟而已。由于无名作者的文学修养不够，对声辞配合也还不能做到恰如其分，因而暂时难以引起诗人们的重视。一般仍多用五、七言近体诗或摘取长篇歌行中的一段，加上虚声，凑合着配上参差复杂的新兴曲调，把来应歌。如王维《送元二使安西》一绝句衍为《渭城曲》或《阳关三叠》，和李峤《汾阴行》中的"山川满目泪沾衣，富贵荣华能几时。不见只今汾水上，惟有年年秋雁飞"。这种过渡办法，大概流行于宫廷宴会和士大夫间。至于市井间的歌唱，必然早已改用了适合"胡夷里巷之曲"的长短句形式。唐中叶诗人，如韦应物、刘禹锡、白居易等，是比较留心民间文艺和新兴乐曲的。他们开始应用新兴曲调依声填词。例如刘禹锡《和乐天春词》：

春去也，多谢洛城人。弱柳从风疑举袂，丛兰浥露似沾巾，独坐亦含嚬。

——《刘梦得外集》卷四

他就在题内说明："依《忆江南》曲拍为句。"这是身负重名的诗人有意依照新兴曲调的节拍来填写长短句歌词的有力证据。但刘禹锡的采用民间歌曲形式，也是分两个步骤来进行的。一个是沿用五、七言近体诗形式，略加变化，仍由唱者杂用虚声，有如《竹枝》《杨柳枝》《浪淘沙》《抛球乐》之类。其《竹枝》引说到：

余来建平，里中儿联歌《竹枝》，吹短笛、击鼓以赴节，歌者扬袂睢舞，以曲多为贤。聆其音，中黄钟之羽，其卒章激讦如吴声，虽伧伫不可分，而含思宛转，有淇濮之艳。昔屈原居沅、湘间，其民迎神，词多鄙陋，乃为作《九歌》。到于今，荆楚鼓舞之。故余亦作《竹枝》词九篇，俾善歌者扬之，附于末，后之聆巴歈，知变风之自焉。

——《刘梦得外集》卷九

从这里可以看出他的学作《竹枝》，还只是揣摩这种民间歌曲的声容态度，而不是依它的节拍，所以要"俾善歌者扬之"，也就是加上虚声以应节的意思。在这基础上进一步索性按着民歌曲拍填写长短句歌词，除上举《忆江南》外，还有《潇湘神》词二首：

湘水流，湘水流，九疑云物至今愁。君问二妃何处所？零陵香草露中秋。

斑竹枝，斑竹枝，泪痕点点寄相思。楚客欲听瑶瑟怨，潇湘深夜月明时。

——《刘梦得文集》卷九

唐代民间歌曲，经过刘、白一类大诗人的赏音重视，解散近体诗的整齐形式以应参差变化的新兴曲调，于是对"句度短长之数、声韵平上之差"越来越讲究了。到了晚唐诗人温庭筠"能逐弦吹之音、为侧艳之词"（《旧唐书》列传卷一百四十下），遂成花间词派之祖。北宋"教坊乐工，每得新腔，必求（柳）永为辞，始行于世"（叶梦得《避暑录话》卷三）。《乐章》一集，遂使"凡有井水饮处，即能歌柳词"（并见前者）。从此，由隋唐燕乐曲调所孳乳浸多的急慢诸曲，以及结合近体诗的声韵安排，因而错综变化作为长短句，以应各种曲拍的小令、长调，也就有如"百花齐放"，呈现着繁荣璀璨之大观了。

由于这类歌曲多流行于市井间，以渐跻于士大夫的歌筵舞席上，作为娱宾遣兴之资，内容是比较贫乏的。从范仲淹、王安石开始，借用这个新兴体制来发抒个人的壮烈抱负，遂开苏轼一派"横放杰出、是曲子中缚不住"①之风。王灼亦称：

---

① 见宋吴曾《能改斋漫录》卷十六引晁补之语。

6

"东坡先生非心醉于音律者，偶尔作歌，指出向上一路，新天下耳目，弄笔者始知自振。"（《碧鸡漫志》卷二）尽管李清照讥笑它是"句读不葺之诗"（宋胡仔《苕溪渔隐丛话后集》卷三十三引），但能使"倚声填词"保持万古常新的光彩，正赖苏、辛（弃疾）一派的大力振奋，不为声律所压倒，这是我们所应特别注意学习的。

第二讲　唐人近体诗和曲子词的演化

　　要学填词，首先要学作所谓近体诗。因为这两者的形式之美，都是利用平仄两类长短不同的字调，两两相间地联缀起来，构成平调与升降调或促调递相使用的高低抑扬的和谐音节，都得把"奇偶相生，轻重相权"八个字作为调整音韵的法则，不过长短句词曲比较更为错综复杂，变化特多而已。

　　近体诗的格式，主要为五、七言绝句和五、七言律诗两种。古有"两句一联，四句一绝"之说。而这四句之中，起承转合，构成一个整体，和我国民间广泛流行的曲调是恰相符合的。律诗例为八句，首尾单行，中间两个对偶，也和另一种流行曲调同其结构。所以这近体诗的组织形式，虽然貌似简单，而在声韵上的调整安排，是和音乐紧密结合，经过无数作者的苦心实践，才逐渐臻于完美，不是偶然的。

　　兹将近体诗的几种定格列举如下：

（一）五言绝句

（1）平起顺黏格：

平平仄仄平（韵），仄仄仄平平（韵）。
仄仄平平仄（句），平平仄仄平（韵）。

例如皇甫冉《婕好怨》：

花枝出建章，凤管发昭阳。
借问承恩者，双蛾几许长？

（2）仄起顺黏格：

仄仄仄平平（韵），平平仄仄平（韵）。
平平平仄仄（句），仄仄仄平平（韵）。

例如卢纶《塞下曲》：

月黑雁飞高，单于夜遁逃。
欲将轻骑逐，大雪满弓刀。

（3）平起偏格：

平平平仄仄（句），仄仄仄平平（韵）。

仄仄平平仄（句），平平仄仄平（韵）。

例如李端《听筝》：

鸣筝金粟柱，素手玉房前。
欲得周郎顾，时时误拂弦。

（4）仄起偏格：

仄仄平平仄（句），平平仄仄平（韵）。
平平平仄仄（句），仄仄仄平平（韵）。

例如李益《江南曲》：

嫁得瞿塘贾，朝朝误妾期。
早知潮有信，嫁与弄潮儿。

（二）七言绝句
（1）平起顺黏格：

平平仄仄仄平平（韵），仄仄平平仄仄平（韵）。
仄仄平平平仄仄（句），平平仄仄仄平平（韵）。

例如王翰《凉州词》：

葡萄美酒夜光杯，欲饮琵琶马上催。
醉卧沙场君莫笑，古来征战几人回！

（2）仄起顺黏格：

仄仄平平仄仄平（韵），平平仄仄仄平平（韵）。
平平仄仄平平仄（句），仄仄平平仄仄平（韵）。

例如刘长卿《送李判官之润州行营》：

万里辞家事鼓鼙，金陵驿路楚云西。
江春不肯留行客，草色青青送马蹄。

（3）平起偏格：

平平仄仄平平仄（句），仄仄平平仄仄平（韵）。
仄仄平平平仄仄（句），平平仄仄仄平平（韵）。

例如杜甫《江南逢李龟年》：

岐王宅里寻常见，崔九堂前几度闻。
正是江南好风景，落花时节又逢君！

（4）仄起偏格：

仄仄平平平仄仄（句），平平仄仄仄平平（韵）。
平平仄仄平平仄（句），仄仄平平仄仄平（韵）。

例如白居易《对酒》：

百岁无多时壮健，一春能几日晴明！
相逢且莫推辞醉，听唱阳关第四声。

在上述八个例子中，五言每句的第一字、七言每句的第一第三两字，一般是可以自由变化的。但变动过多，就得上下相救，如上句既改为"平仄仄平"，下句最好得变成"仄平平仄"之类。五言句的第三第四两字、七言句的第五第六两字，也可以平仄互换，如原该用"平仄仄"，也可以改成"仄平仄"，这也是另一种救法。至于词的格式，随着各个曲调所表现的感情起伏而相与起伏变化，就更错综复杂了。

一般所谓律诗，也只是把绝句的平仄安排重复一次。但中间四句必须运用对偶，使胸腹饱满，符合奇偶相生的法则。这对偶的构成，在词义上要虚实相当，铢两悉称，在字调上却要平仄相反，刚柔相济。兹更举例如下：

（一）五言律诗

（1）平起偏格：

平平平仄仄（句），仄仄仄平平（韵）。
仄仄平平仄（句），平平仄仄平（韵）。
平平平仄仄（句），仄仄仄平平（韵）。
仄仄平平仄（句），平平仄仄平（韵）。

例如孟浩然《过故人庄》：

故人具鸡黍，邀我至田家。
绿树村边合，青山郭外斜。
开轩面场圃，把酒话桑麻。
待到重阳日，还来就菊花。

（2）仄起偏格：

仄仄平平仄（句），平平仄仄平（韵）。
平平平仄仄（句），仄仄仄平平（韵）。
仄仄平平仄（句），平平仄仄平（韵）。
平平平仄仄（句），仄仄仄平平（韵）。

例如骆宾王《在狱咏蝉》：

西陆蝉声唱，南冠客思深。
不堪玄鬓影，来对白头吟。
雾重飞难进，风多响易沉。
无人信高洁，谁为表予心？

（3）平起正格：

平平仄仄平（句），仄仄仄平平（韵）。
仄仄平平仄（句），平平仄仄平（韵）。
平平平仄仄（句），仄仄仄平平（韵）。
仄仄平平仄（句），平平仄仄平（韵）。

例如杜甫《船下夔州郭，宿雨湿，不得上岸，别王十二判官》：
依沙宿舸船，石濑月娟娟。
风起春灯乱，江鸣夜雨悬。
晨钟云岸湿，胜地石堂烟。
柔橹轻鸥外，含情觉汝贤。

（4）仄起正格：

仄仄仄平平（韵），平平仄仄平（韵）。
平平平仄仄（句），仄仄仄平平（韵）。
仄仄平平仄（句），平平仄仄平（韵）。

平平平仄仄（句），仄仄仄平平（韵）。

例如王维《观猎》：

风劲角弓鸣，将军猎渭城。
草枯鹰眼疾，雪尽马蹄轻。
忽过新丰市，还归细柳营。
回看射雕处，千里暮云平。

（二）七言律诗
（1）平起偏格：

平平仄仄平平仄（句），仄仄平平仄仄平（韵）。
仄仄平平平仄仄（句），平平仄仄仄平平（韵）。
平平仄仄平平仄（句），仄仄平平仄仄平（韵）。
仄仄平平平仄仄（句），平平仄仄仄平平（韵）。

例如杜甫《恨别》：

洛城一别三千里，胡骑长驱五六年。
草木变衰行剑外，兵戈阻绝老江边。
思家步月清宵立，忆弟看云白日眠。
闻道河阳近乘胜，司徒急为破幽燕。

（2）仄起偏格：

仄仄平平平仄仄（句），平平仄仄仄平平（韵）。
平平仄仄平平仄（句），仄仄平平仄仄平（韵）。
仄仄平平平仄仄（句），平平仄仄仄平平（韵）。
平平仄仄平平仄（句），仄仄平平仄仄平（韵）。

例如杜甫《闻官军收河南河北》：

剑外忽传收蓟北，初闻涕泪满衣裳。
却看妻子愁何在，漫卷诗书喜欲狂。
白日放歌须纵酒，青春作伴好还乡。
即从巴峡穿巫峡，便下襄阳向洛阳。

（3）平起正格：

平平仄仄仄平平（韵），仄仄平平仄仄平（韵）。
仄仄平平平仄仄（句），平平仄仄仄平平（韵）。
平平仄仄平平仄（句），仄仄平平仄仄平（韵）。
仄仄平平平仄仄（句），平平仄仄仄平平（韵）。

例如杜甫《江村》：

清江一曲抱村流，长夏江村事事幽。

自去自来堂上燕，相亲相近水中鸥。
老妻画纸为棋局，稚子敲针作钓钩。
多病所须唯药物，微躯此外更何求。

（4）仄起正格：

仄仄平平仄仄平（韵），平平仄仄仄平平（韵）。
平平仄仄平平仄（句），仄仄平平仄仄平（韵）。
仄仄平平平仄仄（句），平平仄仄仄平平（韵）。
平平仄仄平平仄（句），仄仄平平仄仄平（韵）。

例如李商隐《马嵬》：

海外徒闻更九州，他生未卜此生休。
空闻虎旅传宵柝，无复鸡人报晓筹。
此日六军同驻马，当时七夕笑牵牛。
如何四纪为天子，不及卢家有莫愁。

上面所列举的格式，都是遵循沈约"一简之内，音韵尽殊；两句之中，轻重悉异"的基本法则而调整建立起来的。它的平仄安排，虽然有些可以自由出入，但得衡量整体的音节关系，务必使它既利于喉吻，又能与所表达的感情起伏恰相适应，才算合乎规矩，达到谐协美听的程度。

我们如能掌握近体诗关于声韵安排的基本法则，并且予以实际锻炼，就会明白怎样运用汉语的不同字调来填写各种不同曲调的歌词，使之和谐悦耳，适合配曲者和歌唱者的要求，进而达到"字正腔圆"的境界。

打破近体律、绝诗的整齐形式，演化成为句读参差、声韵复杂的曲子词，最初还只是就原有句式酌加增减，期与杂曲小令的节拍相应，有如第一讲所曾提到的刘禹锡《忆江南》和《潇湘神》等。此外，如张志和的《渔歌子》：

> 西塞山前白鹭飞，桃花流水鳜鱼肥。青箬笠，绿蓑衣，斜风细雨不须归。

——见《尊前集》

俨然一首七绝，不过破第三句的七言为三言两句，并增一韵而已。又如韩偓的《浣溪沙》：

> 拢鬓新收玉步摇，背灯初解绣裙腰，枕寒衾冷异香焦。深院下关春寂寂，落花和雨夜迢迢，恨情残醉却无聊。

——见《尊前集》

又是一首七律，减去一联；或两首七绝，各减一句；平仄声韵都和近体律、绝没有多大变化。至于北宋词家一般经常使用的《鹧鸪天》：

> 林断山明竹隐墙，乱蝉衰草小池塘。翻空白鸟时时见，照

水红蔹细细香。　　村舍外，古城旁，杖藜徐步转斜阳。殷勤昨夜三更雨，又得浮生一日凉。

——苏轼《东坡乐府》

这又是一首七律，不过破第五句的七言为三言偶句，并增一韵而已。又如《定风波》：

莫听穿林打叶声，何妨吟啸且徐行。竹杖芒鞋轻胜马，谁怕？一蓑烟雨任平生。　　料峭春风吹酒醒，微冷，山头斜照却相迎。回首向来萧瑟处，归去，也无风雨也无晴。

——苏轼《东坡乐府》

俨然两首完整的失黏格七绝，不过上半阕增一个两言短韵句，下半阕增两个两言短韵句而已。

至于《浪淘沙》一曲，唐人原多沿用七绝形式，加虚声以应节拍，例如刘禹锡所作：

日照澄洲江雾开，淘金女伴满江隈。美人首饰侯王印，尽是沙中浪底来。

——《刘宾客文集》

后来演化成为长短句的《浪淘沙》：

帘外雨潺潺，春意阑珊。罗衾不耐五更寒。梦里不知身

19

是客，一晌贪欢。　　独自莫凭栏，无限江山。别时容易见时
难。流水落花春去也，天上人间。

——《李后主词》

在四个七言句子之外，增加了四言四句、五言两句，就变得复
杂多了。但在每句的平仄安排，仍然和绝句没甚差别，不过
上下阕前三句都是句句协韵，表示情感的迫促，至第四句才
用仄收，隔句一协，略转和婉，和七绝情调有所不同而已。

再如《菩萨蛮》：

平林漠漠烟如织，寒山一带伤心碧。暝色入高楼，有人
楼上愁。　　玉阶空伫立，宿鸟归飞急。何处是归程，长亭更
短亭。

——传为李白作，见《唐宋诸贤绝妙词选》

这是混合五、七言绝句形式而加以错综变化，组织成功的。前
后阕都用两句换韵，平仄互转，开首两个七言句的平仄安排又
违反近体诗的惯例，是适宜于表现迫促情绪的。

又如《卜算子》：

缺月挂疏桐，漏断人初静。谁见幽人独往来？缥缈孤鸿影。
惊起却回头，有恨无人省。拣尽寒枝不肯栖，寂寞沙洲冷。

——苏轼《东坡乐府》

这也是参用五、七言近体诗的句式组成的，而两句一联中的平仄安排全部违反近体诗的惯例，并且韵部都得用上、去声，所以和婉之中，微带拗怒，适宜表达高峭郁勃的特殊情调，和《菩萨蛮》显示的声情又有差别。

上面约略举了几个例子，以说明近体诗和曲子词在句式和声韵上的演化关系。这只是就短调小令来讲，至于慢曲长调，那它的变化就更加错综复杂得多了。

谈到慢曲长调，有的原是单独存在的杂曲，有的却从整套大曲中抽出一遍来，配上歌词，独立演唱。王灼就曾说过："凡大曲，就本宫调制引、序、慢、近、令，盖度曲者常态。"（《碧鸡漫志》卷三）例如《水调歌》，据《乐府诗集》卷七十九《近代曲辞》解题："唐曲凡十一叠，前五叠为歌，后六叠为入破，其歌第五叠五言，调声最为怨切。"当时所配歌词，前五叠为七绝四首、五绝一首，后六叠为七绝五首、五绝一首。怎样缀合虚声以应曲拍，以音谱无存，无法考查。至填词所用《水调歌头》，该是摘用《水调歌》前五叠的曲拍，演成下面这种格式：

明月几时有？把酒问青天。不知天上宫阙，今夕是何年？我欲乘风归去，又恐琼楼玉宇，高处不胜寒。起舞弄清影，何似在人间？　转朱阁，低绮户，照无眠。不应有恨，何事长向别时圆？人有悲欢离合，月有阴晴圆缺，此事古难全。但愿人长久，千里共婵娟。

——苏轼《东坡乐府》

这是用三、四、五、六、七言的不同句式混合组成，而以五言为主，副以两个六言偶句。其五言或六言偶句的平仄安排，亦皆违反近体律诗的惯例，它的音节高亢而稍带凄音，殆仍符合"第五叠五言调声最为怨切"的遗响。

又如《梁州》大曲，据王灼称，曾见一本，有二十四段，叫作《凉州排遍》。他说："后世就大曲制词者类皆简省，而管弦家又不肯从首至尾吹弹，甚者学不能尽。"（《碧鸡漫志》卷三）他所见到的《凉州排遍》，大概也就是元稹《琵琶歌》里面所提"梁州大遍最豪嘈"的《梁州大遍》中的一部分。这排遍竟有二十四段之多，而《乐府诗集》卷七十九所载《凉州歌》只存五段，前三段配以七绝二首、五绝一首，后排遍二段，都配上一首七绝。后来有人从其中摘出一两段，演出成为《梁州令叠韵》：

　　田野闲来惯，睡起初惊晓燕。樵青走挂小帘钩，南园昨夜，细雨红芳遍。　　平芜一带烟光浅，过尽南归雁。江云渭树俱远，凭阑送目空肠断。　　好景难常占，过眼韶华如箭。莫教鹈鴂送韶华，多情杨柳，为把长条绊。　　清尊满酌谁为伴？花下提壶劝。何妨醉卧花底，愁容不上春风面。

　　　　　　　　　　——晁补之《晁氏琴趣外篇》卷一

这前两段和后两段的句式和声韵安排完全一样，可能是就原有曲拍截取一、二段制为小令，再在填词时重复一次，所以叫做《梁州令叠韵》。把它和《乐府诗集》所传五段歌词来相对照，这种错综变化是无任何迹象可寻了。

又如《霓裳羽衣曲》，据白居易和元微之《霓裳羽衣舞歌》自注："散序六遍，无拍，故不舞也。中序始有拍，亦名拍序。"又说："《霓裳》曲十二遍而终。凡曲将毕，皆声拍促速，惟《霓裳》之末，长引一声也。"（《白氏长庆集》）从这些话里面，可以推测到唐大曲的一般结构；而这《霓裳羽衣曲》的节奏，恰如白氏此歌所形容："繁音急节十二遍，跳珠撼玉何铿铮！"又称："中序擘騞初入拍，秋竹竿裂春冰坼。"正可推想到这一套最负重名的大曲的声容态度是怎样动人的。南宋音乐家姜夔曾称："于乐工故书中得《商调·霓裳曲》十八阕，皆虚谱无辞。……予不暇尽作，作'中序'一阕，传于世。"他所作的《霓裳中序第一》，其词如下：

> 亭皋正望极，乱落江莲归未得。多病却无气力，况纨扇渐疏，罗衣初索。流光过隙，叹杏梁双燕如客。人何在？一帘淡月，仿佛照颜色。　　幽寂，乱蛩吟壁，动庾信清愁似织。沉思年少浪迹，笛里关山，柳下坊陌。坠红无信息，漫暗水涓涓溜碧。漂零久，而今何意？醉卧酒垆侧。
>
> ——《白石道人歌曲》

细玩姜词的音节，在韵位和平仄的安排上，都使人有"秋竹竿裂春冰坼"的感觉。这些曲词是紧密结合原有曲调的抑扬抗坠，巧妙运用四声字调而组成，非一般近体诗的格律所能概括得了的。

第三讲 选调和选韵

填词既称倚声之学，不但它的句度长短，韵位疏密，必须与所用曲调（一般叫作词牌）的节拍恰相适应，就是歌词所要表达的喜、怒、哀、乐，起伏变化的不同情感，也得与每一曲调的声情恰相谐会，这样才能取得音乐与语言、内容与形式的紧密结合，使听者受其感染，获致"能移我情"的效果。北宋音乐理论家沈括就曾说过："唐人填曲，多咏其曲名，所以哀乐与声，尚相谐会。今人则不复知有声矣！哀声而歌乐词，乐声而歌怨词，故语虽切而不能感动人情，由声与意不相谐故也。"（《梦溪笔谈》卷五《乐律》）"声与意不相谐"，由于填词者对每一曲调的声容不曾作过深入的体味，尤其在词体逐渐脱离音乐不复可歌之后，学者只知按着一定格式任意"填"词，尽管平仄声韵一点儿不差，但最主要的各个曲调原有的声情却被弄反了，那当然是很难感动人心的。譬如《六州歌头》，只适宜于抒写苍凉激越的豪迈感情，如果拿来填上缠绵哀婉、抒写儿女柔情的歌词，那就必然要导致"声与意不相谐"的结果。南宋初期的程大昌就曾提到："《六州歌头》，本鼓吹曲也。近世好事者倚其声为吊古词，如'秦亡草昧，刘项起吞并'者是也。音调悲壮，又以古兴亡事实文之。闻其歌，使人慷慨，良不与艳词同科，诚可喜也。"（《词林纪事》卷九引《演繁露》）这就说明此一曲调的声情是只适宜于表达激越怀抱的。现存宋人作品以贺铸为最早。南宋初期此词填的最多，也恰恰反映了时代特点。兹举贺铸和张孝祥所作各一阕为例。

（一）贺作：

　　少年侠气，交结五都雄。肝胆洞，毛发耸。立谈中，死生同，一诺千金重。推翘勇，矜豪纵，轻盖拥，联飞鞚，斗城东。轰饮酒垆，春色浮寒瓮，吸海垂虹。闲呼鹰嗾犬，白羽摘雕弓，狡穴俄空，乐匆匆。　　似黄粱梦，辞丹凤；明月共，漾孤篷。官冗从，怀倥偬，落尘笼，簿书丛。鹖弁如云众，供粗用，忽奇功。笳鼓动，渔阳弄，思悲翁，不请长缨，系取天骄种，剑吼西风。恨登山临水，手寄七弦桐，目送归鸿。

——《东山乐府》

（二）张作：

　　长淮望断，关塞莽然平。征尘暗，霜风劲，悄边声，黯销凝。追想当年事，殆天数，非人力，洙泗上，弦歌地，亦膻腥。隔水毡乡，落日牛羊下，区脱纵横。看名王宵猎，骑火一川明，笳鼓悲鸣，遣人惊。　念腰间箭，匣中剑，空埃蠹，竟何成！时易失，心徒壮，岁将零。渺神京。干羽方怀远，静烽燧，且休兵。冠盖使，纷驰骛，若为情。闻道中原遗老，常南望、翠葆霓旌。使行人到此，忠愤气填膺，有泪如倾。

——《于湖居士长短句》

从这个词牌的声韵安排上来谈，它连用了大量的三言短句，一气驱使，旋折而下，构成了它的"繁音促节"，恰宜表达紧张急迫激昂慷慨的壮烈情绪。贺铸掌握了这一特点，选用了音色洪亮的"东钟"韵部，更以平、上、去三声互协，几乎句句押韵，增加了它那"繁音促节"的声容之美，恰与作者所要发抒的奇情壮采相称，烘托出一种苍凉郁勃的不平之鸣，和元杂剧家关汉卿《不伏老》北曲散套的气派差相仿佛，是值得我们深入探讨的。张孝祥把这词牌用来抒写个人对南宋初期强敌压境而统治阶级却一味屈辱求和的悲愤感情，改用了清劲的"庚青"韵部，也能显示出本曲的激壮情调，具有强烈的感染力。但他忽略了仄韵部分，对"繁音促节"的声容之美是较欠缺的。和辛弃疾同时的韩元吉，也曾选用过这一词牌来表达个人的柔情别绪：

东风着意，先上小桃枝。红粉腻，娇如醉，倚朱扉。记年时，隐映新妆面，临水岸，春将半，云日暖，斜桥转，夹城西。草软莎平，跋马垂杨渡，玉勒争嘶。认蛾眉凝笑，脸薄拂燕支。绣户曾窥，恨依依。　　共携手处，香如雾，红随步，怨春迟。消瘦损，凭谁问？只花知，泪空垂。旧日堂前燕，和烟雨，又双飞。人自老，春长好，梦佳期。前度刘郎，几许风流地，花也应悲。但茫茫暮霭，目断武陵溪，往事难追。

——《南涧诗馀》

作者只体会到"繁音促节"适宜表现紧促心情的一面，同时也了解到兼协仄韵是可以增加本调的声容之美，他却选用了"萎而不振"的"支思"和"齐微"两部韵，虽然和他所要表达的感情是颇相适应的，但和本调的原有声情却是截然两回事了。

唐宋遗谱，在元明之后，几乎全部失传。敦煌发现的唐写本琵琶谱中还保存了若干曲调，而且标明急曲子的有《胡相问》一曲，标明慢曲子的有《西江月》《心事子》二曲，标明慢曲子和急曲子交递使用的有《倾杯乐》《伊州》二曲。大抵《倾杯乐》和《伊州》是属于成套的大曲，所以一段慢调、一段急调，更替着演奏，借以表达疾徐变化的不同情感。但这个琵琶谱都是有声无辞的，我们还没有办法拿来说明这些曲调的声词配合的关系。除此以外，就只有姜夔的十七支自度曲，旁缀音谱（并见《白石道人歌曲》）；又明人王骥德从文渊阁所藏《乐府浑成》录出小品谱两段（《方诸馆曲律》卷四《杂论》第三十九下），可供探讨。所以，要一一说明唐宋词所用曲调的声情究竟怎样，是有困难的。但就前人遗作予以参互比较，把每一曲调的句度长短、字音轻重、韵位疏密和它的整体结构弄个明白，也就可以仿佛每一曲调的声容，使"哀乐与声，尚相谐会"。例如短调中的《破阵子》，是适宜表达激昂情绪的。举辛弃疾所作《为陈同甫赋壮词以寄之》如下：

> 醉里挑灯看剑，梦回吹角连营。八百里分麾下炙，五十弦翻塞外声，沙场秋点兵。　马作的卢飞快，弓如霹雳弦惊。了却君王天下事，赢得生前身后名，可怜白发生！
>
> ——《稼轩长短句》

我们仔细玩味一下这个调子的声情所以激壮，主要在前后阕的两个七言偶句，正和《满江红》的两个七言偶句性质相近。一般词调内，遇到连用长短相同的句子而作对偶形式的，所有相当地位的字调，如果是平仄相反，那就会显示和婉的声容，相同就要构成拗怒，就等于阴阳不调和，从而演为激越的情调。这关键有显示在句子中间的，也有显示在句末一字的。单就《破阵子》和《满江红》两个曲调，可以窥探出这里面的一些消息。至于苏辛派词人所常使用的《水龙吟》《念奴娇》《贺新郎》《桂枝香》等曲调，所以构成拗怒音节，适宜于表现豪放一类的思想感情，它的关键在于几乎每句都用仄声收脚，而且除《水龙吟》例用上去声韵，声情较为郁勃外，余如《满江红》《念奴娇》《贺新郎》《桂枝香》等，如果用来抒写激壮情感，就必须选用短促的入声韵，才能情与声会，取得"读之使人慷慨"的效果。《满江红》也可改作平韵，姜夔曾在巢湖用为迎神送神的歌曲。列举如下：

仙姥来时，正一望、千顷翠澜。旌旗共、乱云俱下，依约前山。命驾群龙金作轭，相从诸娣玉为冠。（自注：庙中列坐如夫人者十三人。）向夜深、风定悄无人，闻佩环。　　神奇处，君试看。奠淮右，阻江南。遣六丁雷电，别守东关。却笑英雄无好手，一篙春水走曹瞒。又怎知、人在小红楼，帘影间。

——《白石道人歌曲》

作者把许多收脚的字调都改用了平声，就立刻使人感到音节谐婉，富有雍容华贵的情调。此作和岳飞的作品对读，一舒徐而一紧促，风致是绝不相同的了。

短调小令，那些声韵安排大致接近近体律、绝诗而例用平韵的，有如《忆江南》《浣溪沙》《鹧鸪天》《临江仙》《浪淘沙》之类，音节都是相当谐婉的，可以用来表达各种忧乐不同的思想感情，差别只在韵部的适当选用。这里暂不多谈了。

适宜表达轻柔婉转、往复缠绵情绪的长调的，有如：

《满庭芳》：

山抹微云，天黏衰草，画角声断谯门。暂停征棹，聊共饮离尊。多少蓬莱旧事，空回首、烟霭纷纷。斜阳外，寒鸦数点，流水绕孤村。　　销魂。当此际，香囊暗解，罗带轻分，谩赢得、青楼薄幸名存。此去何时见也？襟袖上、空惹啼痕。伤情处，高城望断，灯火已黄昏。

——秦观《淮海居士长短句》

《木兰花慢》：

拆桐花烂漫，乍疏雨，洗清明。正艳杏烧林，缃桃绣野，芳景如屏。倾城，尽寻胜去，骤雕鞍绀幰出郊坰。风暖繁弦脆管，万家竞奏新声。　　盈盈，斗草踏青，人艳冶，递逢迎。向路旁往往，遗簪堕珥，珠翠纵横。欢情，对佳丽地，信金罍罄竭玉山倾。拚却明朝永日，画堂一枕春醒。

——柳永《乐章集》

《凤凰台上忆吹箫》：

香冷金猊，被翻红浪，起来慵自梳头。任宝奁尘满，日上帘钩。生怕离怀别苦，多少事、欲说还休。新来瘦，非干病酒，不是悲秋。　　休休，这回去也，千万遍阳关，也则难留。念武陵人远，烟锁秦楼。惟有楼前流水，应念我、终日凝眸。凝眸处，从今又添，一段新愁。

——《唐宋诸贤绝妙词选》卷十录李清照《漱玉词》

我们只要约略检查一下上面三个长调的声韵组织、平仄安排以及对偶关系，就很清楚地看出它是适宜于表达柔情的。它在结构方面，尽管句度参差，有了许多变化，但在运用声律上，却是牢牢掌握住近体诗的基本法则，从而它所构成的音节也就特别和谐悦耳。当然，由于作者选用各个不同韵部，也就可以表现各类不同情感，然而基本情调却是一致的。

　　适宜表现苍凉郁勃情绪的长调的，有如《摸鱼儿》：

　　更能消、几番风雨，匆匆春又归去。惜春常怕花开早，何况落红无数。春且住。见说道、天涯芳草无归路。怨春不语。算只有殷勤，画檐蛛网，尽日惹飞絮。　　长门事，准拟佳期又误。蛾眉曾有人妒。千金纵买相如赋，脉脉此情谁诉？君莫舞。君不见、玉环飞燕皆尘土。闲愁最苦。休去倚危栏，斜阳正在，烟柳断肠处。

　　——辛弃疾《淳熙己亥，自湖北漕移湖南，同官王正之置酒小山亭，为赋》，见《稼轩长短句》

这个长调的音节用"欲吞还吐"的吞咽式组成。关键在开端就运用一个上三下四的逆挽句式，再加上前后阕又都使用了三言短句，接着一个上三下七的特殊句式，从而呈现着一种低徊往复、掩抑零乱的姿态。韵位安排又是那末忽疏忽密，显示着"欲语情难说出"的哽咽情调，而且必得选用上去声韵部，不能象用入声韵那样可以尽情发泄，使人低吟密咏，大有白居易"幽咽泉流冰下难"（《琵琶行》）之感。填写这长调的作品，最早见于晁补之：

　　买陂塘、旋栽杨柳，依稀淮岸江浦。东皋嘉雨新痕涨，沙觜鹭来鸥聚。堪爱处，最好是、一川夜月光流渚。无人独舞。任翠幄张天，柔茵藉地，酒尽未能去。　　青绫被，莫忆金闺故步，儒冠曾把身误。弓刀千骑成何事？荒了邵平瓜圃。君试觑，满青镜、星星鬓影今如许！功名浪语。便似得班超，封侯万里，归计恐迟暮。

　　　　　　　　——《晁氏琴趣外篇》卷一《东皋寓居》

这情调和辛词基本上是一致的，不过辛词所感更深，情绪也更郁勃。刘熙载说"辛词所本，即无咎（补之字）《摸鱼儿》'买陂塘旋栽杨柳'之波澜"（《艺概》卷四《词曲概》），也只是就它的声容态度上来讲的。

　　短调小令类似上面这种适宜抒写幽咽情调的，有《蝶恋花》《青玉案》等，也都得选用上去声韵部。例如欧阳修的《蝶恋花》：

　　庭院深深深几许？杨柳堆烟，帘幕无重数。玉勒雕鞍游冶处，楼高不见章台路。　　雨横风狂三月暮。门掩黄昏，无计留春住。泪眼问花花不语，乱红飞过秋千去。

　　　　　　　　——《六一词》

又如贺铸的《青玉案》：

　　凌波不过横塘路，但目送，芳尘去。锦瑟年华谁与度？月桥花院，琐窗朱户，只有春知处。　　飞云冉冉蘅皋暮，彩笔新题断肠句。试问闲情都几许？一川烟草，满城风絮，梅子黄时雨。

　　　　　　　　——《东山乐府》

这两个短调所以适宜表达低徊掩抑、哽咽幽怨的感情，是因为全阕除《蝶恋花》的四言句外，整个都用仄声字收脚，这就呈现一种拗怒的声容，也饱含欲吞还吐的情调。举一反三，对选调填词，是倚声家所宜细心体验的。

关于不同韵部表现不同情感，也就是掌握第一讲所提到的"由乎玄黄律吕，各适物宜"的基本法则来灵活运用，上面也曾约略举例说明过了。

那末，究竟各个韵部的性质有什么不同呢？词韵是平声和入声独用，上声和去声同用。清初黄周星论曲，有"三仄更须分上去，两平还要辨阴阳"的说法（见黄著《制曲枝语》）。这在填词时也得予以注意，且待第八讲中再为仔细分析。

词韵的分部，据所传南宋初期菉斐轩刊本《词林韵释》，并以平统上、去，又将入声派入其他三声。有人说是为填写北曲而设。它的韵目如下：

（1）东红　　（2）邦阳　　（3）支时　　（4）齐微
（5）车夫　　（6）皆来　　（7）真文　　（8）寒间
（9）鸾端　　（10）先元　　（11）萧韶　　（12）和何
（13）嘉华　　（14）车邪　　（15）清明　　（16）幽游
（17）金音　　（18）南山　　（19）占炎

把这韵目来和确为北曲而设的《中原音韵》（元高安周德清著）两相比较，还是颇有出入的。周的分部如下：

（1）东钟　　（2）江阳　　（3）支思　　（4）齐微
（5）鱼模　　（6）皆来　　（7）真文　　（8）寒山
（9）桓欢　　（10）先天　　（11）萧豪　　（12）歌戈
（13）家麻　　（14）车遮　　（15）庚青　　（16）尤侯
（17）侵寻　　（18）监咸　　（19）廉纤

这十九部韵的不同性质，据明人王骥德说：

> 各韵为声，亦各不同。如"东钟"之洪，"江阳""皆来""萧豪"之响，"歌戈""家麻"之和，韵之最美听者。"寒山""桓欢""先天"之雅，"庚青"之清，"尤侯"之幽，次之。"齐微"之弱，"鱼模"之混，"真文"之缓，"车遮"之用杂入声，又次之。"支思"之萎而不振，听之令人不爽。至"侵寻""监咸""廉纤"，开之则非其字，闭之则不宜口吻，勿多用可也。
>
> ——《方诸馆曲律》卷三《杂论》第三十九上

他虽是为着唱曲来谈，而且谈得也很笼统，但各韵部的声情不同，确是事实，在填词选韵时也是值得参考的。

明末沈谦另编《词韵》，也分十九部，但平上去并为十四部，每部拈出平上各一字作为韵目，又别立入声韵五部。全目如下：

（1）东董　　（2）江讲　　（3）支纸　　（4）鱼语
（5）佳蟹　　（6）真轸　　（7）元阮　　（8）萧筱

（9）歌哿　　（10）麻马　　（11）庚梗　　（12）尤有

（13）侵寝　　（14）覃感　　（15）屋沃　　（16）觉药

（17）质陌　　（18）物月　　（19）合洽

　　清道光间，吴人戈载又著《词林正韵》，虽比较精密，但也只是把唐韵二百六部合并为平上去十四部、入声五部，基本上还是和沈书相同的。

　　语言随着时代和地域的不同而不断发生变化，韵部也就跟着常有分合，但除《中原音韵》以下的北音系统消灭了入声，和词韵截然殊致外，其他各部还是差别不大的。

第四讲 论句度长短与表情关系

长短句歌词的形式之美，是根据"奇偶相生、轻重相权"的八字法则加以错综变化而构成的。它一方面依照每一曲调的抑扬抗坠的音节，参之以曲中所表感情的起伏动荡而给以妥善的安排；一方面吸收《诗经》《楚辞》以至汉魏六朝乐府诗和唐代各大诗家所创古、近体诗的特殊音节而予以"各适物宜"的调剂；这样取得音乐与语言的密切结合，经过无数诗人与民间艺人的不断实践，使得每一词牌的句式和韵位，都有了它的定型。我们要在有丰富遗产的古典诗词基础上推陈出新，以利新型格律诗和各种戏曲或曲艺唱词的发展，这问题是值得仔细探讨的。

根据个人对唐宋曲子词的学习经验，并以同一类型的词牌的分析比较，乃至同一词牌不同作家作品的对勘，深切感到这一特殊形式，虽然宋元以后已和原有曲调的音乐脱离，以至成为"句读不葺之诗"，但它的句式参差，看来好象非常自由，而实际得受多方面的制约，对表达喜怒哀乐等等不同情感，关系却是十分重大的。

一般说来，每一歌词的句式安排，在音节上总不出和谐与拗怒两种。而这种调节关系，有表现在整阕每个句子中间的，有表现在每个句子的落脚字的。表现在整体结构上的，首先要看它在句式奇偶和句度长短方面怎样配置，其次就看它对每个句末的字调怎样安排，从这上面显示语气的急促和舒徐，声情的激越与和婉。例如第三讲中所举的《六州歌头》，就因为它接连使用三言短句，构成繁音促节，所以适宜表达激昂慷慨的壮烈情感。在小令短调中，有如《钗头凤》：

红酥手，黄滕酒，满城春色宫墙柳。东风恶，欢情薄。一怀愁绪，几年离索。错！错！错！　　春如旧，人空瘦，泪痕红浥鲛绡透。桃花落，闲池阁。山盟虽在，锦书难托。莫！莫！莫！

——陆游《放翁词》

这一曲调，上下阕各叠用四个三言短句，两个四言偶句，一个三字叠句，而且每句都用仄声收脚，尽管全阕四换韵，但不使用平仄互换来取得和婉，却在上半阕以上换入，下半阕以去换入，这就构成整体的拗怒音节，显示一种情急调苦的姿态，是恰宜表达作者当时当地的苦痛心情的。

又如《撼庭秋》：

别来音信千里，恨此情难寄。碧纱秋月，梧桐夜雨，几回无寐。　　楼高目断，天遥云黯，只堪憔悴。念兰堂红烛，心长焰短，向人垂泪。

——晏殊《珠玉词》

这一曲调的组成几乎全部都是用的偶句，而上半阕在开首一个六言偶句之后，接上一个改用逆入的上一下四句式，把冲动的感情勉强拽住，恰如书法家所谓"无垂不缩"的道理，以下接着三个四言偶句，句句仄收，显示一种倔强的情调。下半阕在前后重复运用这个形式中间，只加一个承上领下的去声字（"念"字），使整个音节呈现着一种劲挺的姿势。应用这类的曲调来表达离情，是不会流于软媚的。

推演这类句式的节奏声容，从而构成适宜抒写凄壮郁勃情绪的长调，有如《水龙吟》是最好的范例：

楚天千里清秋，水随天去秋无际。遥岑远目，献愁供恨，玉簪螺髻。落日楼头，断鸿声里，江南游子。把吴钩看了，阑干拍遍，无人会，登临意。　　休说鲈鱼堪脍，尽西风、季鹰归未？求田问舍，怕应羞见，刘郎才气。可惜流年，忧愁风雨，树犹如此！倩何人唤取，红巾翠袖，搵英雄泪？

——辛弃疾《登建康赏心亭》，见《稼轩长短句》

这一长调的整体结构主要是以十七个四言偶句构成，而上下阕各以三个偶句组成一个片段。但从整体上看，又复偶中有奇，俨然如岑参《走马川行》中"轮台九月风夜吼，一川碎石大如斗，随风满地石乱走"那样三句一气联翩直下的变格，和《撼庭秋》的句式配置则完全相同。除了前半阕的句脚字用了两个平声，后半阕又用一个平声，从而使音节略转谐婉外，其余并用仄声收脚。而在前半阕的后段，用了一个"把"字，领下两个四言偶句、两个三言奇句；后半阕的后段，用了一个"倩"字，领下三个四言偶句，结尾更用上一下三的特殊句式，予以逆折顿挫，恰好显示本曲的凄壮郁勃的声容态度。

　　至于多用三言短句构成短调小令，乍看有些和《钗头凤》组织形式相象的，有如《更漏子》：

　　玉炉香，红蜡泪，偏照画堂秋思。眉翠薄，鬓云残，夜长衾枕寒。　　梧桐树，三更雨，不道离情正苦。一叶叶，一声声，空阶滴到明。

——《花间集》辑温庭筠词

这一短调虽然上下阕同样用了四个三言奇句，但落脚则一平一仄更迭使用，韵部亦平仄互转，这就构成和婉音节，情调迥不相同了。

　　连用多数仄声收脚而又杂有特殊句式组成的短调小令，常是显示拗峭劲挺的声情，适宜表达"孤标耸立"和激越不平的情调。例如《好事近》：

春路雨添花，花动一山春色。行到小溪深处，有黄鹂数百。　　飞云当面化龙蛇，夭矫转空碧。醉卧古藤阴下，了不知南北。

——秦观《梦中作》，见《淮海居士长短句》

摇首出红尘，醒醉更无时节。活计绿蓑青笠，惯披霜冲雪。　　晚来风定钓丝闲，上下是新月。千里水天一色，看孤鸿明灭。

——朱敦儒《渔父词》，见《樵歌》

凝碧旧池头，一听管弦凄切。多少梨园声在，总不堪华发。　　杏花无处避春愁，也傍野烟发。惟有御沟声断，似知人呜咽。

——韩元吉《汴京赐宴，闻教坊乐，有感》，见《南涧诗馀》

这一短调的声容所以拗峭激越，主要关键在上下阕除第一句落脚字用平声外，以下连用仄收；而且下半阕的第二句必得使用"仄仄仄平仄"，构成拗怒的音节，两结句又必须用逆入的上一下四句式。全阕必须选用短促的入声韵部，才能使"情与声会"，恰好烘托出上面所举诸例的特定内容。

还有和《撼庭秋》同一类型而和《钗头凤》《好事近》的声容态度差相仿佛的短调，例如《盐角儿》：

开时似雪，谢时似雪，花中奇绝。香非在蕊，香非在萼，骨中香彻。　　占溪风，留溪月，堪羞损、山桃如血。直饶更疏疏淡淡，终有一般情别。

　　　　　——晁补之《亳社观梅》，见《晁氏琴趣外篇》

又如《忆少年》：

无穷官柳，无情画舸，无根行客。南山尚相送，只高城人隔。　　葛画园林溪绀碧，重算来、尽成陈迹。刘郎鬓如此，况桃花颜色！

　　　　　——晁补之《别历下》，见《晁氏琴趣外篇》

这《盐角儿》上半阕的句式和声韵组织，几乎全部和《撼庭秋》的下半阕相同，下半阕虽然开首就用了两个三言对句，而且句脚用了平仄声递收，似乎转入谐婉；但接着连用两个上三下四的特殊句式，直到末了，都用仄声收脚；韵部又选用短促的入声，这就充分显示着拗峭劲挺的激越情调，恰称梅花标格。《忆少年》的上半阕连用三个四言偶句，和《盐角儿》同一机杼；接着又用一个"平平去平仄"的拗句，一个逆入的上一下四句式，它那激越的情调已经充分呈现出来了。下半阕第二句又运用了上三下四的特殊句式；接着又是一个"平平去平仄"的拗句和一个上一下四的顿挫句；加上整个仄声收脚，而且用的都是入声韵，这就构成它那迫切凄厉的声容，恰好表达出作者的万般感慨。

　　至于平仄韵互换，和《更漏子》略相仿佛的单调小令，有如《调笑令》：

> 河汉，河汉，晓挂秋城漫漫。愁人起望相思，江南塞北别
> 离。离别，离别，河汉虽同路绝。
>
> ——韦应物《韦江州集》

> 杨柳，杨柳，日暮白沙渡口。船头江水茫茫，商人少妇断
> 肠。肠断，肠断，鹧鸪夜飞失伴。
>
> ——《乐府诗集》卷七十九《近代曲辞》录王建作

这一曲调，首尾并用两个二言叠句，接着一个六言偶句；中腰
又用两个六言偶句；违反了"奇偶相生"的和谐法则。虽然韵
部平仄略见谐调，取得宛转相应的效果，总的说来，情调是迫
促的。

提到慢曲长调，在音节上呈现拗怒激越声情的，一般更是
多用仄声收脚的四言和六言偶句，杂以二言或三言短句，并押
入声部韵。例如《兰陵王》：

> 柳阴直，烟里丝丝弄碧。隋堤上，曾见几番，拂水飘绵送
> 行色？登临望故国。谁识，京华倦客？长亭路，年来岁去，应
> 折柔条过千尺。　　闲寻旧踪迹。又酒趁哀弦，灯照离席。梨
> 花榆火催寒食。愁一箭风快，半篙波暖，回头迢递便数驿，望
> 人在天北。　　凄恻，恨堆积。渐别浦萦回，津堠岑寂。斜阳
> 冉冉春无极。念月榭携手，露桥闻笛。沉思前事，似梦里，泪

暗滴。

——周邦彦《清真集》

据毛开《樵隐笔录》："绍兴初，都下盛行周清真咏柳《兰陵王慢》，西楼南瓦皆歌之，谓之《渭城三叠》。以周词凡三换头，至末段，声尤激越，惟教坊老笛师能倚之以节歌者。"这《兰陵王》的曲谱，现仍保留于日本，灌有留声机片。我们单就周词的句度安排和声韵组织来试探它的"至末段声尤激越"的原因。在句式上，末段用了一个二言、三个三言短句，又以一个去声"渐"字领两个四言偶句，一个去声"念"字也领两个四言偶句；而在一句之中的平仄安排，又故意违反调声常例，有如"津堠岑寂"的"平去平入"，"月榭携手"的"入去平上"，"似梦里"的"上去上"，"泪暗滴"的"去去入"；又在每句的落脚字，除"渐别浦萦回"独用平声，较为和婉外，其余并用仄收；这就构成它的拗怒音节，显示激越声情，适宜表达苍凉激越的情调。再看它的整体结构。第一段用了一个二言、三个三言短句和三个四言、一个六言偶句，虽然中间参错着一个五言、两个七言奇句，好象符合"奇偶相生"的调整规律，但在句中的平仄安排，却又违反调声常例，有如"拂水飘绵送行色"的"入上平平去平入"，"登临望故国"的"平平去去入"，"应折柔条过千尺"的"平入平平去平入"，又都构成拗怒的音节。第二段用了一个以去声"又"字领两个四言偶句和一个以平声"愁"字领两个四言偶句，虽然参错着两个五言、两个七言奇句，似乎有了"奇偶相生"的谐婉音节，但句中的平仄安排却又违反调声常例，有如"闲寻旧踪迹"的"平平去平入"，"回头迢递便数驿"的"平平平去去去入"，"望人在天北"的"去平去平入"，加上偶句"灯照离席"的"平去平入"，"一箭风快"的"入去平去"，都是一些不能自由变更的拗句。把这三段的声韵组织联系起来，仔细体味，确是越来越紧，充分显示激越声情，和一种软媚的靡靡之音是截然殊致的。

有的慢曲长调，虽然在句度上显示"奇偶相生"之美，但奇句多用逆入式的特殊句法，偶句多用六言句式，而且在句中的平仄安排上又多拗犯，也一样可以构成激越的声情。例如《浪淘沙慢》：

> 晓阴重，霜凋岸草，雾隐城堞。南陌脂车待发，东门帐饮乍阕。正拂面垂杨堪揽结，掩红泪、玉手亲折。念汉浦离鸿去何许？经时信音绝。　　情切，望中地远天阔。向露冷风清无人处，耿耿寒漏咽。嗟万事难忘，唯是轻别。翠樽未竭，凭断云、留取西楼残月。　　罗带光消纹衾叠，连环解、旧香顿歇。怨歌永、琼壶敲尽缺。恨春去、不与人期，弄夜色，空余满地梨花雪。

> ——周邦彦《清真集》

这一长调的句法变化和拗句太多了。有如"掩红泪玉手亲折"（上平去入上平入）是上三下四的拗句；"连环解旧香顿歇"（平平上去平去入）和"恨春去不与人期"（去平去入上平平）是上三下四的平句。又如"正拂面垂杨堪揽结"（去入去平平平上入）是以一领七的平句，"念汉浦离鸿去何许"（去去上平

平去平上）和"向露冷风清无人处"（去去上平平平平去）是
以一领七的拗句，"凭断云留取西楼残月"（平去平平上平平平
入）是上三下六的平句，"怨歌永琼壶敲尽缺"（去平上平平平
去入）是上三下五的平句。这都是一些错综变化的特殊句式。
还有一些拗句，如"雾隐城堞"的"去上平入"，"东门帐饮乍
阕"的"平平去上去入"，"望中地远天阔"的"去平去上平入"，
"耿耿寒漏咽"的"上上平去入"，"唯是轻别"的"平去
平入"，"罗带光消纹衾叠"的"平去平平平平入"，"弄夜色"
的"去去入"，都是构成拗怒音节的主要条件。把这许多拗句
和特殊句式联系起来，取得和谐与拗怒的矛盾的统一。这也就
是王国维所称："读其词者，犹觉拗怒之中，自饶和婉，曼声
促节，繁会相宜，清浊抑扬，辘轳交往。"（《清真先生遗事》）
这一切都是由原有曲调错综变化的节奏来决定的。

　　现在回过头来看看，要构成和婉的音节，在长短句的安排
上，怎样最为适合"奇偶相生、轻重相权"的八字法则？我们首
先就得注意哪些调子是最接近近体诗的形式，哪些是掺杂了其
它不同句式，它的落脚字的平仄又是怎样安排的，就可以推测
到每一音节和婉的曲调，哪种比较适宜抒写缠绵凄艳的感情，
哪种比较适宜抒写雍容华贵的风度，哪种比较适宜抒写波澜壮
阔的襟抱，哪种比较适宜抒写跌荡开扩的胸怀。这一切都得先
仔细体会它们的声容，才可以够得上具备"倚声"的条件。

　　例如以三、五、七言句式构成而又使用平韵的词牌调，音
节是最流美的。前几章中所提到的《忆江南》《浣溪沙》《鹧
鸪天》一类短调，它们的句式都属奇数，而在整体上看，必得

加上一两个对称的句子，这就使参差和整齐取得一种调剂，而使它们的声容态度趋于流丽谐婉。在五、七言近体诗的基础上再加变化，借以增加它的声情之美的，有如下举诸调：

（一）《小重山》：

春到长门春草青。玉阶华露滴，月胧明。东风吹断紫箫声。宫漏促，帘外晓啼莺。　　愁极梦难成。红妆流宿泪，不胜情。手挼裙带绕阶行。思君切，罗幌暗尘生。

——《花间集》辑薛昭蕴词

（二）《南乡子》：

回首乱山横，不见居人只见城。谁似临平山上塔，亭亭，迎客西来送客行。　　归路晚风清，一枕初寒梦不成。今夜残灯斜照处，荧荧，秋雨晴时泪不晴。

——苏轼《东坡乐府·送述古》

（三）《南歌子》：

雨暗初疑夜，风回便报晴。淡云斜照着山明，细草软沙溪路、马蹄轻。　　卯酒醒还困，仙村梦不成。蓝桥何处觅云英？只有多情流水伴人行。

——苏轼《东坡乐府》

（四）《江城子》：

十年生死两茫茫。不思量，自难忘。千里孤坟，无处话凄凉。纵使相逢应不识，尘满面，鬓如霜。　　夜来幽梦忽还乡。小轩窗，正梳妆。相顾无言，惟有泪千行。料得年年肠断处，明月夜，短松岗。

——苏轼《东坡乐府·乙卯正月二十日夜记梦》

上述第一例《小重山》以三、五、七言参错间用，落脚字的平仄也很调匀，就使它的声容极掩抑低徊之致，恰宜表达缠绵悱恻的情感。第二例《南乡子》只是两首失黏格绝句诗的变体，前后阕首句减掉两字，而把它拉移到第三句下面，增多一个韵脚，使音节益趋于完美。第三例《南歌子》前后阕并以两个五言对句和一个七言、一个九言单句组成，由舒徐渐趋急促，末多两字，显得摇曳生姿，有余音袅袅、缠绵不尽之致。第四例《江城子》前后阕并以七、三、三、七、三、三中间夹一个上四下五的九言句式组成，上紧促而下沉咽，又复异其情态。上述四例基本上是属于音节流美的。至于《阮郎归》：

旧香残粉似当初，人情恨不如。一春犹有数行书，秋来书更疏。　　衾凤冷，枕鸳孤，愁肠待酒舒。梦魂纵有也成虚，那堪和梦无！

——晏几道《小山词》

除后阕开端化七言单句为三言对句外，并以七言和五言更迭而成。它在整体上的平仄安排，每句的第二字都用平声，恰和《南乡子》的全用仄声相反，在情调上此较低沉而彼较高亢，所以适用的意境也有所不同。这一短调小令几乎句句押韵，一气紧逼而下，是较宜抒写缠绵低抑情调的。

至于例用平韵而以四言和五言或六言和五、七言混合组成的短调小令，它们的音节态度基本上也是属于流丽谐婉这一类型的。举例如下：

（一）《少年游》：

长安古道马迟迟，高柳乱蝉嘶。夕阳岛外，秋风原上，目断四天垂。　　归云一去无踪迹，何处是前期？狎兴生疏，酒徒萧索，不似去年时。

——柳永《乐章集》

并刀如水，吴盐胜雪，纤手破新橙。锦幄初温，兽香不断，相对坐调笙。　　低声问：向谁行宿？城上已三更。马滑霜浓，不如休去，直是少人行。

——周邦彦《清真集》

（二）《临江仙》：

梦后楼台高锁，酒醒帘幕低垂。去年春恨却来时。落花人独立，微雨燕双飞。　　记得小蘋初见，两重心字罗衣，琵琶弦上说相思。当时明月在，曾照彩云归。

——晏几道《小山词》

夜饮东坡醒复醉，归来仿佛三更。家童鼻息已雷鸣。敲门都不应，倚杖听江声。　　长恨此身非我有，何时忘却营营？夜阑风静縠纹平。小舟从此逝，江海寄余生。

——苏轼《东坡乐府》

这两个短调，虽然句度长短各家略有出入，但都音节谐婉、声情掩抑，对整体的安排是异常匀称的。

接着再来谈谈仄韵短调的句式安排对表达不同情感的关系。例如范仲淹的《渔家傲》和《御街行》：

塞下秋来风景异，衡阳雁去无留意。四面边声连角起。千嶂里，长烟落日孤城闭。　　浊酒一杯家万里，燕然未勒归无计。羌管悠悠霜满地。人不寐，将军白发征夫泪。

——《范文正公诗馀·渔家傲》

纷纷坠叶飘香砌。夜寂静，寒声碎。真珠帘卷玉楼空，天淡银河垂地。年年今夜，月华如练，长是人千里。　　愁肠已断无由醉。酒未到，先成泪。残灯明灭枕头敧，谙尽孤眠滋味。都来此事，眉间心上，无计相回避。

——《范文正公诗馀·御街行》

这《渔家傲》前后阕除一个三言句外，约略相等于一首七言仄韵绝句，在句中的平仄安排是和谐的，而从整体的落脚字来看，音节却是拗怒的。加之句句押韵，显示着情绪的紧张迫促，是适宜于表达兀傲凄壮的爽朗襟怀的。《御街行》则是以三、五、七言的奇句和四、六言的偶句参互组成，看来好象最为适合"奇偶相生"的谐调规律，但前后阕除了中间一个七言句用了平收外，其余全用仄声收脚，这就构成了整体的拗怒多于和谐；而且下半阕连用一个六言、两个四言的偶句直逼而下，才用一个五言单句使劲顿住，这就显示着心胸开阔、英姿飒爽的苍莽气度，便是用来抒写儿女柔情，也绝不至流于软媚的。内容和形式的统一是千姿百态的，即使用的是同一题材，不同形式也能表现不同作者的不同性格。且看李清照的《一剪梅》：

　　红藕香残玉簟秋。轻解罗裳，独上兰舟。云中谁寄锦书来？雁字回时，月满西楼。　　花自飘零水自流。一种相思，两处闲愁。此情无计可消除，才下眉头，却上心头。

——李清照《漱玉词》

这后阕的内容和词汇，不都和范仲淹《御街行》的后阕大致相仿吗？但是我们把来对读，细味两者的音节态度，后一作者的"亦易飘飏于风雨"（刘熙载评韦端己、冯正中诸家词语，见《艺概》卷四《词曲概》）的娇怯性气，不是很容易体味出来的吗？这《一剪梅》用了全部的平声收脚，充分显示着情调的低沉，是没法把它振作起来的。

　　至于慢曲长调，它的句式的错综变化更是多种多样的。怎样构成拗怒的音节？前面已经约略谈到过了。这里且再举几个用平韵构成和谐音节的长调为例，对句式安排上的声情加以分析。

　　极参差错落之致，借以显示摇筋转骨、刚柔相济的声容之美，我觉得《八声甘州》这一长调是最能使人感到回肠荡气的。且把宋人诸名作举例如下：

　　（一）柳永：

　　对潇潇暮雨洒江天，一番洗清秋。渐霜风凄紧，关河冷落，残照当楼。是处红衰绿减，苒苒物华休。惟有长江水，无语东流。　　不忍登高临远，望故乡渺邈，归思难收。叹年来踪迹，何事苦淹留？想佳人、妆楼颙望，误几回、天际识归舟？争知我、倚阑干处，正恁凝愁！

——《乐章集》

　　（二）苏轼：

　　有情风万里卷潮来，无情送潮归。问钱塘江上，西兴浦口，几度斜晖？不用思量今古，俯仰昔人非。谁似东坡老，白首忘机？　　记取西湖西畔，正春山好处，空翠烟霏。算诗人相得，如我与君稀。约他年、东还海道，愿谢公、雅志莫相违。西州路，不应回首，为我沾衣。

——《东坡乐府·寄参寥子》

（三）吴文英：

渺空烟四远，是何年青天坠长星？幻苍崖云树，名娃金屋，残霸宫城。箭径酸风射眼，腻水染花腥。时靸双鸳响，廊叶秋声。　　宫里吴王沉醉，倩五湖倦客，独钓醒醒。问苍天无语，华发奈山青。水涵空、阑干高处，送乱鸦斜日落渔汀。连呼酒、上琴台去，秋与云平。

——《梦窗词集·灵岩陪庾幕诸公游》

上述三人的作品，在句读节奏方面虽然有些出入，而激楚苍凉的情调基本上是一致的。宋人传世之作以柳词为最早，我们要作声律上的分析，当然必须以柳词为标准。且看他是怎样来处理这节奏关系的？开端就用一个去声"对"字，领下一个七言平句和一个五言拗句；接着又用一个去声"渐"字，使劲顶住上面两个单句，领起下面三个四言偶句，而三个四言句中，又以最末一句紧束上面两个对句，就格外显得此词句法和章法如何取得参互和协的声容之美。跟着递用六、五、五、四的句式，错综奇偶，宛转相生，不着一些滞相。过片使用一个六言偶句，作为过脉。接着又用一个去声"望"字顶住上句，领起下面两个四言偶句，构成参差和齐整的调协。再用一个去声"叹"字，把上文加紧束住，并即领起下面一个四言偶句和一个五言单句，对上文折入一步，愈转愈深。跟着换上一个上三下四的特殊句式，挺接一个上三下五的特殊句式，作出回眸却顾的态势，到此千回百折，跌荡生姿。更用逆入的上三下四，并于下四变二二为一三的特殊句式，紧接一个四言平句，总收全局。它的整体结构，是异常谐协的。

至于适宜铺张排比、显示宽宏器宇或雍容气度的慢曲长调，常是多用四言偶句作成对称格局，并于落脚字递换平仄作为谐调音节的主要手段。这该以《沁园春》作为最好范例：

> 叠嶂西驰，万马回旋，众山欲东。正惊湍直下，跳珠倒溅；小桥横截，缺月初弓。老合投闲，天教多事，检校长身十万松。吾庐小，在龙蛇影外，风雨声中。　争先见面重重，看爽气朝来三数峰。似谢家子弟，衣冠磊落；相如庭户，车骑雍容。我觉其间，雄深雅健，如对文章太史公。新堤路，问偃湖何日，烟水蒙蒙？
>
> ——辛弃疾《稼轩长短句·灵山齐庵赋，时筑偃湖未成》

> 何处相逢？登宝钗楼，访铜雀台。唤厨人斫就，东溟鲸脍；围人呈罢，西极龙媒。天下英雄，使君与操，余子谁堪共酒杯？车千两，载燕南赵北，剑客奇才。　饮酣画鼓如雷，谁信被晨鸡轻唤回？叹年光过尽，功名未立；书生老去，机会方来。使李将军，遇高皇帝，万户侯何足道哉？披衣起，但凄凉感旧，慷慨生哀。
>
> ——刘克庄《后村别调·梦孚若》

《沁园春》长调格局恢张，饶有雍容气象。一起首叠用三个四言平收偶句，显示从容不迫的姿势。紧接一个仄声（最好用去声）领字，领起下面四个四言偶句，于严整中取得和谐。跟着又是两个四言对句，紧接一个七言单句，借以展开格局。挺接一个三言短句，再以一个仄声（最好用去声）字领下两个四言对句，于整齐格局中见参差抑扬之美。过片变三个四言偶句为一个六言平句和一个以一领七的特殊句，使得它在换气的地方呈现着骀荡生姿的风致。下面和前阕全部相同。象这类和谐开展的曲调，最宜抒写壮阔襟怀，表现恢宏器宇，因此历来多被豪迈磊落的英雄志士所爱采用。

和《沁园春》的恢张格局约略相近的，还有《风流子》：

木叶亭皋下，重阳近，又是捣衣秋。奈愁入庾肠，老侵潘鬓，漫簪黄菊，花也应羞。楚天晚，白蘋烟尽处，红蓼水边头。芳草有情，夕阳无语，雁横南浦，人倚西楼。 玉容知安否？香笺共锦字，两处悠悠。空恨碧云离合，青鸟沉浮。向风前懊恼，芳心一点，寸眉两叶，禁甚闲愁？情到不堪言处，分付东流。

——张耒《柯山诗馀》

这个曲调的组成，也很符合"奇偶相生"的和谐规律，并见掩抑低徊的恢张局势，但运用对偶不及《沁园春》的疏宕跳脱，所以只能成为缠绵悱恻的凄调。

此外如《忆旧游》《高阳台》一类的长调，亦饶和婉凄抑之音，留待下面再讲，这里就暂不举例了。

第五讲　论韵位安排与表情关系

　　我国诗歌素来是讲究声韵的。韵脚的相谐，一则可使前后呼应，在五音繁会中取得调节的效果；二则表示情感的起伏变化，使得疾徐中节；三则利用收音相同，易于记忆，并引起联想。萧梁刘勰对声韵的作用早就有了精辟的阐明。他说："异音相从谓之和，同声相应谓之韵。"（《文心雕龙》卷七《声律》第三十三）"异音相从"属于句子中间的字调安排问题，必须四声更替使用，才能取得和谐。这是因为"声有飞沉，响有双叠，双声隔字而每舛，叠韵杂句而必睽，沉则响发而断，飞则声飏不还，并辘轳交往，逆鳞相比。"（同上）把每个不同字调安排得当，就可做到"声转于吻，玲玲如振玉；辞靡于耳，累累如贯珠。"（同上）张炎在论"字面"时，也曾提到"词中一个生硬字用不得，须是深加锻炼，字字敲打得响，歌诵妥溜，方为本色语"。（《词源》卷下）我们掌握了这个基本法则，就可以解决句法上的"声病"问题。要想把这些"振玉""贯珠"般的好句联缀起来，发挥绝大的感染力，就得进一步讲究韵位的疏密，怎样才最适宜于调节整体的相互关系，取得辞气与声情的紧密结合，达到思想性和艺术性的统一的顶峰。由于唐宋教坊乐家广泛吸收了当时民间流行的新兴曲子，或者在这些新兴曲子的基础上予以提高或创作，使乐坛上呈现着异样光彩；从而促醒诗人们注意吸取《诗经》《楚辞》以逮汉魏六朝乐府诗与唐代大诗家在古、近体诗上的创格，穷究声韵的变化，以纳入各种新兴曲子中，遂能对韵位的安排极诸变态。大体说来，一般谐婉的曲调，例以隔句或三句一协韵为标准，韵位均匀，又多选用平声韵部的，率多呈现"纤徐为妍"的姿态。小令短调中，有如前面所提到过的《鹧鸪天》《小重山》《定风波》《临江仙》等调皆是。在同一曲调中，凡属句句押韵的一段，声情比较迫促，隔句押韵的所在，即转入缓和。例如《浣溪沙》的上半阕句句押韵，情调较急；下半阕变作两个七言对句，隔句一协，便趋和缓。《鹧鸪天》除开首连押两韵外，皆隔句一协，那就更为从容谐婉了。至于《阮郎归》，则除下半阕变七言单句为三言两句，隔句一协，显示换气处略转舒缓外，余皆句句押韵，一气旋折而下，使人感到情急调苦，凄婉欲绝。例如第四讲中所提到的晏几道《小山词》和下面所列举的两首词：

　　湘天风雨破寒初，深沉庭院虚。丽谯吹罢小单于，迢迢清夜徂。　　乡梦断，旅魂孤，峥嵘岁又除。衡阳犹有雁传书，郴阳和雁无！

——秦观《淮海居士长短句》

　　天边金掌露成霜，云随雁字长。绿杯红袖趁重阳，人情似故乡。　　兰佩紫，菊簪黄，殷勤理旧狂。欲将沉醉换悲凉，清歌莫断肠。

——晏几道《小山乐府》

这三阕同是表达迫促低沉情调，秦作尤为低抑悲苦。除韵位关系外，它那四个五言句子全用"平平平仄平"，平声字在一句中占了五分之四，就更显得情调的低沉，好象杜甫《石壕吏》中"夜久语声绝，如闻泣幽咽"的凄音，和李白《菩萨蛮》的结句"何处是归程？长亭连短亭"是异曲同工的。

　　再看仄韵短调的韵位安排，在原则上是否相同。全阕隔句押韵，每句落脚字平仄互用，从整个音节看来是比较谐婉的，例如《生查子》：

　　坠雨已辞云，流水难归浦。遗恨几时休，心抵秋莲苦。忍泪不能歌，试托哀弦语。弦语愿相逢，知有相逢否？

——晏几道《小山乐府》

　　西津海鹘舟，径渡沧江雨。双橹本无情，鸦轧如人语。挥金陌上郎，化石山头妇。何物系君心，三岁扶床女。

——贺铸《东山乐府》

由于每个句子上下相当的地位都用的仄声，就不免杂着一些拗怒的气氛。所以运用这个调子，除了改上下阕首句为"平平仄仄平"较为和婉外，还是适宜表达婉曲哀怨的感情而带有几分激切意味的。如《卜算子》：

> 我住长江头，君住长江尾。日日思君不见君，共饮长江水。　　此水几时休？此恨何时已？只愿君心似我心，定（这一个是衬字）不负相思意。
>
> ——李之仪《姑溪词》

关于句中平仄和整个韵位安排，两个曲调是一致的。

此外，有如《青门引》：

> 乍暖还轻冷，风雨晚来方定。庭轩寂寞近清明，残花中酒，又是去年病。　　楼头画角风吹醒，入夜重门静。那堪更被明月，隔墙送过秋千影。
>
> ——张先《张子野词》

上下阕前两句皆连协，入后上隔两句、下隔一句才协，前急后徐，化短叹为长吁，别是一种情调。又如《天仙子》：

> 水调数声持酒听，午醉醒来愁未醒。送春春去几时回？临晚镜，伤流景，往事后期空记省。　　沙上并禽池上暝，云破月来花弄影。重重帘幕密遮灯，风不定，人初静，明日落红应

满径。

——张先《张子野词》

你看，这前后阕中，除中间夹了一个七言平收句略为舒展语气，恍如长叹一声外，不都是句句押韵，到末了愈转愈急吗？两个三言对句，拖上一个七言单句，不也是显示伤春伤别，情急调苦的最好范例吗？又如《归田乐》：

试把花期数，便早有感春情绪。看即梅花吐。愿花更不谢，春又长住，只恐花飞又春去。　　花开还不语。问此意年年，春还会否？绛唇青鬓，渐少花前语。对花又记得，旧曾游处，门外垂杨未飘絮。

——晏几道《小山词》

这上半阕只第四、五句隔句一协，下半阕则除最末两句连协外，皆隔句协韵，但只第二句平收，语气略为和婉，余并仄声收脚，不是又在谐婉中夹有掩映低徊、回肠荡气的情调吗？

　　一般说来，句句协韵的，也是韵位过密的，例宜表达激切紧促的思想感情，隔句协韵，也就是韵位均调的，例宜表达低徊掩抑的凄婉情调；后者尤以选用上去声韵部最为适合。我们再看《谒金门》：

风乍起，吹皱一池春水。闲引鸳鸯香径里，手挼红杏蕊。　　斗鸭阑干独倚，碧玉搔头斜坠。终日望君君不至，举头闻鹊喜。

——冯延巳《阳春集》

全阕句句押韵，一句一换一个意思，步步逼紧，不是充分活衬出一个伤春少妇的迫切心情来了吗？

至于一曲之中，平仄韵递换，一般跟着感情的起伏变化为推移。有上下阕四换韵，两句一换，平仄递转的，就是在"辘轳交往"的调声原则上发展而来。例如《菩萨蛮》：

小山重叠金明灭，鬓云欲度香腮雪。懒起画蛾眉，弄妆梳洗迟。　照花前后镜，花面交相映。新帖绣罗襦，双双金鹧鸪。

——温庭筠，见《花间集》

郁孤台下清江水，中间多少行人泪？西北望长安，可怜无数山。　青山遮不住，毕竟东流去。江晚正愁予，山深闻鹧鸪。

——辛弃疾《稼轩长短句·书江西造口壁》

这一曲调的韵位安排，虽然在整体上看来，相当匀称，但两句一转，句句押韵，便表现为繁音促节，先短叹而后长吁。虽然也可用它来表达沉雄豪迈的壮音，而疾徐缓急间的波澜起伏，基调上还是一致的。

和《菩萨蛮》的韵位安排大体相近的还有《虞美人》，也是平仄互换，两句一转：

> 落花已作风前舞，又送黄昏雨。晓来庭院半残红，惟有游
> 丝千丈罥晴空。　　殷勤花下同携手，更尽杯中酒。美人不用
> 敛蛾眉，我亦多情无奈酒阑时！
>
> ——叶梦得《石林词》

又有上下阕平仄韵互换，前紧促而后转舒徐的，当以《清
平乐》为最好的范例：

> 别来春半，触目愁肠断。砌下落梅如雪乱，拂了一身还
> 满。　　雁来音信无凭，路遥归梦难成。离恨恰如春草，更行
> 更远还生。
>
> ——李煜《李后主词》

> 绕床饥鼠，蝙蝠翻灯舞。屋上松风吹急雨，破纸窗间自
> 语。　　平生塞北江南，归来华发苍颜。布被秋宵梦觉，眼前
> 万里江山。
>
> ——《稼轩长短句·独宿博山王氏庵》

上半阕全用仄协，句句押韵，显示情调紧张；下半阕转平，第
三句并改仄收，隔句一协，就显得音节和缓，转作曼声，有缠
绵不尽之致，是短调中最为美听的。

　　还有全阕句句押韵，例用平韵，而于换头处插入两个仄声

短韵，借以加强激越凄怨气氛的，例如《乌夜啼》（又名《相见欢》）：

林花谢了春红，太匆匆！无奈朝来寒雨晚来风！　胭脂泪，相留醉，几时重？自是人生长恨水长东！

——《李后主词》

金陵城上西楼，倚清秋。万里夕阳垂地大江流。　中原乱，簪缨散，几时收？试倩悲风吹泪过扬州。

——朱敦儒《樵歌》

都在换头处添上两个仄韵，把语气一振，增强激动的心情，最末以"如怨如慕、如泣如诉"的九言长句长引一声，也使读者为之凄婉欲绝。

又有全曲韵位安排显得异常匀称，但在上下阕的结句换上一个同部仄声韵的，也有加强气氛的作用，例如《西江月》：

携手看花深径，扶肩待月斜廊。临分少伫已伥伥，此段不堪回想。　欲寄书如天远，难销夜似年长。小窗风雨碎人肠，更在孤舟枕上。

——贺铸《贺方回词》

醉里且贪欢笑，要愁那得工夫？近来始觉古人书，信著全无是处。　昨夜松边醉倒，问松我醉何如？只疑松动要来扶，以手推松曰去！

——《稼轩长短句·遣兴》

长调的韵位安排，由于篇幅愈长，须得铺张排比，有利于开阖变化的格局，那韵位疏密对表情的关系，就更显得重要，也更复杂得多。一般说来，凡是属于音节谐婉的调子，大多数是隔句一协或三句一协，而三句成一片段的格局，又多是用一个单句，一个对句组成。如第三讲所举《满庭芳》中的"山抹微云，天黏衰草，画角声断谯门"是前对后单，《木兰花慢》中的"正艳杏烧林，缃桃绣野，芳景如屏"，和第四讲所举《八声甘州》中的"渐霜风凄紧，关河冷落，残照当楼"也是如此，不过在对句之上加了一个去声领字，每句收尾除《八声甘州》连用两仄较为拗峭外，余皆平仄递收；再和整篇的两句一协统一起来，就显得奇偶相生，饶有夷犹婉转的姿态。如果遇到须押仄韵的长调也是三句成一片段，再安上一个韵位，如第四讲所举《水龙吟》中的"遥岑远目，献愁供恨，玉簪螺髻"三句一协，而且每句都用仄收，就显得格外劲挺，无复婉曲情致。接着"落日楼头，断鸿声里，江南游子"，也是三句一协，因为第一句用了平收，也就略为和婉。接着"把吴钩看了，阑干拍遍，无人会，登临意"，和下半阕的结尾"倩何人唤取，红巾翠袖，揾英雄泪"，虽然前者四句一协，后者三句一协，句法上也有些变化，但每句都用仄收，就构成整体的清壮拗峭的格局，宜于表达豪爽激动的感情。

还有的开端连协，接着隔句一协，仿佛五、七言近体诗押韵方式，它的音节是异常和婉的。例如《风入松》：

> 听风听雨过清明，愁草瘗花铭。楼前绿暗分携路，一丝柳，一寸柔情。料峭春寒中酒，交加晓梦啼莺。　　西园日日扫林亭，依旧赏新晴。黄蜂时扑秋千索，有当时、纤手香凝。惆怅双鸳不到，幽阶一夜苔生。

——吴文英《梦窗词集》

这音节是何等的轻柔婉转，极掩抑低徊之致，是最适宜于表达和婉情调的。再看南宋初期俞国宝描写西湖春色，也是用的这个调子：

> 一春长费买花钱，日日醉湖边。玉骢惯识西湖路，骄嘶过、沽酒楼前。红杏香中箫鼓，绿杨影里秋千。　　暖风十里丽人天，花压鬓云偏。画船载取春归去，余情付、湖水湖烟。明日重扶残醉，来寻陌上花钿。

——《宋词三百首》

象这夷犹淡泟的音节态度，是和风光旖旎的湖上春游恰恰相称的。

和《风入松》这个调子的声容态度有些相近而特显缠绵凄抑情调的，有如《扬州慢》：

> 淮左名都，竹西佳处，解鞍少驻初程。过春风十里，尽荠

麦青青。自胡马、窥江去后，废池乔木，犹厌言兵。渐黄昏，清角吹寒，都在空城。　　杜郎俊赏，算而今、重到须惊。纵豆蔻词工，青楼梦好，难赋深情。二十四桥仍在，波心荡、冷月无声。念桥边红药，年年知为谁生！

　　　　　　　　　　——姜夔《白石道人歌曲》

这上下阕都有三句成一片段处，对声韵上的处理，是和《满庭芳》《木兰花慢》《八声甘州》等调相同的。但整体的句法变化较多，特别显得悲凉掩抑。两结三用平收，更显得凄咽低沉，哀怨无端，充分表露作者的没落心情，只是"无可奈何"的哀音而已。

　　和《扬州慢》的低沉音节有些相近的，例如《高阳台》：

　　接叶巢莺，平波卷絮，断桥斜日归船。能几番游？看花又是明年。东风且伴蔷薇住，到蔷薇、春已堪怜。更凄然，万绿西泠，一抹荒烟。　　当年燕子知何处？但苔深韦曲，草暗斜川。见说新愁，如今也到鸥边。无心再续笙歌梦，掩重门、浅醉闲眠。莫开帘，怕见飞花，怕听啼鹃。

　　　　　　　　　　——张炎《山中白云·西湖春感》

这个长调的韵位安排是合于和婉法则的。但在上下阕的中间和结尾都连用平收，就更显出低沉情调，只适合表现哀怨心情。

　　还有《忆旧游》的声韵安排，也和《扬州慢》《高阳台》大体相象。例如周邦彦所写：

记愁横浅黛，泪洗红铅，门掩秋宵。坠叶惊离思，听寒螀夜泣，乱雨萧萧。凤钗半脱云鬟，窗影烛花摇。渐暗竹敲凉，疏萤照晓，两地魂销。　　迢迢，问音讯，道径底花阴，时认鸣镳。也拟临朱户，叹因郎憔悴，羞见郎招。旧巢更有新燕，杨柳拂河桥。但满眼京尘，东风竟日吹露桃。

——《清真集》

象这类掩抑低沉的情调，是适宜于曼声低唱的。它的韵位安排基本上是取得谐婉的。这上半阕的第二、三句，下半阕的第三、四句和结尾两句，都连用平收，是音节低沉的关键所在。幸而最末用了一个"平平去入平去平"的拗句，把它略为振起，便显得有些生意，不致凄婉欲绝了。

至于韵位相隔太远，如《沁园春》上下阕都有四句成一片段，句末收音有谐有拗，构成一种庄严整肃气象，是最适宜于铺张排比，显示雍容博大器宇的。除在第四讲已经举了辛弃疾和刘克庄各一首示范外，再拈辛作《再到期思卜筑》一首，加以分析：

一水西来，千丈晴虹，十里翠屏。喜草堂经岁，重来杜老；斜川好景，不负渊明。老鹤高飞，一枝投宿，长笑蜗牛戴屋行。平章了，待十分佳处，著个茅亭。　　青山意气峥嵘，似为我、归来妩媚生。解频教花鸟，前歌后舞；更催云水，暮送朝迎。酒圣诗豪，可能无势，我乃而今驾驭卿。清溪上，被山灵却笑，白发归耕。

——《稼轩长短句》

这个长调一开始就连用三个平收的句子，三句成一片段，显得情调有些低沉。可是接着又连用三个仄收的句子，四句成一片段，再在承转处用一个仄声字，领下四个整整齐齐的两联对句，就好象带来行列整肃的两队人马，飞奔上阵，和上面表示出来的前锋队伍互相呼应，军容陡顿振作起来。接着两偶一单，三句成一片段，又化整肃为灵巧。续作阵势变化，前单后偶，也是三句成一片段，显示雍容不迫的气度，是适宜于豪放派作家驰骋笔力的。过片连协两句，显示格局恢张，也使情调骤见紧凑；下面全同上阕，构成整体的壮阔气象。没有宏伟开朗的才略襟抱，是很难运用得恰到好处的。

　　还有韵位相隔过远，要靠善于换气才能掌握它的音节态度，用来表达缠绵委婉而又紧张迫促的心情，也就是运用"潜气内转"的手法来处理这个特种声韵组织，是要用暗劲的。例如《八六子》：

　　倚危亭，恨如芳草，萋萋刬尽还生。念柳外青骢别后，水边红袂分时，怆然暗惊。　　无端天与娉婷，夜月一帘幽梦，春风十里柔情。怎奈向、欢娱渐随流水，素弦声断，翠绡香减，那堪片片飞花弄晚，蒙蒙残雨笼晴。正销凝，黄鹂又啼数声。

——秦观《淮海居士长短句》

这上半阕开端以三字短句起韵，接着两句一协，于谐婉中见紧凑，有人推为"神来之笔"，其实是善于掌握这个曲调的声情关系。接着用一个去声"念"字紧束上文，提领下面两个六言对句和一个四言单句，成一片段。因为末了两句连用平收，骤转低沉，就把末句作成"去平去平"的拗句，使它振起。过片亦紧接一韵，又用两个六言对句，收尾平仄递用，显得和婉中有紧促。接着用"怎奈向"和"那堪"等五个虚字作为转筋换气的关纽，插上一个六言单句，两个四言对句，两个六言对句，一共五句才安上一个韵位，表示情绪的越来越紧，恨不得把千言万语一气吐出。但这紧凑的节奏，非得换气，是唱不下去的，所以这五个虚字也就表示着可使作者便于把握这"潜气内转"的手法。接着一个三言短句，紧跟一个"平平去平去平"的特殊句式，连协两韵，借作收束，使一点痴情骤然惊醒，情景双融，声辞谐会。这艺术手法是值得我们深入体味的。

该用仄韵的长调，一般也多是以隔句押韵或三句一协为准则的。例如《念奴娇》：

大江东去，浪淘尽、千古风流人物。故垒西边，人道是、三国周郎赤壁。乱石穿空，惊涛拍岸，卷起千堆雪。江山如画，一时多少豪杰。　　遥想公瑾当年，小乔初嫁了，雄姿英发。羽扇纶巾，谈笑间、樯橹灰飞烟灭。故国神游，多情应笑我，早生华发。人间如梦，一尊还酹江月。

——《东坡乐府·赤壁怀古》

野棠花落，又匆匆过了，清明时节。划地东风欺客梦，一枕云屏寒怯。曲岸持觞，垂杨系马，此地曾轻别。楼空人去，旧游飞燕能说。　闻道绮陌东头，行人长见，帘底纤纤月。旧恨春江流不尽，新恨云山千叠。料得明朝，尊前重见，镜里花难折。也应惊问，近来多少华发？

——《稼轩长短句·书东流村壁》

这个长调的音节是激越高亢的。它的句读安排一般以辛作为标准。它之所以声情激壮，一由整体韵脚，只上下阕两个四言偶句，一个五言单句，构成一个片段，用了一句平收外，其余全用仄收，就自然显示音节的拗怒；二由所用韵脚，一般选用短促的入声韵部，可使感情尽量发泄，不带含蓄意味。但从整体的韵位安排上来看，是相当匀称的，因此能够取得拗怒与和谐的矛盾的统一，适宜表达激壮慷慨的豪迈感情。它那调名的由来，就是有取于唐明皇时女高音歌唱家念奴足够压倒一切噪音的高调。据王灼说："念奴每执板当席，声出朝霞之上。今大石调《念奴娇》，世以为天宝间所制曲。"（《碧鸡漫志》卷五）这就说明这个长调的声韵安排，是要符合曲调中的高亢音响的。

又如一般豪放派作家所共爱使用的《贺新郎》：

绿树听鹈鴂。更那堪、鹧鸪声住，杜鹃声切。啼到春归无寻处，苦恨芳菲都歇。算未抵、人间离别。马上琵琶关塞黑，更长门翠辇辞金阙。看燕燕，送归妾。　将军百战身名裂，向河梁、回头万里，故人长绝。易水萧萧西风冷，满座衣冠似雪。正壮士、悲歌未彻。啼鸟还知如许恨，料不啼清泪长啼血。谁共我，醉明月？

　　　　　　——《稼轩长短句·别茂嘉十二弟》

　　湛湛长空黑。更那堪、斜风细雨，乱愁如织。老眼平生空四海，赖有高楼百尺。看浩荡、千崖秋色。白发书生神州泪，尽凄凉、不向牛山滴。追往事，去无迹。　　少年自负凌云笔。到而今、春华落尽，满怀萧瑟。常恨世人新意少，爱说南朝狂客，把破帽、年年拈出。若对黄花孤负酒，怕黄花、也笑人岑寂。鸿北去，日西匿。

　　　　　　——刘克庄《后村别调·九日》

这一长调的韵位安排，除上下阕第四韵的单句为全篇筋节①，连协两韵，较为紧促外，余并隔句一协，是合乎谐婉法则的。但全阕无一句不用仄收，而且用的韵部又属短促的入声，因而构成拗怒多于和婉的激越情调。比起《念奴娇》来，此调更适合抒写英雄豪杰激昂奋厉的思想感情。虽然这两个长调在宋人已多改用上去声韵部，一样也适于表达清壮情调，但会略转沉郁一路，和《摸鱼儿》差相仿佛。

　　关于《摸鱼儿》的音节，是属于"吞咽式"②的，已在第

---

① 参阅梁令娴《艺蘅馆词选》丙卷。
② 参阅梁启超《中国韵文里头所表现的情感》，刊于《饮冰室文集》。

三讲中提到过。它所以适宜表达哽咽情调，除了句法上的参差变化安排得很恰当外，它的主要关键，还在上下阕的腰腹，以一个三言短句、一个上三下七的长句和一个四言偶句组成，而且句句协韵，就格外显出一种低徊掩抑、欲吞还吐的特殊情调。例如辛词上阕"春且住。见说道、天涯芳草无归路。怨春不语"和下阕"君莫舞。君不见、玉环飞燕皆尘土。闲愁最苦"等句，就是这个长调的筋节所在。在连协三韵后，跟着把韵位转入疏阔，变为三句一协，便感千回百折，到此倾泻不下，勉为含蓄，构成整体的幽咽情调，是够使作者和读者回肠荡气的。

象这一类型的"近"词，适宜表达抑塞磊落的幽咽情调的，莫过于《祝英台近》：

宝钗分，桃叶渡，烟柳暗南浦。怕上层楼，十日九风雨。断肠点点飞红，都无人管，倩谁劝、流莺声住？　　鬓边觑，试把花卜归期，才簪又重数。罗帐灯昏，哽咽梦中语：是他春带愁来，春归何处？却不解、带将愁去。

——《稼轩长短句·晚春》

采幽香，巡古苑，竹冷翠微路。斗草溪根，沙印小莲步。自怜两鬓清霜，一年寒食，又身在、云山深处。　　昼闲度，因甚天也悭春，轻阴便成雨。绿暗长亭，归梦趁风絮。有情花影阑干，莺声门径，解留我、霎时凝伫。

——吴文英《祝英台近·春日客龟溪》，见《梦窗词集》

这一"近"词的声韵组织，无论从句度长短和韵位安排上，都是煞费经营，极尽奇偶相生、低徊掩抑能事的。上下阕都用上了三个平收的句子，和仄收的句子互相参错，构成刚柔相济的声容之美。而在某些句子中的平仄安排，略作拗怒，有如"烟柳暗南浦""十日九风雨""才簪又重数""哽咽梦中语"等，都作"平仄仄平仄"或"仄仄仄平仄"，在每个句子的中心显示激情，接着换上一个谐婉的四言和六言平句，紧跟情绪的发展，由隔句一协转入三句一协，使在低徊欲绝的情景中，更作千回百折、回肠荡气的怨抑凄调，是最值得深入体味的。

谈到宋代深通音律的作家，如柳永、周邦彦、姜夔等所创作或爱选用的慢曲长调，它的韵位变化跟着外境转换和感情起伏为推移，那就更为复杂得多了。兹更举例略加说明如下：

（一）《长亭怨慢》：

渐吹尽、枝头香絮，是处人家，绿深门户。远浦萦回，暮帆零乱，向何许？阅人多矣，谁得似、长亭树？树若有情时，不会得、青青如此！　　日暮，望高城不见，只见乱山无数。韦郎去也，怎忘得、玉环分付？第一是、早早归来，怕红萼、无人为主。算空有并刀，难剪离愁千缕。

——《白石道人歌曲》

（二）《六丑》：

正单衣试酒，怅客里、光阴虚掷。愿春暂留，春归如过翼，一去无迹。为问花何在？夜来风雨，葬楚宫倾国。钗钿堕处遗香泽。乱点桃蹊，轻翻柳陌。多情更谁追惜？但蜂媒蝶使，时叩窗隔。　东园岑寂，渐蒙笼暗碧。静绕珍丛底，成叹息。长条故惹行客。似牵衣待话，别情无极。残英小、强簪巾帻。终不似、一朵钗头颤袅，向人欹侧。漂流处、莫趁潮汐。恐断红、尚有相思字，何由见得？

——《清真集·蔷薇谢后作》

（三）《夜半乐》：

冻云黯淡天气，扁舟一叶，乘兴离江渚。渡万壑千岩，越溪深处。怒涛渐息，樵风乍起，更闻商旅相呼，片帆高举。泛画鹢、翩翩过南浦。　望中酒旆闪闪，一簇烟村，数行霜树。残日下、渔人鸣榔归去。败荷零落，衰杨掩映，岸边两两三三，浣纱游女。避行客、含羞笑相语。　到此因念：绣阁轻抛，浪萍难驻。叹后约丁宁竟何据？惨离怀、空恨岁晚归期阻。凝泪眼、杳杳神京路。断鸿声远长天暮。

——《乐章集》

《长亭怨慢》是姜夔的自度曲，所谓"初率意为长短句，然后协以律"的。它的音节态度，于清劲中见峭折，亦复摇曳生姿。《六丑》是周邦彦创作的犯调。据周密记邦彦自称："此犯六调，皆声之美者，然绝难歌。昔高阳氏有子六人，才而丑，故以比之。"（吴衡照《莲子居词话》卷一引《浩然斋雅谈》）它的整个音节之美，显示于韵位的疏密递变和句式的奇偶相生，欲断还连，千回百折，而又一气贯注，摇筋转骨，极诸变态，其艺术性的绝特，也是清真创调中所罕见的。《夜半乐》传为唐人旧曲。据段安节《乐府杂录》称："明皇自潞州入平内难，半夜斩长乐门关，领兵入宫剪逆人，后撰此曲。"（《碧鸡漫志》卷四引）由此说来，这该是一套武舞曲，所以象征开阖变化的阵容，而又于一气驱使的格局中，备见激壮苍凉、纵横排奡的雄杰姿势。虽然柳永用来抒写羁旅行役之感，而伟岸奇丽的格局，还是可从音节态度上想象得之的。

第六讲　论对偶

　　由于汉民族语言具有便于作成对偶的特性，所以上溯周秦典籍，下逮近代歌谣，乃至口头戏谑，常是采取这种排偶形式。这一形式是素来就为人民群众所喜闻乐见的。

　　把对偶形式由偶然产生发展成为有意识的大量创作，这是魏晋以来逐渐讲究声律的结果。所以刘勰在写过《声律》《章句》之后，接着就有专篇讨论这个对偶问题。他说：

　　造化赋形，支体必双；神理为用，事不孤立。夫心生文辞，运裁百虑，高下相须，自然成对。

这是说明在文学语言中多用对偶，也是合乎规律的。他又提出四种对法：

　　故丽辞之体，凡有四对：言对为易，事对为难，反对为优，正对为劣。

——《文心雕龙》卷七《丽辞》第三十五

他把"双比空辞"叫作"言对"，"并举人验"叫作"事对"，"理殊趣合"叫作"反对"，"事异义同"叫作"正对"。这四种对法概括了对偶的主要形式，直到唐人近体诗的格式全部完成之后，又定出一种共同遵守的规格，也就是两个长短相同的句子构成对偶时，在相同的地位，它的语义要相当（也就是虚实相当），字调要相反（也就是平仄相反），才算适合对偶的法则。这好比两个人配成一对夫妻，必须是一男一女，也就是古人所说："一阴一阳之谓道"。这样构成的对偶，结果是十分和谐的。唐人所写的五、七言律诗和骈文、律赋，都以这两条规律为绝对共遵的标准。至燕乐曲词兴起之后，虽然句式的错综变化不可胜穷，但依据"奇偶相生、轻重相权"的八字法则，讲求对偶的精巧，还得提到首要的地位。

一般对法和近体诗相同的，以小令短调为最多。约略举例如下：

（一）三言对：

青箬笠，绿蓑衣。

——张志和《渔歌子》

柳丝长，春雨细。
惊塞雁，起城乌。

玉炉香，红蜡泪。
眉翠薄，鬓云残。

　　　　　　　　　　　　——温庭筠《更漏子》

水为乡，蓬作舍。
酒盈杯，书满架。

　　　　　　　　　　　　——李珣《渔歌子》

倾绿蚁，泛红螺。
兰棹举，水纹开。

　　　　　　　　　　　　——李珣《南乡子》

村舍外，古城旁。

　　　　　　　　　　　　——苏轼《鹧鸪天》

花不语，水空流。
春悄悄，夜迢迢。

　　　　　　　　　　　　——晏几道《鹧鸪天》

（二）四言对：

细草愁烟，幽花怯露。
带缓罗衣，香残蕙炷。
小径红稀，芳郊绿遍。

翠叶藏莺，朱帘隔燕。

——晏殊《踏莎行》

雾失楼台，月迷津渡。
驿寄梅花，鱼传尺素。

——秦观《踏莎行》

丁香枝上，豆蔻梢头。

——王雱《眼儿媚》

（三）五言对：

雨暗初疑夜，风回便报晴。
卯酒醒还困，仙村梦不成。

——苏轼《南歌子》

落花人独立，微雨燕双飞。

——晏几道《临江仙》

谁知巴峡路，却见洛城花。
幽花香涧谷，寒藻舞沦漪。
无波真古井，有节是秋筠。
和风春弄笛，明月夜闻箫。

青钰挑欲尽，粉泪浥还垂。

——苏轼《临江仙》

相逢俱白首，无语对西风。
水穷行到处，云起坐看时。

——晁补之《临江仙》

草平天一色，风暖燕双高。
难回巫峡梦，空恨武陵桃。

——李之仪《临江仙》

更无花态度，全是雪精神。

——辛弃疾《临江仙》

一灯人著梦，双燕月当楼。
瘦应因此瘦，羞亦为郎羞。

——史达祖《临江仙》

乱山明月晓，沧海冷云秋。

——段成己《临江仙》

冰壶天上下，云锦树高低。
向来元落落，此去亦悠悠。
清泉明月晓，高树乱蝉秋。

——元好问《临江仙》

（四）六言对：

梦后楼台高锁，酒醒帘幕低垂。

——晏几道《临江仙》

鸠雨催成新绿，燕泥收尽残红。

——陆游《临江仙》

倦客如今老矣，旧时不奈春何！
远眼愁随芳草，湘裙忆著春罗。

——史达祖《临江仙》

相见争如不见，有情还似无情。

——司马光《西江月》

凤额绣帘高卷，兽镮朱户频摇。
好梦狂随飞絮，闲愁浓胜香醪。

——柳永《西江月》

玉骨那愁瘴雾，冰姿自有仙风。
素面常嫌粉涴，洗妆不褪唇红。

——苏轼《西江月》

月侧金盘堕水，雁回醉墨书空。
蚁穴梦魂人世，杨花踪迹风中。

——黄庭坚《西江月》

似有如无好事，多离少会幽怀。
不寄书还可恨，全无梦也堪猜。

——晁补之《西江月》

落寞寒香满院，扶疏清影侵门。
皎皎风前玉树，盈盈月下冰魂。

——谢逸《西江月》

日日深杯酒满，朝朝小圃花开。
青史几番春梦，黄泉多少奇才。

——朱敦儒《西江月》

明月别枝惊鹊，清风半夜鸣蝉。
七八个星天外，两三点雨山前。

万事云烟忽过，百年蒲柳先衰。
早趁催科了纳，更量出入收支。

——辛弃疾《西江月》

世路如今已惯，此心到处悠然。

——张孝祥《西江月》

睡处林风瑟瑟，觉来山月团团。
句稳翻嫌白俗，情高却笑郊寒。

——朱熹《西江月》

零落不因春雨，吹嘘何假东风。
有艳难寻腻粉，无香不惹游蜂。

——曹希蕴《西江月》

断送一生惟有，破除万事无过。（歇后语）

花病等闲瘦弱，春愁没处遮拦。

——黄庭坚《西江月》

（五）七言对：

弱柳从风疑举袂，丛兰浥露似沾巾。

——刘禹锡《望江南》

待月池台空逝水，荫花楼阁漫斜晖。

——李煜《浣溪沙》

目送征鸿飞杳杳，思随流水去茫茫。

——孙光宪《浣溪沙》

无可奈何花落去，似曾相识燕归来。

——晏殊《浣溪沙》

早是出门长带月，可堪分袂又经秋。

——张泌《浣溪沙》

当路游丝萦醉客，隔花啼鸟唤行人。

——欧阳修《浣溪沙》

衣化客尘今古道，柳含春意短长亭。
户外绿杨春系马，床前红烛夜呼卢。

——晏几道《浣溪沙》

老幼扶携收麦社，乌鸢翔舞赛神村。
雪沫乳花浮午盏，蓼茸蒿笋试春盘。
彩索身轻长趁燕，红窗睡重不闻莺。
红玉半开菩萨面，丹砂秾点柳枝唇。

——苏轼《浣溪沙》

自在飞花轻似梦，无边丝雨细如愁。

——秦观《浣溪沙》

风约帘衣归燕急，水摇扇影戏鱼惊。

——周邦彦《浣溪沙》

忽有微凉何处雨，更无留影霎时云。
突兀趁人山石狠，朦胧避路野花羞。
引入沧浪鱼得计，展成寥阔鹤能言。

——辛弃疾《浣溪沙》

茅店竹篱开席市，绛裙青袂劚姜田。

——范成大《浣溪沙》

红蓼一湾纹缬乱，白鱼双尾玉刀明。

——张孝祥《浣溪沙》

忙日苦多闲日少，新愁常续旧愁生。

——陆游《浣溪沙》

玉鸭熏炉闲瑞脑，朱樱斗帐掩流苏。

——李清照《浣溪沙》

深院下关春寂寂，落花和雨夜迢迢。

——韩偓《浣溪沙》

风飐游丝随蝶翅，雨飘飞絮湿莺唇。

——珍娘《浣溪沙》

楼头残梦五更钟，花外离愁三月雨。
窗间斜月两眉愁，帘外落花双泪堕。

——晏殊《玉楼春》

绿杨烟外晓寒轻，红杏枝头春意闹。

——宋祁《玉楼春》

织成云外雁行斜，染作江南春水浅。

——晏几道《玉楼春》

归帆初张苇边风，客梦不禁篷背雨。

——苏庠《木兰花》

舞低杨柳楼心月，歌尽桃花扇底风。

——晏几道《鹧鸪天》

翻空白鸟时时见，照水红蕖细细香。

——苏轼《鹧鸪天》

风前横笛斜吹雨，醉里簪花倒着冠。

——黄庭坚《鹧鸪天》

燕惊午梦周遮语，蝶困春游落拓飞。

——李元膺《鹧鸪天》

晴云欲向杯中起，春色先从脸上来。

——赵令畤《鹧鸪天》

春风搅树花如雨，夕霭迷空燕趁门。

——吕渭老《思佳客》

拖条竹杖家家酒，上个篮舆处处山。

——朱敦儒《鹧鸪天》

双檠分焰交红影，四座春回粲晚霞。

——侯寘《鹧鸪天》

若教眼底无离恨，不信人间有白头。
平冈细草鸣黄犊，斜日寒林点暮鸦。
浮天水送无穷树，带雨云埋一半山。
千章云木钩辀叫，十里溪风稏秜香。
红莲相倚浑如醉，白鸟无言定自愁。
人情辗转闲中看，客路崎岖倦后知。
已通樵径行还碍，似有人声听却无。
轻鸥自趁虚船去，荒犬还迎野妇回。

乱云剩带炊烟去，野水闲将日影来。
自从一雨花零落，却爱微风草动摇。
都无晋宋之间事，自是羲皇以上人。

——辛弃疾《鹧鸪天》

劳劳燕子人千里，落落梨花雨一枝。

——张炎《鹧鸪天》

物情渐逐云容好，欢意偏随日脚长。

——石孝友《鹧鸪天》

酒阑更喜团茶苦，梦断偏宜瑞脑香。

——李清照《鹧鸪天》

楼中燕子能留客，陌上杨花也笑人。
多情却被无情恼，今夜还如昨夜长。
一江春水何年尽？万古清光此夜圆。
只缘携手成归计，不恨埋头屈壮图。
旧时逆旅黄粱饭，今日田家白板扉。
浮萍自合无根蒂，杨柳谁教管送迎？

——元好问《鹧鸪天》

这上面所举的一些对句，和唐人的律诗、律赋是一般的写法，
都是以声调和谐、铢两相称为准则的。

至于一联之中，音节略带拗怒，这在小令短调是比较少的。就连长调慢词，不用领字格的五、七言对句，拗的也不怎样的多。有的拗在句中的，例如《破阵子》：

池上碧苔三四点，叶底黄鹂一两声。

——晏殊

身外傥来都似梦，醉里无何即是乡。

——苏轼《十拍子》

蜡屐登山真率饮，筇杖穿林自在行。

——陆游

八百里分麾下炙，五十弦翻塞外声。

——辛弃疾

有拗在句尾的，例如《满江红》：

几许渔人飞短艇，尽载灯火归村落。

——柳永

君是南山遗爱守，我为剑外思归客。

——苏轼

麦影离离翻翠浪，泉声潋潋敲寒玉。

——葛刿

十幅云帆风力满，一川烟暝波光阔。

——蔡伸

点点不离杨柳外，声声只在芭蕉里。

——张孝祥

三十功名尘与土，八千里路云和月。

——岳飞

红粉暗随流水去，园林渐觉清阴密。
白羽风生貔虎噪，青溪路断猩鼯泣。
破敌金城雷过耳，谈兵玉帐冰生颊。
马革裹尸当自誓，蛾眉伐性休重说。
楼观才成人已去，旌旗未卷头先白。
琴里新声风响佩，笔端醉墨鸦栖壁。
宝马嘶归红旆动，龙团试水铜瓶泣。
东北看惊诸葛表，西南更草相如檄。
似整复斜僧屋乱，欲吞还吐林烟薄。
少日对花浑醉梦，而今醒眼看风月。
老冉冉兮花共柳，是栖栖者蜂和蝶。

——辛弃疾

铁马晓嘶营壁冷，楼船夜渡风涛急。
生怕客谈榆塞事，且教儿诵花间集。
看山看水身尚健，忧晴忧雨头先白。
空有鬓如潘骑省，断无面见陶彭泽。

——刘克庄

河汉低垂天欲近，乾坤浩荡秋无极。

——卢祖皋

有物揩磨金镜净，何人拿攫银河决。

——史达祖

何处征帆云杪去，有时野鸟沙边落。
岁月无多人易老，乾坤虽大愁难著。
花树得晴红欲染，远山过雨青如滴。

——吴潜

池碎瀑声荷捧雨，径涵愁影篁筛月。

——李昂英

底处未嫌吾辈在，此心说与何人得。

——方岳

紫燕雏飞帘额静，金鳞影转池心阔。

————吴文英

锦树摧残胡蝶老，冰绡剪破鸳鸯只。

————元好问

像这一类的对句，于和谐中见拗怒，关键只在每句的收脚都用仄声，就使人感到峭拔劲挺，显示一种凛然不可侵犯的颜色，所以许多豪放作家都爱使用。

至于长调慢词中的对偶，是变化多端的。有的和谐，有的拗怒，有的亦谐亦拗，参互用之。一般多用领格字给以提掣，或一联之后束以单句，例如《八声甘州》：

渐 { 霜风凄紧，关河冷落， } 残照当楼。

————柳永

又如《水龙吟》：

{ 落日楼头，断鸿声里， } 江南游子。

————辛弃疾

兼用领格字并取得"奇偶相生"妙用的，要以《清真词》的变化为最多。例如第四讲中提到过的《兰陵王》和下面所举《大酺》的前片：

对 { 宿烟收，/ 春禽静， } 飞雨时鸣高屋。墙头青玉旆，洗 { 铅霜都尽，/ 嫩梢相触。 }

{ 润逼琴丝，/ 寒侵枕障， } 虫网吹黏帘竹。邮亭无人处，听 { 檐声不断，/ 困眠初熟。 }

奈 { 愁极频惊，/ 梦轻难记， } 自怜幽独。

你看它这平列和单行的队伍，是怎样的错综变化而又脉络相通。写巨幅长篇，是要在这关节眼里悉心玩索的。

至于以一个领格字领四个四言偶句，也有的全谐，有的全拗，有的半谐半拗，关键多在落脚字。

（1）一字领八字全谐的偶句：

羡 { 金屋去来，旧时巢燕；/ 土花缭绕，前度莓墙。 }

——周邦彦《风流子》

念 { 取酒东垆，尊罍虽近；/ 采花南圃，蜂蝶须知。 }

——周邦彦《红罗袄》

（2）一字领八字全拗的偶句：

念 ⎰ 渚蒲汀柳，空归前梦；
　　⎱ 风轮雨楫，终孤前约。

——周邦彦《一寸金》

（3）一字领八字半拗半谐的偶句：

况 ⎰ 怨无大小，生于所爱；
　　⎱ 物无美恶，过则为灾。

正 ⎰ 惊湍直下，跳珠倒溅；
　　⎱ 小桥横截，缺月初弓。

——辛弃疾《沁园春》

（4）不用领格八字全谐的偶句：

⎰ 砧杵韵高，唤回残梦；
⎱ 绮罗香减，牵起余悲。

——周邦彦《风流子》

⎰ 芳草有情，⎰ 雁横南浦，
⎱ 夕阳无语。⎱ 人倚西楼。

——张耒《风流子》

至于以一字领四字偶句的，有如下例：

（1）谐句：

爱 { 停歌驻拍，
劝酒持觞。 }

——周邦彦《意难忘》

仗 { 酒祓清愁，
花消英气。 }

——姜夔《翠楼吟》

（2）拗句：

料 { 舟移曲岸，
人在天角。 }

——周邦彦《解连环》

（3）半谐半拗句：

又 { 酒趁哀弦，
灯照离席。 }　　念 { 月榭携手，
露桥闻笛。 }

——周邦彦《兰陵王》

又有以一字领五字偶句的，例如：

观 {露湿缕金衣，
叶映如簧语。}

——柳永《黄莺儿》

又有以一字领六字偶句的，例如：

（1）谐句：

念 {柳外青骢别后，
水边红袂分时，} 怆然暗惊。

——秦观《八六子》

（2）拗句：

有 {翩若惊鸿体态，
暮为行雨标格。}

——聂冠卿《多丽》

叹 {事逐孤鸿尽去，
身与塘蒲共晚。}

——周邦彦《西平乐》

又有以两字领六言偶句的，例如：

（1）谐句：

那堪 $\begin{cases} 片片飞花弄晚，\\ 蒙蒙残雨笼晴。 \end{cases}$

——秦观《八六子》

（2）拗句：

似觉 $\begin{cases} 琼枝玉树相倚，\\ 暖日明霞光烂。 \end{cases}$

——周邦彦《拜星月慢》

周邦彦是最爱运用拗怒的音节来作成排偶的。像下举五言四排句就是他的特点：

$\begin{cases} 高柳春才软，\\ 冻梅寒更香。 \end{cases}$ $\begin{cases} 暮雪助清峭，\\ 玉尘散林塘。 \end{cases}$

——《红林檎近》

这类排句也偶见于别的词家，例如：

$\begin{cases} 花径款残红，\\ 风沼萦新皱。 \end{cases}$ $\begin{cases} 乳燕穿庭户，\\ 飞絮沾襟袖。 \end{cases}$

——李之仪《谢池春慢》

$$\left\{\begin{array}{l}绣被掩余寒，\\画幕明新晓。\end{array}\right.\quad\left\{\begin{array}{l}朱槛连空阔，\\飞絮知多少！\end{array}\right.$$

——张先《谢池春慢》

大概他们都是想运用杜甫写拗体诗的手法来入曲子词，为倚声家别开生面的。

此外还有一种特殊手法，把对偶暗藏在单行队伍中，如不仔细地观察，就要忽略过去。例如：

$$\left\{\begin{array}{l}槛菊萧疏，\\井梧零乱，\end{array}\right.惹残烟。$$

——柳永《戚氏》

$$\left\{\begin{array}{l}隔窗寒雨，\\向壁孤灯，\end{array}\right.弄余照。$$

$$\left\{\begin{array}{l}风披宿雾，\\露洗初阳，\end{array}\right.射林表。$$

$$\left\{\begin{array}{l}微呈纤履，\\故隐烘帘，\end{array}\right.自嬉笑。$$

$$\left\{\begin{array}{l}河阴高转，\\露脚斜飞，\end{array}\right.夜将晓。$$

——周邦彦《早梅芳近》

$\left.\begin{array}{l}\text{远浦萦回,}\\\text{暮帆零乱,}\end{array}\right\}$ 向何许。

——姜夔《长亭怨慢》

象这一类的例子当然还不在少数，这里就不再一一列举了。

学填词必得先学作对偶，关键是要取得词义和字调的稳称、和谐和拗怒的统一。而在长调慢词中，尤其要把这项功夫锻炼得到家，才能举重若轻，使思想感情和声调色彩吻合无间。要达到杜甫《丽人行》所称"肌理细腻骨肉匀"的高度，是得要大费琢磨的。

第七讲　论结构

　　不论要想写好什么样式的文章，都得讲究结构。歌词是一种最为简练而又富于音乐性的文学形式，所以它更得讲究结构精密。这原是古人共同重视的所谓"章句之学"。

　　要想发挥文学作品的感染力，把它的艺术性提高到顶点，是需要积累的。积字以成句，积句以成章，积章以成篇，宅句安章；要把整体安排得异常妥帖，才能达到圆满的境地。好比要造一座瑰丽宏伟或小巧玲珑的房子，首先得搞好设计，画好图纸，选好材料，一切准备齐全，再把基础牢牢打好，达到杜甫诗中所谓"风雨不动安如山"①的境界。这样逐层进展，从把架子配搭得停当稳称起，到安上一个富丽堂皇的屋顶，完成整个结构的工序是一点也不能草率凌乱的。

　　文字是语言的标记，而语言则是传达个人的思想感情，用

---

　　①　引自《茅屋为秋风所破歌》。

来感染广大群众，借以发挥作用的。这又好比一个人的身体，四肢百骸要长得十分匀称，腰部充实坚挺，骨肉匀称，秾纤合度，两条腿要站得稳，而又轻捷灵活，但传神阿堵却在眉眼间。所以古诗人描写卫庄姜的美，先加以形体的刻画："手如柔荑，肤如凝脂，领如蝤蛴，齿如瓠犀，螓首蛾眉。"终之以神态的表达："巧笑倩兮，美目盼兮。"（《诗经·卫风·硕人》）这末二句是传神的所在，把一个容貌妍丽而又仪态万方的绝世美人活生生地画了出来。唐宋以来的诗家，把传神的字叫作"诗眼"，词家叫作"词眼"（陆辅之《词旨》），画家也有"画龙点睛"之笔。王实甫描写崔莺莺所以能使张君瑞神魂颠倒，也只在"怎当他临去秋波那一转"（《西厢记》第一本第一折）。但这秋波一转的魅力，必须和整体联系起来看，而能转动这一秋波的主宰者，乃在神情的贯注，血脉的流通，把全身的精粹都集中到这"一转"上来。所以我们想要把文学作品写得有声有色，充分地表达这种曲折微妙的思想感情，除了"因声以求气"，把语言的疾徐轻重、抑扬顿挫和思想感情的起伏变化很巧妙地结合起来以外，还要求脉络通贯，不使发生一些阻滞。这道理，在刘勰论《章句》时就有了深透的阐发。他说：

> 章句在篇，如茧之抽绪，原始要终，体必鳞次。启行之辞，逆萌中篇之意；绝笔之言，追媵前句之旨。故能外文绮交，内义脉注，跗萼相衔，首尾一体。

> ——《文心雕龙》卷七《章句》第三十四

这精义所在，就在阐明想要把一篇作品的结构安排得精密完整，首先得做到层次分明、血液贯注，或左顾右盼，或摇筋转骨，务使意脉不断，首尾相辉。恰如明、清声乐理论家沈宠绥、徐大椿诸人所说，要想把每一个字唱得字正腔圆，达到"累累乎端如贯珠"①的妙境，就得顾到每一个字的头、腹、尾②，运用"潜气内转"③的手法，使这三个部分似断还连，融成一体。

至于一篇作品，这头、腹、尾三个部分要怎样才能安排得适当呢？刘勰也曾把他的经验告诉我们，他说：

> 凡思绪初发，辞采苦杂，心非权衡，势必轻重。是以草创鸿笔，先标三准：履端于始，则设情以位体；举正于中，则酌事以取类；归余于终，则撮辞以举要。
>
> ——《文心雕龙》卷七《熔裁》第三十二

虽则他在这里所说的，可能是指的一般长篇大论，与写精炼的诗歌有所不同，但开首得把所要描述的情态概括地揭示出来，取得牢笼全体的姿势；中间又得腰腹饱满，开阖变化，无懈可击；末后加以总结，收摄全神，完成整体。——这是各种文学作品所应共同遵守的规律，不能随手乱来的。

古代大诗人就很注意每一作品的"发端"（就是起头）。

---

① 见《礼记·乐记》。
② 参考沈宠绥《度曲须知》、徐大椿《乐府传声》。
③ 见《昭明文选》卷四十繁休伯《与魏文帝笺》。

有的飘忽而来，奄有压倒一切的气概。例如曹植的"惊风飘白日，忽然归西山"（《文选》卷二十四《赠徐幹》），谢朓的"大江流日夜，客心悲未央"（《文选》卷二十六《暂使下都，夜发新林，至京邑，赠西府同僚》）。有的故取逆势，借以激起下文所要铺写的壮阔波澜。例如杜甫的"堂上不合生枫树，怪底江山起烟雾。闻君扫却赤县图，乘兴遣画沧洲趣"（《杜工部集》卷一《奉先刘少府新画山水障歌》）。我们只要了解了这两种发端手法，而且很熟练地把它牢牢掌握住，那全篇的结构也就"胸有成竹"，可以恣情挥洒，不会怎样感到吃力了。

倚声填词，因为得受各个不同曲调的制约，所以它的规格特别的严，就更得要求结构的精密。张炎在他所著的《词源》里也曾约略谈到过这个问题。他是把小令和慢词分开来谈的。他说：

> 词之难于令曲，如诗之难于绝句，不过十数句，一句一字闲不得，末句最当留意，有有余不尽之意始佳。
>
> ——《词源》卷下《令曲》

又说：

> 作慢词看是甚题目，先择曲名，然后命意，命意既了，思量头如何起，尾如何结，方始选韵，而后述曲。最是过片不要断了曲意，须要承上接下，如姜白石（夔）词云："曲曲屏

山，夜凉独自甚情绪？"于过片则云："西窗又吹暗雨。"此则曲之意脉不断矣。

——《词源》卷下《制曲》

我们且把姜词的全篇抄在下面，来研究一下它的结构：

庾郎先自吟愁赋，凄凄更闻私语。露湿铜铺，苔侵石井，都是曾听伊处。哀音似诉。正思妇无眠，起寻机杼。曲曲屏山，夜凉独自甚情绪？　　西窗又吹暗雨。为谁频断续，相和砧杵？候馆迎秋，离宫吊月，别有伤心无数。豳诗谩与。笑篱落呼灯，世间儿女。写入琴丝，一声声更苦。（自注："宣、政间，有士大夫制《蟋蟀吟》。"并附小序："丙辰岁，与张功甫会饮张达可之堂。闻屋壁间蟋蟀有声，功甫约予同赋，以授歌者。功甫先成，辞甚美。予徘徊茉莉花间，仰见秋月，顿起幽思，寻亦得此。蟋蟀，中都呼为促织，善斗。好事者或以三二十万钱致一枚，镂象齿为楼观以贮之。"）

——《白石道人歌曲·齐天乐》

我们要彻底了解这一首词，首先得弄清楚它所表达的中心思想是什么，进一步弄清它的脉络，它的全身血液是怎样贯输下去的。

词一开始就把陷身在北周境内的梁朝文学家庾信所写的《愁赋》作为发端，笼罩全篇的意旨，也就是小序中所提到的"仰见秋月，顿起幽思"，说明作者的题旨是在借这小虫儿发抒国家兴亡的感慨。由于北宋末期的汴梁（开封）首都，君臣上下相习于骄奢淫佚的豪侈生活，置强敌压境于不顾，致遭汴京沦丧、"二帝蒙尘"的无比羞辱。单只这一玩蟋蟀的小事情，就可以反映南宋王朝的荒淫腐化，足够导致亡国之惨。作者触绪悲来，在内心深处潜伏着无限创痛，顿时引起联想，感到这无知的微虫，"唧唧复唧唧"，好象也在帮助有心人的叹息。开头寥寥十三个字，就把整个题旨牢牢地扣住，这手法是煞费经营的。跟着把格局展开，使用两个四言偶句和一个六言单句，点明以往听取蟋蟀争鸣的时地，收缴上文的"凄凄私语"，过脉到下文的"哀音似诉"，加以一顿，作为上半阕的关纽。再把一个领格的"正"字挺接上文，迫紧一步，由虫鸣引起征妇的怨情，联想到制作征衣的机杼，再一次扣紧蟋蟀（中都呼为"促织"）的题目，同时暗中透出汴京的沦亡，也不知牺牲了多少无辜战士，造成寡妇孤儿的愁惨结局。"曲曲"二句欲擒故纵，再把局势拓开，由人兜转到物，物自无心，人则有情，谁能堪此？人和物又融成一片，把凄凉情绪和凄凉环境紧密地结合起来。过片把"西窗暗雨"从上片的"夜凉"逗引过来，隔个窗儿，做成进一步的凄凉景况，迅即兜转到"思妇"情怀，又好象这无知的小虫也会对有情人表示同感；随即收缴"哀音似诉"以下一大段。这是由听蟋蟀而联想到广大人民在北宋沦亡期间所遭受的苦痛之一，也就是"庾郎先自吟愁赋"的一个方面。跟着又用两个四言偶句和一个六言单句把局势跌进一层，由民间所遭受的苦痛转到宫廷所遭到的耻辱，所谓"候馆迎秋，离宫吊月，别有伤心无数"，暗指二帝被金兵俘虏北行，所有后宫妃嫔全都遭到蹂躏，这恶果是谁都难以避免的。"豳诗谩与"是用《诗经·豳风·七月》篇"十月蟋蟀，入我床下"的故实。据《毛传》以《七月》为"周公陈王业"的诗篇。作者想到周室的兴，是由于他们的先王"知稼穑之艰难"，任凭这小虫进入床底，大家都安于这种简单朴素生活；而北宋的亡国，却从这小玩意儿身上充分反映出来。有如小序所称"好事者或以三二十万钱致一枚，镂象齿为楼观以贮之"，这是何等的荒淫景象！同是一只小虫儿，而所招致的结果却是这般的悬殊，这就难怪作者要感叹这歌咏《豳风·七月》的诗人对这蟋蟀的"谩与"（意思是太随便地夸奖了这小虫儿）了。这四字又是下半阕的关纽所在。写到这里，又把今古兴亡之感，在朝野交受其害的痛苦心情上推进一层，将情绪发展到最高峰。迅即运用一个领格的"笑"字一笔勾转，以天真烂漫的儿童生活反衬出作者的沉痛心情。这一"笑"字，是从心灵深处徐徐冒起，几经吞咽，终于迸发出来的。这是一种"苦笑"。所以紧跟着就用了"写入琴丝，一声声更苦"九个字总结全文，将题旨全部揭出，一首一尾，遥相呼应。谁说姜夔词只精音律，没有思想内容呢！

　　至于发端用逆入手法，把来抒写"吞咽式"的悲壮郁勃的思想感情的，莫过于辛弃疾的《摸鱼儿》"更能消、几番风雨"一阕，我在第三讲和第五讲中都曾提到过了。他这一首词的中心思想，是有感于宋孝宗曾一度想给他以领兵北伐收复中原的重任，而被奸邪摇惑，孝宗也拿不定主意，对和战大计常怀犹豫，使岌岌可危的江山半壁常在风雨飘摇中。因此在他由湖北转运副使调任湖南转运副使时，触动了满腔悲愤，而又忧谗畏讥，不便用《满江红》《念奴娇》一类激越的曲调尽情发泄，才采取了这一种欲吐还吞的方式。"更能消、几番风雨，匆匆春又归去。"人们稍加想象，就可感到孝宗是个容易动摇的最高统治者，为了首先顾到个人的地位，禁不起群小的包围，有如大好春光，一经风雨飘摇，便又匆匆归去了。接着改用"螺旋式"的手法，层层推进，步步逼紧。"惜春常怕花开早，何况落红无数。"上句由"春又归去"推进，下句遥映"几番风雨"，意思是说他对军事准备没有充分把握的时候，是不肯轻率地向敌出击的。他早就提出过"无欲速"和"能任败"的大政方针（《九议》），要"不以小挫而沮吾大计"（《美芹十论》）。"落红无数"，正是指的一班意志薄弱的满朝文武，一经符离一役的挫败，就不免于悲观消沉。"春且住，见说道、天涯芳草无归路。"又从上二句折进一层，这悲观消沉，是无济于事的。因为萋萋芳草绿遍天涯，除掉把定南针，勇往迈进，哪还找得出什么出路来呢？"怨春不语"，折入对方，为什么装聋作哑、绝不作明朗表示呢？"算只有殷勤，画檐蛛网，尽日惹飞絮。"抑扬顿挫，再度采用"吞咽式"的手法，暗斥在朝奸佞，凭着他那花言巧语，借以迷乱视听，粉饰承平，恰似檐间蛛丝网，粘上一些落花飞絮，漫说"春在人间"，这是在骗谁呢？一面宕开，随即束紧，更和发端的"更能消、几番风雨"遥相映射，收缴上面一段伤春情事。过片由伤春转入伤别，由自然现象转入人世悲哀。护惜青春，人有同感。春尽待到柳絮飞时，便使粘上蛛网，也只等于

"枯形阅世"，有何生意之可言？从而联想到被打入冷宫的薄命佳人，可能还有重被恩宠的希望？"长门事，准拟佳期又误。蛾眉曾有人妒。"借美人以喻君子，纵使君王回心转意，其奈"众女嫉予之蛾眉兮，谣诼谓予以善淫"①何！"千金纵买相如赋，脉脉此情谁诉？"又从"蛾眉"遭"妒"推进一层，暗示"谗谄蔽明"，忠诚难白。"君莫舞。君不见、玉环飞燕皆尘土。"行文到此，发展到了最高峰，一片真情，不能更自压抑，便把主题思想如"画龙点睛"一般点了出来。结果是同归于尽而已。从"长门事"以下，到此一笔收缴，再和上半阕的"画檐蛛网"遥相激射，取得伤春和伤别的统一。"休去倚危栏，斜阳正在，烟柳断肠处。"兜转伤春，以景结情，反射发端二语。"斜阳烟柳"是"春又归去"后的必然形势，忧国忧民的英雄志士，遇到这般情景，也就只好"垂下帘栊"不去看它了。这是何等严密的结构，多么沉咽凄壮的声情哟。

　　辛弃疾是现代所最推尊的爱国词人。他的作品，到处洋溢着忧国的伟大抱负，原是不特意注重技巧的。他爱使用大开大阖，纵横驰骤的笔阵，常是抓着一大堆的历史故事，层层叠叠地累积起来，好象不相联属似的；再凭着他那一腔豪气和一枝健笔，把散乱满盘的珠子一个劲儿地贯穿了起来。他这种不拘常格的结构，也是其他词家所难办到的。例如第五讲所举的《贺新郎》"绿树听鹈鴂"一阕，一发端罗列了许多禽鸟，接着又是一大串的历史故事，好象杂乱无章似的。只凭上下阕

---

　　① 引自《离骚》。

的两个"逆入平出"的七字句"算未抵、人间离别"和"正壮士、悲歌未彻"作为关纽,收缴上文,唤起下片,"千钧一发",显出豪情壮采。非有"推倒一世之智勇,开拓万古之心胸"①的伟大气魄,是要弄到"画虎不成反类狗"②的。

弃疾的另一阕《贺新郎》(赋琵琶)词,也是用的这一手法:

> 凤尾龙香拨。自开元、霓裳曲罢,几番风月?最苦浔阳江头客,画舸亭亭待发。记出塞、黄云堆雪。马上离愁三万里,望昭阳宫殿孤鸿没。弦解语,恨难说。　　辽阳驿使音尘绝。琐窗寒、轻拢慢捻,泪珠盈睫。推手含情还却手,一抹凉州哀彻。千古事、云飞烟灭。贺老定场无消息,想沉香亭北繁华歇。弹到此,为呜咽。

> ——《稼轩长短句》卷一

这词除发端"凤尾龙香拨"五字点明一下题目外,就只把历史故事抓了一大把,凭着一股傻劲,一气赶下,直到"千古事、云飞烟灭",把前面一大堆东西用力一扫,好象清扫战场似的,顿时出现一番壮烈气象。挺接"贺老定场无消息,想沉香亭北繁华歇",收缴全文,又和发端"霓裳曲罢"二句遥相映射,再用"弹到此,为呜咽"作结,波澜是异常壮阔的。

---

① 引自陈亮《龙川文集》。
② 引自马援《诫兄子严敦书》。

辛弃疾的忧国壮怀和忧谗隐痛，贯串在他所有的代表词作中，是不能分割开来看的。他的结构严密而又声情郁勃的作品，也以表达这类的思想感情为最多，也最耐人寻味。兹再拈取两首，予以格局上的分析。

其一是《瑞鹤仙·赋梅》：

雁霜寒透幕。正护月云轻，嫩冰犹薄。溪奁照梳掠。想含香弄粉，靓妆难学。玉肌瘦弱，更重重、龙绡衬着。倚东风、一笑嫣然，转盼万花羞落。　　寂寞。家山何在？雪后园林，水边楼阁。瑶池旧约，鳞鸿更仗谁托？粉蝶儿、只解寻花觅柳，开遍南枝未觉。但伤心、冷落黄昏，数声画角。（"寻花"原作"寻桃"，此从周密《绝妙好词》卷一所录。）

——《稼轩长短句》卷五

题是"赋梅"，从梅花未开写到将落，借用环境烘托，层次是很分明的。它的骨子里却隐藏着个人身世之感和关怀家国之痛，他那"磊魂不平之气"还是跃然纸上的。他借用晚唐诗人韩偓"云护雁霜笼澹月，雨连莺晓落残梅"①的话意，来点出冻梅所处的环境。雁从北地把霜气带来，就是装有重重帘幕，也抵不住寒威的侵袭，何况兀立在荒山穷谷中的梅树？她那精神受到压迫，是要感到痛苦的。接着仍写梅方含蕊时的气候，尽管霜威来袭，还没到坚冰难忍的时期，天上的白云也似

————————
① 引自韩偓《半醉》，见《全唐诗》。

乎对冷冷清清的明月具有同情心而予以遮护，教她好共梅魂保持纯洁的心灵，那前途还是大有可为的。"溪奁照梳掠"五字转进一层：不妨趁着这霜气还不十分严重的时机，对着镜面般的清泉从容梳掠，作好"一笑嫣然"的准备。"含香"二句从"梳掠"时的心境，感到"入时"妆饰的煞费经营。所以下面接上一句"玉肌瘦弱"，暗示内心的凄苦，但仍力自护持，把"与物为春"的冰玉精神牢牢保住，"龙绡衬着"约等于《离骚》"纫秋兰以为佩"的芳洁之思。静候"东风"的到来，便尔"一笑嫣然"，"转盼"间顿使"万花羞落"。这果于自信的乐观主义精神，和"风流高格调"统一起来，是何等的光采焕发，教人神移目眩！过片以"寂寞"二字点醒，想到当年的"突骑渡江"①所为何事？梦里家山，何曾打了回去？即使把我移种园林楼阁间，亦只有顾影自怜、忍寒增恨而已。"雪后"二句是借用北宋高士林逋"雪后园林才半树，水边篱落忽横枝"②的诗意，暗示"富贵非吾愿"、栖隐亦非所期的微旨。所以紧接着"瑶池旧约，鳞鸿更仗谁托？"显示隐约难达的衷情，正和《摸鱼儿》"长门事、准拟佳期又误"消息相通，自己是不甘寂寞的。"粉蝶"三句宕开，也是从"鳞鸿"六字的反面转进一层，致慨于狂蜂浪蝶，一味追逐目前的荣华，把大好收复中原的机会全都失掉了。"南枝向暖北枝寒"也是有名的咏梅诗句，这里借来暗示当时北方的起义军，倾

---

① 见《稼轩长短句》卷九《鹧鸪天·有客慨然谈功名，因追念少年时事，戏作》。

② 见《林和靖集·梅花》。

心南向，时机一失，大事就不复可为了。结以"冷淡黄昏，数声画角"，惋惜贞姿方茂，便尔凋零，画角吹奏着《梅花落》的凄音，又该是如何的悲苦！"冷淡黄昏"四字，也从林逋的名句"暗香浮动月黄昏"①七字内截取而来，正和发端的"护月云轻"遥相激射。画角声中，再一凝想南来征雁，此情此景，正自难堪。是花是人，亦只有在模糊泪眼中去心领神会而已。

其二是《祝英台近·晚春》：

宝钗分，桃叶渡，烟柳暗南浦。怕上层楼，十日九风雨。断肠点点飞红，都无人管，倩谁劝、流莺声住？　鬓边觑，试把花卜归期，才簪又重数。罗帐灯昏，哽咽梦中语：是他春带愁来，春归何处？却不解、带将愁去。

——《稼轩长短句》卷七

折钗赠别，原以表示后约有凭。桃叶渡头，也是一处"南朝千古伤心地"（吴激《人月圆》，见《中州乐府》）。在《桃叶歌》中有这样真挚的句子："但渡无所苦，我自迎接汝。"（《乐府诗集》卷四十五《吴声曲辞》）作者用来作为发端，以寓君臣离合的隐痛。"烟柳暗南浦"五字，加倍烘托出作者遭谗去国的沉痛心情，气象是阴森沉郁的。孝宗对他原有重用的意思，无奈谗人交织，又不得不暂时分手，以待后缘。当

---

① 见《林和靖集·山园小梅》。

日那批小人，总是用尽阴谋诡计，一心要把他排挤出去，表面上给他以职位上的尊荣，骨子里却不断加以陷害，而孝宗是懵然无所觉的。这从他所引用的《桃叶歌》漏出一些消息。跟着突出"怕上层楼，十日九风雨"九字，成为"千古高唱"，也就是从"烟柳暗南浦"五字折进一层来加倍渲染成功的。忧谗之极，岌岌自危，"十二金牌"和"莫须有"三字的奇冤，时时都在压抑着爱国英雄的豪情壮志而使他连气都透不过来。"断肠"以下三句，可和《摸鱼儿》的上半阕相互参看。因"十日九风雨"催成"点点飞红""春意阑珊"的凋残景象，那批醉生梦死的人们却不管这些，依旧播弄着它那"如簧"的巧舌，一笔勾转，收缴上段，情调是无限酸楚郁勃的。过片着"鬓边觑"三字，它的血脉是从"点点飞红"二句暗注过来的。他那一伙对"点点飞红"无动于衷，我呢？却把饱经风雨的残枝剩朵插向鬓边予以珍惜，这是一个方面；在伤春伤别、忧谗念乱的哀怨交织中，簪上几朵残花，和怒生华发映带起来，又加倍渲染着满腔悲愤，这又是一个方面。在"无可奈何"的绝望当中又不能不寄以一线的痴想，逼出下文"试把花卜归期，才簪又重数"十一字，真是回肠九转，一字一泪，惊心动魄。"罗帐"二句，点出后半阕的眉眼，又和前半阕的"烟柳暗南浦"遥相激射，突出"谗谮消沮"的沉痛心情。以下长引一声，呼天抢地，从而埋怨那司春之神，凭借着他那长养万物的威权，带给人们以难言的苦痛，而到了这"点点飞红"的危急关头，他却悄无声息地溜走了。当他相送南浦时的约言"但渡无所苦，我自迎接汝"，如今安在？这骨子里蕴藏着的东西，绝不是一般儿女恩怨的离情别绪所能解释得了的。

上面只是随手拈来几首历来传诵的宋词，从内容和形式两方面结合起来，酌加分析，帮助读者深入学习古人的一些代表作品，并吸取经验，借以锻炼自己怎样去表达思想感情的艺术手法。

至于前人有关词的结构方面的理论，有就全局来谈的，如宋沈义父说：

作大词，先须立间架，将事与意分定了，第一要起得好，中间只铺叙，过处要清新，最紧要是末句，须是有一好出场方妙。

——《乐府指迷》

这一段话可和前面所引张炎《词源》的说法参互探讨，也多是从慢词长调着眼来谈的。慢词长调要特别重视起结，这是所有倚声家所一致同意的。元陆辅之也曾说过：

对句好可得，起句好难得，收拾全借出场。

——《词旨》

清刘熙载更从陆说予以推衍，谈得更为深透。他说：

余谓起、收、对三者皆不可忽。大抵起句非渐引即顿入，其妙在笔未到而气已吞。收句非绕回即宕开，其妙在言虽止而意无尽。对句非四字六字即五字七字，其妙在不类于赋与诗。

——《艺概》卷四《词曲概》

一般作者多用"渐引"的起法，"顿入"则恒取逆势。要做到"笔未到而气已吞"的境界，我看只有苏轼的"大江东去，浪淘尽、千古风流人物"（《念奴娇》"赤壁怀古"）和"明月几时有？把酒问青天"（《水调歌头》）以及辛弃疾的"更能消、几番风雨，匆匆春又归去"（《摸鱼儿》）才可算得达到标准。至结语亦多取"绕回"而少用"宕开"，这在长调更是如此。所谓"言虽止而意无尽"，在短调小令中，一般却都重视弦外余音，因而多取"宕开"的手法。长调要收束得紧，怕的是散漫无归宿，只有"以景结情"，才便"放开，合有余不尽之意"（并见《乐府指迷》）。除沈氏所引《清真集》中的"断肠院落，一帘风絮"（《瑞龙吟》）和"掩重关，遍城钟鼓"（《扫花游》）之外，我觉得柳永的"凝泪眼、杳杳神京路，断鸿声远长天暮"（《夜半乐》，见第五讲）和辛弃疾的"休去倚危阑，斜阳正在，烟柳断肠处"（《摸鱼儿》）都是宕开远神，值得我们学习的。至于情景交融，首尾相应，起取"顿入"，收亦"绕回"，亦"宕开"，能够做到一片神行而又顾盼生姿的境界，我是最喜欢秦观《八六子》那一阕的。

以上所谈，多属于慢词长调方面的结构手法，总不外乎头、腹、尾三个部分安排得恰当，虽然中间的错综变化，由于每一曲调的不同，不能拘以一格，但都得处处顾到整体，要求血脉贯注，才能做到笔飞墨舞，极尽倚声家的能事。

　　至于词中所极意描绘的内容，要不出于情景两者的融合。刘熙载说：

　　词或前景后情，或前情后景，或情景齐到，相间相融，各有其妙。

——《艺概》卷四《词曲概》

又说：

　　一转一深，一深一妙，此骚人三昧，倚声家得之，便自超出常境。

又说：

　　词要放得开，最忌步步相连；又要收得回，最忌行行愈远；必如天上人间，去来无迹，斯为入妙。

——并见《词曲概》

这些话都是讲得很透辟的。触景生情，托物起兴，是所有讴咏的源泉，除此别无诗歌存在的余地。不论"前景后情"也好，"前情后景"也好，"感于物而动"，因而词人所描摹的"景"，即有"情"寓其中。例如第五讲中所举辛弃疾的《清平乐·独宿博山王氏庵》，上半阕所描写的都是视觉或听觉所接触到的室内室外的"景"，而一种小丑跳梁、英雄失志的悲愤心情，即跃然于语言文字之外。这"前景"和"后情"即相融会，而意态毕出。又如李煜的《乌夜啼》："林花谢了春红，太匆匆！无奈朝来寒雨晚来风！"表面上所写的是"花"、是外境，也就是"景"，骨子里却含蕴着作者的无穷哀怨的"情"，真正做到"一转一深，一深一妙"。过片"胭脂泪，相留醉，几时重"？是花，是人，亦连，亦断。结以"自是人生长恨水长东"，把全局"宕开"，同时也把它放在"空中荡漾"（借用刘熙载语），这就叫作"言虽止而意无尽"。使听者如闻韩娥"曼声哀哭，一里老幼，悲愁垂涕相对，三日不食"（《列子》卷五《汤问》）。又如李煜所写的另一首《乌夜啼》：

无言独上西楼，月如钩。寂寞梧桐深院锁清秋。　　剪不断，理还乱，是离愁，别是一般滋味在心头。

——《唐宋诸贤绝妙词选》卷一

上半阕看似景语，而情在其中，不独"无言独上"和"寂寞"等字透露满腔哀怨而已。过片二语是从"无言"孕出，接上"是离愁"三字，而上阕的如钩眉月和深院梧桐，都只是"助寡人伤心资料"（借用唐明皇入蜀时语）。结以"别是一般滋味在心头"，千回百折，余音袅袅，所以能使读者荡气回肠，为之欷歔感叹而不能自已。

还有全部写的只是外境，而一句一转，一步逼紧一步，移步换形，愈转愈深，直到最后才透露一点消息，就把个中人的神态和心理充分刻画出来。你只要凝神闭目，仔细体味一下第五讲所列举的冯延巳《谒金门》一词，就会了解到"吹皱一池春水，干卿何事"（马令《南唐书》卷二十一所载南唐中主李璟戏延巳语）是十分有意思的。

　　近人王国维特别推重李璟"菡萏香销翠叶残，西风愁起绿波间"二语，以为"大有众芳芜秽、美人迟暮之感"（《人间词话》卷上）。且举李璟两词如下：

　　菡萏香销翠叶残，西风愁起绿波间。还与韶光共憔悴，不堪看。　　细雨梦回鸡塞远，小楼吹彻玉笙寒。多少泪珠何限恨，倚阑干。

　　手卷真珠上玉钩，依前春恨锁重楼。风里落花谁是主？思悠悠。　　青鸟不传云外信，丁香空结雨中愁。回首绿波三峡暮，接天流。

——《摊破浣溪沙》①

　　我们要理解李璟这两首词，先得约略了解作者当时的心境，并从每一首的整个结构来加以分析。作者是一个在文艺

---

　　①　见《历代诗馀》卷一百十三引《耆旧续闻》。马令《南唐书》卷二十五《谈谐传》亦曾载入，惟"绿波"作"碧波"，"韶光"作"容光"，"鸡塞远"作"清漏永"，"多少泪珠何限恨"作"簌簌泪珠多少恨"，"真珠"作"珠帘"，"三峡"作"春色"。

上有深厚素养而在政治上却优柔寡断的小皇帝，当日强邻压境，心怀忧情而又不敢抗争，终至迁都南昌，抑郁以死。这两首词，我疑心可能是他在庐山作的，所以有"鸡塞（我以为是指的南京鸡鸣埭）远"和"三峡暮"的话。前一首的发端，也只是触景生情，淡淡着笔，而含思凄婉，情融景中。他把"香销""叶残"归结到"西风"的摇撼，却不肯直说，而从"绿波间"泛起的皱纹，反映着这纤尘不染的荷花，终不免受到无情的摧折，这难道是自然规律，"无所逃于天地之间"的吗？"惟忧用老"，脸上的皱纹也和泛起的绿波差相仿佛。由此逗引出下文的"还与韶光共憔悴，不堪看"的无穷哀怨来。花和人、外境和内心，乃更融成一片。过片用两个对句，折入所以"共憔悴"的因由和内在的忧郁。"细雨"从"西风"转进一层，酿成"憔悴"，又不但是"西风"的摧折而已。"鸡塞"在"梦回"时犹历历如在眼前，此身却只闷处"小楼"，纵有"玉笙吹彻"，由于梦境全非，亦只增加清寒索寞的感受。由此逼出"多少泪珠何限恨"，百无聊赖地靠着阑干，发发呆想。"倚阑干"三字掉头反顾，忍泪吞声，亦只办得将绝余音，与"袅袅兮秋风""长无绝兮终古"（《楚辞·九歌》）而已。第二阕用的是"渐引"的起法，随手拈来，而一种"无可奈何"的情态已隐约示现于模糊泪眼中，逼出"风里落花谁是主？思悠悠"的凄调，也就点醒了整体的眉目。过片又是两个对句，一从外境勾引内心，一从内心摄取外境，并自"风里落花"逗入。家国兴亡，到这时，已经是自己作不了主。"青鸟"不把西王母的音信从"云外"传来，想要当一个"陪臣"

而赴"瑶池之宴",又不免徘徊瞻顾,欲行不得,也就只好自处于"雨中"的"丁香","中心如结",谁能把它解开呢?"三峡"居长江上游,而李璟的都城却在长江下游的金陵(南京),"回首绿波","水随天去"(借用辛弃疾《水龙吟·登建康赏心亭》词中语),滔滔东逝,颓势难挽,吾且谓之何哉!这结句是用"宕开"的手法,却又与起句遥相映射,也可说是言已尽而意无穷,充分表达了他那悲观消极的内在情感。

小令短调,最要重视结句所谓"一唱三叹"的袅袅余音。我们能就南唐、北宋诸名家的作品中,加以往复涵咏,是可以吸取许多经验,来增加自己的艺术手法的。

第八讲　论四声阴阳

倚曲填词，首先要顾到歌者转喉发音的自然规律，把每一个字都安排得十分适当，才不致拗嗓或改变字音，使听者莫名其妙。我们学习填写或创作歌词，所以必须对四声阴阳予以特别注意，甘受这些清规戒律的束缚，也只是为了使唱的人利于喉吻，唱得字字清晰，又能获致珠圆玉润的效果；听的人感到铿锵悦耳，而又无音讹字舛的毛病。语言和曲调的结合，形式和内容的统一，确是要煞费经营的。

运用平、上、去、入四声作为调整文学语言的准则，使它更富于音乐性，是从沈约、王融、谢朓等人开始的。经过无数作家的辛勤劳动，积累了许多宝贵经验，建立了"约句准篇，回忌声病"的所谓近体律诗，也只是为了便于长言咏叹，增强诗歌的感染力。如果要把它和音乐曲调取得更严密的结合，就不象做近体诗只讲平仄的那末简单。清初人黄周星在他著的《制曲枝语》中曾经说到："三仄更须分上去，两平还要辨阴阳。"原来在唐宋词中，平声的阴阳还不够严格，只是上、去、入三声的安排，不论在句子中间或韵脚上都比律诗要讲究得多。一般韵脚是平入独用、上去通协的。

宋词作家注意平别阴阳、仄分上去入，最早见于张炎《词源》卷下所引张枢（字斗南，张炎的父亲）的《寄闲集》（音已失传）。据张炎说：

先人晓畅音律，有《寄闲集》，旁缀音谱，刊行于世。每作一词，必使歌者按之，稍有不协，随即改正。曾赋《瑞鹤仙》一词云：

卷帘人睡起。放燕子归来，商量春事。芳菲又无几。减风光都在，卖花声里。吟边眼底。被嫩绿、移红换紫。甚等闲、半委东风，半委小桥流水。　还是，苔痕湔雨，竹影留云，做晴犹未。繁华迤逦，西湖上、多少歌吹？粉蝶儿、扑定花心不去，闲了寻香两翅。那知人、一点新愁，寸心万里。

此词按之歌谱，声字皆协，惟"扑"字稍不协，遂改为"守"字乃协。始知雅词协音，虽一字亦不放过，信乎协音之不易也。又作《惜花春起早》云："琐窗深。""深"字意不协，改为"幽"字，又不协，再改为"明"字，歌之始协。此三字皆平声，胡为如是？盖五声有唇、齿、喉、舌、鼻，所以有轻清重浊之分。

这里说明由于发音部位的不同，对咬准字音有着重大关系。刘熙载在他所著《艺概》卷四《词曲概》中，有进一步的阐发。他说：

> 词家既审平仄，当辨声之阴阳，又当辨收音之口法。取声取音，以能协为尚。玉田称其父《惜花春起早》词"琐窗深"句，"深"字不协；改为"幽"字，又不协；再改为"明"字，始协；此非审于阴阳者乎？又"深"为闭口音，"幽"为敛唇音，"明"为穿鼻音，消息亦别。

这注意口法的理论，是从元、明以后在歌唱家的实际经验中总结而来的。元人顾仲瑛所著《制曲十六观》云：

> 曲中用字，有阴阳法。人声自然音节，到音当轻清处，必用阴字，音当重浊处，必用阳字，方合腔调。用阴字法，如《点绛唇》首句，韵脚必用阴字。试以"天地玄黄"为句歌之，则歌"黄"字为"荒"字，非也。若以"宇宙洪荒"为句，协矣。盖"荒"字属阴，"黄"字属阳也。用阳字法，如《寄生草》末句七字内，第五字必用阳字。以"归来饱饭黄昏后"为句歌之，协矣。若以"昏黄后"歌之，则歌"昏"字为"浑"字，非也。盖"黄"字属阳，"昏"字属阴也。

近人沈曾植就顾说再加阐明："阴字配轻清，阳字配重浊，此当是乐家相传旧法。"（《菌阁琐谈》）吴梅更以工尺字谱引申其说："七音中合四为下，宜阳声字隶之；六五为高，宜阴声字隶之。"（蔡桢《词源疏证》卷下引）这都是为了说明倚声家所以必须严格讲究四声阴阳的理论根据，词曲原是相同的。

关于这一问题的解答，我觉得明人王骥德说得比较详尽。他在所著《方诸馆曲律》中谈到四声平仄，是这样说的：

四声者，平、上、去、入也。平谓之平，上、去、入总谓之仄。曲有宜于平者，而平有阴、阳；有宜于仄者，而仄有上、去、入。乖其法，则曰拗嗓。盖平声声尚含蓄，上声促而未舒，去声往而不返，入声则逼侧而调不得自转矣。

——《曲律》卷二《论平仄》第五

这是说明四声的不同性质，必得把它们安排在适当的地位，才使歌唱者不至于遭到"拗嗓"的困难。其论阴阳，又把南北曲的不同唱法作了剖析。他说：

夫自五声之有清、浊也，清则轻扬，浊则沉郁。周氏①以清者为阴，浊者为阳；故于北曲中，凡揭起字皆曰阳，抑下字皆曰阴。而南曲正尔相反。南曲凡清声字皆揭而起，凡浊声字皆抑而下。今借其所谓"阴""阳"二字而言，则曲之篇章句字，既播之声音，必高下抑扬，参差相错，引如贯珠，而后可

————
①　指周德清《中原音韵》。

入律吕，可和管弦。倘宜揭也而或用"阴"字，则声必欺字；宜抑也而或用"阳"字，则字必欺声。阴、阳一欺，则调必不和；欲诎调以就字，则声非其声；欲易字以就调，则字非其字矣。毋论听者近耳，抑亦歌者棘喉。《中原音韵》载歌北曲《四块玉》者，原是"彩扇歌，青楼饮"，而歌者歌"青"为"晴"，谓此一字欲扬其音，而"青"乃抑之，于是改作"买笑金，缠头锦"而始叶；正声非其声之谓也。

> ——《曲律》卷二《论阴阳》第六

他这里所引北曲《四块玉》，是马致远写的《海神庙》小令，全文如下：

> 彩扇歌，青楼饮，自是知音惜知音，桂英你怨王魁甚。但见一个傅粉郎，早救了买笑金，知它是谁负心。

> ——《梨园按试乐府新声》卷下

这和《中原音韵》所录：

> 买笑金，缠头锦，得遇知音可人心。怕逢狂客天生沁。纽死鹤，劈碎琴，不害碜。

> ——《中原音韵·正语作词起例》

原是两回事。周德清只把它加上"缠字属阳，妙"五个字的评语，并不曾说是用马词改的。但这第二句的第一字必得用阳平，就是因为紧靠着它的上一字，不论是"歌"字也好，"金"字也好，都属阴平。依北曲的唱法，"金"字或"歌"字刚才抑下，那末，下面就该扬起，所以必定要接上一个阳平的"缠"字。如果第二句的第一字用的仍是阴平的"青"字，就是违反了"高下抑扬、参差相错"的规律，在旋律上转不过来，就自然要把它变成"晴"了。

南曲对阴、阳平的唱法，恰恰和北曲相反，把阴声揭起唱，阳声抑下唱。但"高下抑扬、参差相错"的基本法则，是一样不能违反的。在南曲中阴、阳平的位置，就要看它和它紧靠着的那个字是否搭配得恰当，才能够唱得准确美听。据王骥德的说法："大略阴字宜搭上声，阳字宜搭去声。"并从高则诚《琵琶记》中举了一些例子：

例一（引自第五出《南浦嘱别》）：

旦唱：〔尾犯序〕无限别离情，两月夫妻，一旦孤零。此去经年，望迢迢玉京。思省，奴不虑山遥路远，奴不虑衾寒枕冷；奴只虑，公婆没主，一旦冷清清。

生唱：〔前腔〕何曾，想着那功名？欲尽子情，难拒亲命。我年老爹娘，望伊家看承。毕竟，你休怨朝雨暮云，只得替着我冬温夏清。思量起，如何教我割舍得眼睁睁。

旦唱：〔前腔〕儒衣才换青，快着归鞭，早办回程。十里红楼，休重娶娉婷。叮咛，不念我芙蓉帐冷，也思亲桑榆暮景。亲嘱咐，知他记否空自语惺惺。

生唱：〔前腔〕宽必须待等，我肯恋花柳，甘为萍梗？只怕万里关山，那更音信难凭。须听，我没奈何分情破爱，谁下得亏心短行？从今去，相思两处一样泪盈盈。

这一例中的"冷"字是掣板，要用抑下的唱法，以上声字为最适当。"清"字要揭起唱，该用阴平声字。后面"眼睁睁"的"眼"字、"语惺惺"的"语"字和前面的"冷"字，恰好都是上声；紧接着"清清""睁睁""惺惺"等阴平字，都是异常协调的。只有最后"泪盈盈"的"泪"字是去声；唱起来，一开口就感到用尽气力，还是转不过来；下面紧接着"盈盈"两个阳平字，也不便于揭起，所以必得把"盈"字唱作阴平的"英"字。这个"阳搭去"，是因为去在上而阳在下，而且紧靠着是两个去声、两个阳平的缘故。

例二（引自第二十七出《中秋赏月》）：

生唱：〔念奴娇序〕孤影，南枝乍冷，见乌鹊缥缈惊飞，栖止不定。万点苍山，何处是，修竹吾庐三径？追省，丹桂曾攀，嫦娥相爱，故人千里谩同情。

贴唱：〔前腔〕光莹，我欲吹断玉箫，骖鸾归去，不知风露冷瑶京？环佩湿，似月下归来飞琼。那更，香雾云鬟，清辉玉臂，广寒仙子也堪并。

生唱：〔前腔〕愁听，吹笛关山，敲砧门巷，月下都是断肠声。人去远，几见明月亏盈。惟应，边塞征人，深闺思妇，怪他偏向别离明。

这一例中的"孤影"是以阴平搭下面的上声字，"愁听"是以阳平搭下面的去声字，唱起来都很准确美听。只有"光莹"的"光"字，唱起来好象是个阳平的"狂"字，就因为"光"字是以阴平搭去声的缘故。如果把"光"字改成阳平字，或者把"莹"字改为上声字，那就都可唱准了。

例三（引自第三出《牛氏规奴》）：

丑唱：〔祝英台序〕春昼，只见燕双飞，蝶引队，莺语似求友。那更柳外画轮，花底雕鞍，都是少年闲游。难守，孤房清冷无人，也寻一个佳偶。这般说，终身休配鸾俦。

贴唱：〔前腔〕知否？我为何不卷珠帘，独坐爱清幽？千斛闷怀，百种春愁，难上我的眉头。休忧，任他春色年年，我的芳心依旧。这文君，可不担阁了相如琴奏。

丑唱：〔前腔〕今后，方信你彻底澄清，我好没来由。想象暮云，分付东风，情到不堪回首。听剖：你是蕊宫琼苑神仙，不比尘凡相诱。谨随侍，窗下拈针挑绣。

这一例中的"春昼""知否""今后"三个短句，上面都是阴平字。但只"知否"唱来好听；至于"春"字唱出会变成"唇"字，"今"字唱出会变成"禽"字，就是因为它那下面的"昼""后"两字都是去声，必然要影响它那上面的字调。如果把"春""今"都改成阳平字，或者把"昼""后"都改成上声字，那也就会容易唱得准确的。

这个阴平搭上、阳平搭去的法则，是在昆山水磨腔发明之后才确立起来的。至于旋律方面的自然规律，在"高下抑扬、参差相错"的运用上，每个字调的安排，是该予以仔细斟酌的。

王骥德的这些说法，虽然都属于南曲方面的唱腔关系问题，而要使所配的歌词不违反这些自然规律，必定要把四声阴阳安排得异常恰当，在原则上是词曲相通的。

万树《词律》就是在昆山腔盛行和明代声乐理论家沈宠绥（所著《度曲须知》尤多精辟的见解）、王骥德等的影响下，得到不少启发，从而体会到"高下抑扬、参差相错"的基本法则，宋词和南曲是一脉相承，不无二致的，所以他在《词律·发凡》里，对四声字调的安排问题也就有了一些创见。他说：

平止一途，仄兼上、去、入三种，不可遇仄而以三声概填。盖一调之中，可概者十之六七，不可概者十之三四，须斟酌而后下字，方得无疵。此其故，当于口中熟吟，自得其理。夫一调有一调之风度声响。若上去互易，则调不振起，便成落腔。尾句尤为吃紧。如《永遇乐》之"尚能饭否"、《瑞鹤仙》之"又成瘦损"，"尚""又"必仄，"能""成"必平，"饭""瘦"必去，"否""损"必上，如此然后发调。末二字若用平上，或平去，或去去、上上、上去，皆为不合。

万氏认为，对三仄的处理得服从于每一曲调的风度声响，这是对的。但说"平止一途"，却存有词要"上不类诗、下不类曲"的偏见。平别阴阳,是词曲一贯的,他把张炎《词源》的话都忽略了。他所引的《永遇乐》是辛弃疾的作品,《瑞鹤仙》是史达祖的作品。全文如下:

千古江山,英雄无觅,孙仲谋处。舞榭歌台,风流总被、雨打风吹去。斜阳草树,寻常巷陌,人道寄奴曾住。想当年、金戈铁马,气吞万里如虎。　元嘉草草,封狼居胥,赢得仓皇北顾。四十三年,望中犹记、烽火扬州路。可堪回首,佛狸祠下,一片神鸦社鼓。凭谁问、廉颇老矣,尚能饭否?

　　——《稼轩长短句》卷五《永遇乐·京口北固亭怀古》

杏烟娇湿鬓。过杜若汀洲,楚衣香润。回头翠楼近。指鸳鸯沙上,暗藏春恨。归鞭隐隐,便不念、芳盟未稳。自箫声吹落云东,再数故园花信。　谁问?听歌窗罅,倚月钩阑,旧家轻俊。芳心一寸,相思后,总灰尽。奈春风多事,吹花摇柳,也把幽情唤醒。对南溪、桃萼翻红,又成瘦损。

　　——《梅溪词·瑞鹤仙》

单就这两个曲调的结句四字来说,把它安排为去、平、去、上,"然后发调",这是就音理上来讲,是值得研究的。但这一诀窍,还是要在"高下抑扬、参差相错"的基本法则上,将紧靠着的上下文予以适当调整,才说得通。绝对不能看得太死。看得太死,就要到处碰壁,动多窒碍。单就万氏所举两调来看,《永遇乐》的结句,苏轼词二首,一为"也应暗记"是

"上平去去"，一为"为余浩叹"是"去平去去"（并见《东坡乐府》卷上）；辛弃疾另外四阕，除"记余戏语"为"去平去上"，和"尚能饭否"相同外，余如"更邀素月"是"去平去入"，"这回稳步"和"片云斗暗"都是"去平上去"；这可能说苏、辛词是不大注意音律，也不准备拿给人们去唱，所以有合有不合。至于《瑞鹤仙》，数到周邦彦，是绝对协律，可付歌喉，万无"落腔"的理由的。且看周词的全阕：

> 悄郊原带郭，行路永、客去车尘漠漠。斜阳映山落，敛余红犹恋，孤城栏角。凌波步弱，过短亭、何用素约？有流莺劝我，重解绣鞍，缓引春酌。　　不记归时早暮，上马谁扶？醒眠朱阁。惊飙动幕。扶残醉，绕红药。叹西园、已是花深无地，东风何事又恶？任流光过却，犹喜洞天自乐。
>
> ——《清真集》卷上

这结句六字"犹喜洞天自乐"是"平上去平去入"，还可说是"又一体"，不能和史词并论。但《梅溪词》中另一首《赋红梅》的结句"旧家姊妹"是"去平上去"，《词律》所载第一体毛开词的结句"为谁自绿"（原出《樵隐词》）是"去平去入"，那将怎样解释呢？

因为万树在这些地方看得太死，他那一生辛苦经营的《词律》的可信价值也就被大大贬损了。但他在实际体验中和昆曲唱腔的重大影响下，能够领会到平仄四声所具的不同性质，必须予以适当安排，才能吻合声腔，不致拗嗓，这一点是对填词家有很大启发的。他说：

> 上声舒徐和软，其腔低；去声激厉劲远，其腔高；相配用之，方能抑扬有致。大抵两上两去，在所当避，而篇中①所载古人用字之法，务宜仿而从之，则自能应节，即起周郎②听之，亦当蒙印可也。更有一要诀，曰"名词转折跌荡处多用去声"，何也？三声之中，上、入二者可以作平，去则独异。故余尝窃谓，论声虽以一平对三仄，论歌则当以去对平、上、入也。当用去者，非去则激不起，用入且不可，断断勿用平、上也。
>
> ——《词律·发凡》

他对去声字的特性特别拈出，确是一个重大的发明。不但按之宋词名作，十九皆合；直到现代民间流行的北方曲艺和南方评弹，以至扬州评话等，都很重视这去声字的作用，是值得每一个歌词工作者特别考究的。所谓"名词（名家所填的词）转折跌荡处多用去声"，我们把它叫作"领字"或"领格字"，在前几讲中也曾约略提到。这一个字具有领起下文、顶住上文的特等任务，作为长调慢曲转筋换骨的关纽所在，必须使用激厉劲远的去声字，才能担当得起。有如第四讲所举柳永《八声甘州》中的

---

① 按：指作者万树本人所作《词律》。
② 指三国时的周瑜，他精通音乐，当时有"曲有误，周郎顾"的谚语。

"对""渐""望""叹""误"等字，第五讲所举周邦彦《忆旧游》中的"记""听""渐""道""叹""但"等字，都是全阕的关纽，可以作为最好的范例。

又如姜夔《眉妩》（一名《百宜娇·戏张仲远》）：

> 看垂柳连苑，杜若侵沙，愁损未归眼。信马青楼去，重帘下，娉婷人妙飞燕。翠尊共款，听艳歌、郎意先感。便携手、月地云阶里，爱良夜微暖。　　无限，风流疏散。有暗藏弓履，偷寄香翰。明日闻津鼓，湘江上、催人还解春缆。乱红万点，怅断魂，烟水遥远。又争似相携，乘一舸，镇长见。

> ——《白石道人歌曲》

你看他在"转折跌荡处"和领格字用的"看""听""便""爱""怅""又"等去声字是怎样的发越响亮！还有"信马"的"去上"，"翠尊共款"和"乱红万点"的"去平去上"，"郎意先感"和"良夜微暖"的"平去平上"，"人妙飞燕"和"偷寄香翰"的"平去平去"，"还解春缆"和"烟水遥远"的"平上平上"，各个具有它的特殊音节，细心体味，是和本阕内容所赋的调侃风趣相称的。又如他的自度曲《翠楼吟·淳熙丙午冬，武昌安远楼成，与刘去非诸友落之，度曲见志》：

> 月冷龙沙，尘清虎落，今年汉酺初赐。新翻胡部曲，听毡幕元戎歌吹。层楼高峙。看槛曲萦红，檐牙飞翠。人姝丽，

粉香吹下，夜寒风细。　　此地，宜有词仙，拥素云黄鹤，与君游戏。玉梯凝望久，叹芳草萋萋千里。天涯情味。仗酒祓清愁，花销英气。西山外，晚来还卷，一帘秋霁。

——《白石道人歌曲》

这一调把去声字用在转折跌荡处的，有"看""仗"两字；用在上三下四句式的领首的，有"听""叹"两字；只一"拥"字是用的上声。原来在取逆势的句法中，第一字也有十之八九是适宜于用去声字，才会感到气力充沛，音势劲挺，有如辛弃疾《摸鱼儿》"更能消、几番风雨"的"更"字，姜夔《疏影》"昭君不惯胡沙远，但暗忆江南江北"的"但"字之类皆是。

我们再看柳永、周邦彦这些深通音律的词家，是怎样在"转折跌荡处"运用去声字的？柳作如《卜算子慢》：

江枫渐老，汀蕙半凋，满目败红衰翠。楚客登临，正是暮秋天气。引疏砧、断续残阳里。对晚景、伤怀念远，新愁旧恨相继。　　脉脉人千里。念两处风情，万重烟水。雨歇天高，望断翠峰十二。尽无言、谁会凭高意？纵写得、离肠万种，奈归云谁寄？

又如《雨霖铃》：

寒蝉凄切，对长亭晚，骤雨初歇。都门帐饮无绪，留恋处，兰舟催发。执手相看泪眼，竟无语凝噎。念去去、千里烟波，暮霭沉沉楚天阔。　　多情自古伤离别，更那堪、冷落清秋节！今宵酒醒何处？杨柳岸、晓风残月。此去经年，应是良辰好景虚设。便纵有、千种风情，更与何人说？

——以上并见《乐章集》卷中

这《卜算子慢》的"对""念""纵""奈"等字，《雨霖铃》中的"对""竟""念""更""便"等字，都是去声，在转接提顿处都发挥着重大的作用，加强了声情上的感染力。只要耐心往复吟咏，就会体会到的。

周邦彦工于创调，对音律方面是十分考究的。王国维曾说他的词，"拗怒之中，自饶和婉，曼声促节，繁会相宣，清浊抑扬，辘轳交往"。（《清真先生遗事》）从音律上来看，他对四声字调的安排，确是能够符合"高下抑扬、参差相错"的基本法则，而掌握得非常熟练的。且看他的《齐天乐·秋思》：

绿芜凋尽台城路，殊乡又逢秋晚。暮雨生寒，鸣蛩劝织，深阁时闻裁剪。云窗静掩。叹重拂罗裀，顿疏花簟。尚有綀囊，露萤清夜照书卷。　　荆江留滞最久，故人相望处，离思何限？渭水西风，长安乱叶，空忆诗情宛转。凭高眺远。正玉液新篘，蟹螯初荐。醉倒山翁，但愁斜照敛。

——《清真集》卷下

在这一阕中所用的去声字，发挥着多种作用。除掉用在转折处的"叹""正"两字具有一般承上领下的负重力外，还有"平平仄平平仄"有如"殊乡又逢秋晚"，"仄平平仄仄平仄"有如"露萤清夜照书卷"，"平仄平仄"有如"离思何恨"等特殊句式，他掌握了去声字"激厉劲远"的特性，在适当的句子中间安排上"又""露""夜""照""卷""思""恨"等许多去声字，增强了声情上的激越感；又如"静掩""渭水""眺远""照敛"等去上联缀，也是十分符合南词（即"南曲""南戏"）歌唱行腔时的自然规律的。近人吴梅在他所著的《词学通论》中，就曾提到《齐天乐》有四处必须用去上声，并举"云窗静掩""露萤清夜照书卷""凭高眺远""但愁斜照敛"四句为例，说"静掩""眺远""照敛"等六字"万不可用他声"（第二章《论平仄四声》）。但他却忽略了"渭水"二字也是"去上"，而把另一种运用去声字法的"露萤清夜照书卷"七言句放了上去，这是值得商榷的。

《清真集》中运用去声字特见精彩的，几乎触目皆是。平韵体有如《庆春宫》：

云接平冈，山围寒野，路回渐转孤城。衰柳啼鸦，惊风驱雁，动人一片秋声。倦途休驾，淡烟里、微茫见星。尘埃憔悴，生怕黄昏，离思牵萦。　　华堂旧日逢迎，花艳参差，香雾飘零。弦管当头，偏怜娇凤，夜深簧暖笙清。眼波传意，恨密约、匆匆未成。许多烦恼，只为当时，一饷留情。

仄韵体有如《大酺》：

对宿烟收，春禽静，飞雨时鸣高屋。墙头青玉旆，洗铅霜都尽，嫩梢相触。润逼琴丝，寒侵枕障，虫网吹黏帘竹。邮亭无人处，听檐声不断，困眠初熟。奈愁极频惊，梦轻难记，自怜幽独。 行人归意速，最先念、流潦妨车毂。怎奈向、兰成憔悴，卫玠清羸，等闲时、易伤心目。未怪平阳客，双泪落、笛中哀曲。况萧索青芜国，红糁铺地，门外荆桃如菽。夜游共谁秉烛？

又如《绕佛阁》：

暗尘四敛，楼观回出，高映孤馆。清漏将短，厌闻夜久签声动书幔。桂华又满，闲步露草，偏爱幽远。花气清婉。望中迤逦城阴度河岸。 倦客最萧索，醉倚斜桥穿柳线。还似汴堤虹梁横水面，看浪飐春灯，舟下如箭。此行重见。叹故友难逢，羁思空乱，两眉愁、向谁舒展？

　　　　　　　　——以上并见《清真集》卷下

这三个长调中，在领格和转折跌荡处用去声字的，《大酺》一调有"对""听""奈""况"等，《绕佛阁》一调有"看""叹"等字。在上三下四的特殊句式中把去声字用在句首或中腰第四、第六字的，《庆春宫》一调有"淡烟里微茫见星"的"淡"和"见"，"恨密约匆匆未成"的"恨"和"未"；而这"见"

和"未"都夹在三平的中间，尤关重要。这"平平仄平"的仄声，如果不用去声字，是很难振起的。《大酺》一调有"等闲时易伤心目"的"易"字，《绕佛阁》一调有"两眉愁向谁舒展"的"向"字。这两个去声字就好象七言句中的眼珠子，非把它突出，是难以传神的。辛弃疾作的《水龙吟·登建康赏心亭》结尾是"倩何人唤取，红巾翠袖，揾英雄泪"。这"揾"字的性质也和"易""向"二字相同，而且和领格的"倩"字是互相呼应的。在连用两仄处，使用"上去"的，有如《庆春宫》"只为当时"的"只为"，《大酺》"寒侵枕障"的"枕障"，《绕佛阁》"醉倚斜桥穿柳线"的"柳线"和"还似汴堤虹梁横水面"的"水面"等；使用"去上"的，有如《庆春宫》"路回渐转孤城"的"渐转"，《绕佛阁》"厌闻夜久签声动书幔"的"夜久"，"桂华又满"的"又满"，"闲步露草"的"露草"，"醉倚斜桥穿柳线"的"醉倚"，"看浪飐春灯"的"浪飐"，"叹故友难逢"的"故友"等。这"上去"或"去上"的连用，都是和转腔发调有关的。

至于清真创调，对三仄的安排，多是煞费苦心的。单就《绕佛阁》一调来看，如"暗尘四敛"的"去平去上"，"楼观迥出"的"平去去入"，"高映孤馆"的"平去平上"，"清漏将短"的"平去平上"，"厌闻夜久签声动书幔"的"去平去上平平去平去"，"桂华又满"的"去平去上"，"闲步露草"的"平去去上"，"偏爱幽远"的"平去平上"，"花气清婉"的"平去平上"，"望中迤逦城阴度河岸"的"去平上去平平去平去"，"倦客最萧索"的"去入去平入"，"醉倚斜桥穿柳线"的"去

上平平平上去"，"还似汴堤虹梁横水面"的"平上去平平平平
上去"，"看浪飐春灯"的"去去上平平"，"舟下如箭"的"平
上平去"，"此行重见"的"上平平去"，"叹故友难逢"的"去
去上平平"，"羁思空乱"的"平去平去"，"两眉愁向谁舒展"
的"上平平去平平上"，在每个上下相连的字调中，确实做到
了"高下抑扬、参差相错"的适当处理，也就是王国维所称：
"拗怒之中，自饶和婉，曼声促节，繁会相宣，清浊抑扬，辘
轳交往"的境地，是值得探索宋元词曲的音乐性的人们予以细
心体味的。

谈到短调小令，也有不少地方是得特别注意三仄的适当的
安排，尤其是去声字的处理。例如《柳梢青》：

岸草平沙。吴王故苑，柳袅烟斜。雨后寒轻，风前香软，
春在梨花。　　行人一棹天涯，酒醒处、残阳乱鸦。门外秋
千，墙头红杏，深院谁家。

——《花草粹编》卷四秦少游作

又如《醉太平》：

情高意真，眉长鬓青。小楼明月调筝，写春风数声。
思君忆君，魂牵梦萦。翠绡香暖云屏，更那堪酒醒。

——刘过《龙洲词》

又如《太常引》：

一轮秋影转金波，飞镜又重磨。把酒问姮娥：被白发、欺人奈何？　　乘风好去，长空万里，直下看山河。斫去桂婆娑，人道是、清光更多。

——《稼轩长短句》卷十二《建康中秋夜，为吕叔潜赋》

仙机似欲织纤罗，仿佛度金梭。无奈玉纤何。却弹作、清商恨多。　　珠帘影里，如花半面，绝胜隔帘歌。世路苦风波。且痛饮、公无渡河。

——《稼轩长短句》卷十二《赋十四弦》

象上面这三调中，凡四字相连作"平平仄平"的句子，其第三字都该用去声字，才能将音调激起。例如"残阳乱鸦"的"乱"，"情高意真"的"意"，"眉长鬓青"的"鬓"，"春风数声"的"数"，"思君忆君"的"忆"，"魂牵梦萦"的"梦"，"欺人奈何"的"奈"，"清光更多"的"更"，"清商恨多"的"恨"，"公无渡河"的"渡"，都是把这个去声字当作"画龙点睛"来使用的。只刘过"更那堪酒醒"的"酒"字错用了上声，音响就差多了。

总之，四声阴阳的适当处理，是为了歌者利于转喉，听者感到悦耳，才使作者刻意经营，不惜忍受种种严格限制，而竭尽心力以赴之。至于如何审音赴节，宜在一阕写成之后，往复吟玩，是否不致棘喉，不致刺耳，同时对前人名作，平时多多含咀，对这里面的巧妙作用，是会一旦豁然贯通的。

第九讲 论比兴

谈到我国古典诗词的艺术手法，除了特别措意于音律的和谐，做到"韵协则言顺，言顺则声易入"①的地步，也就是要使诗歌的语言艺术必得富有音乐性之外，它的表现形式，总不出乎赋、比、兴三种，而比、兴二者尤为重要。关于比兴的意义，刘勰既著有专篇（《文心雕龙》卷八《比兴》第三十六），又在《明诗》篇中说到："人禀七情，应物斯感，感物吟志，莫非自然。"在《辨骚》篇中说到："虬龙以喻君子，云蜺以譬谗邪，比兴之义也。"我国古代诗人，总是把"风""骚"作为学习的最高标准。张惠言在他的《词选》序上，首先就提到这一点。他说：

　　词者，盖出于唐之诗人，采乐府之音以制新律，因系其

---

① 见白居易《与元九书》。

词，故曰词。传曰："意内而言外谓之词。"①其缘情造端，兴于微言，以相感动，极命风谣里巷男女哀乐，以道贤人君子幽约怨悱不能自言之情，低徊要眇以喻其致，盖诗之比兴，变风之义，骚人之歌，则近之矣。

这一段话，虽然是以说"经"的标准，有意抬高"曲子词"在文学发展史中的地位，也就是前人所谓"尊体"，不免有些牵强附会的说法，但一般富有思想内容的作品，都得"同祖风骚"（借用沈约《宋书》卷六十七《谢灵运传论》中语），措意比兴，这看法还是比较正确的。

　　唐孔颖达在解释"诗有六义"时说："赋、比、兴是诗之所用，风、雅、颂是诗之成形，用彼三事，成此三事，是故同称为义。"他又引汉儒郑玄的话而加以引申："比者，比方于物，诸言如者皆比辞也。兴者，托事于物，则兴者起也，取譬引类，起发己心，诗文诸举草木鸟兽以见意者皆兴辞也。"（《毛诗·国风·周南》疏）这说明赋、比、兴都是作诗的手法，但"比显而兴隐"，所以运用的方式略有不同，要不外乎情景交融、意在言外，它的作用是要从骨子里面去体会的。

　　用比兴来谈词，就是要有"言在此而意在彼"的内蕴，也就是前人所谓要有"寄托"。《乐记》谈到音乐的由来，就是这样说的："凡音之起，由人心生也。人心之动，物使之然也。感于物而动，故形于声。"人们的感情波动，是由于外

---

　　①　语出许慎《说文解字》。

境的刺激而起，这也就是比兴手法在诗歌语言艺术上占着首要地位的基本原因。刘熙载在他著的《诗概》中说："'昔我往矣，杨柳依依。今我来思，雨雪霏霏。'（《诗经·小雅·鹿鸣之什·采薇》）雅人深致，正在借景言情。"（《艺概》卷二）这"借景言情"的手法，正是古典诗词怎样运用语言艺术的关键所在，也就是比兴手法的基本精神。他又在《词曲概》中说："词深于兴，则觉事异而情同，事浅而情深。故没要紧语正是极要紧语，乱道语正是极不乱道语，固知'吹皱一池春水，干卿何事？'原是戏言。"（《艺概》卷四）触景生情，就得很巧妙地运用比兴手法，把"没要紧语"转化为"极要紧语"，而使作者内蕴的深厚情感，成为"言有尽而意无穷"的弦外之音。譬如我在第五讲中所举辛弃疾那阕《清平乐·独宿博山王氏庵》，它的上半阕"绕床饥鼠，蝙蝠翻灯舞。屋上松风吹急雨，破纸窗间自语"所描绘的全是外境，而一种忧国忧谗、致慨于奸邪得志、志士失职的沉痛心情，自然流露于字里行间，表面上却只是一些表现荒山茅屋夜境凄凉的"没要紧语"而已。又如第七讲中所举李璟的《摊破浣溪沙》"菡萏香销翠叶残，西风愁起绿波间"，近人王国维以为"大有众芳芜秽、美人迟暮之感"（《人间词话》卷上），也只是善于运用比兴手法，淡淡着笔，寓情于景，而读之使人黯然神伤，袅袅余音不断萦绕于灵魂深处，这境界是十分超绝的。又如辛弃疾的《摸鱼儿》，以"画檐蛛网"喻群小得志，粉饰太平，使南宋半壁江山陷于苟延残喘的颓势；以"玉环飞燕"喻一时得宠的小人，最后亦只有同归于尽，而"斜阳烟柳"无限感伤，也只是用寻常景语烘托出来。这一切都是合于张惠言所称"诗之比兴变风之义"的。

比兴手法，总不外乎情和景，外景和内心的恰相融会，或后先激射，或神光离合，要以言近旨远、含蕴无尽为最富于感染力。即以苏、辛一派而论，运用这比兴手法以表达他那"幽约怨悱不能自言之情，低徊要眇以喻其致"的，亦几乎触目皆是。例如苏轼《卜算子·黄州定慧院寓居作》：

> 缺月挂疏桐，漏断人初静。谁见幽人独往来？缥缈孤鸿影。　　惊起却回头，有恨无人省。拣尽寒枝不肯栖，寂寞沙洲冷。
>
> ——《彊村丛书》本《东坡乐府》卷二

他所描写的，表面上只是夜静更阑、一片荒凉景象。乍吟也只感到一些"没关紧要语"。但把整个结构联系起来，仔细体会一下它所包含的情致：为什么会全神注视着那残缺月轮斜挂在那疏疏落落的梧桐枝上？为什么会感到"寂寞沙洲"上的"缥缈孤鸿"，象是"幽人"在踯躅"往来"，"拣尽寒枝不肯栖"呢？为什么这"缥缈孤鸿"又要"惊起却回头"，好象是"有恨无人省"呢？我们只要把它反复多读几遍，就会逐步深入，体会到这首词的丰富内容是只能"低徊要眇以喻其致"，而有其不能直说的难言之痛的。苏轼是一个关心政治的文人。他在作徐州太守时，就曾为人民做了一些好事；而这时他的处境，正因"乌台诗案"①而被贬谪为黄州团练副使，一举一动都要受到监视，当然谈不到什么言论自由。他这时的忧谗畏讥而又不肯屈志徇俗，又感到象屈原一样的"系心君国，不忘欲返"的矛盾心理，是难以自制而又无从声诉的，也就只能托物寓兴，借以稍抒其抑塞不平之气而已。所以张惠言说"此词与《考槃》诗（《诗经·卫风·考槃》毛传："刺庄公也。不能继先公之业，使贤者退而穷处。"）极相似"，是不为无因的。黄庭坚赞美这首词，说是："语意高妙，似非吃烟火食人语，非胸中有数万卷书，笔下无一点尘俗气，孰能至此？"（《苕溪渔隐丛话》前集卷三十九）也还是有所避忌，不敢明言其内蕴的。

我们再看苏轼的《水龙吟·次韵章质夫杨花词》：

似花还似非花，也无人惜从教坠。抛家傍路，思量却是，无情有思。萦损柔肠，困酣娇眼，欲开还闭。梦随风万里，寻郎去处，又还被、莺呼起。　　不恨此花飞尽，恨西园、落红难缀。晓来雨过，遗踪何在？一池萍碎。春色三分，二分尘土，一分流水。细看来不是，杨花点点，是离人泪。

——《东坡乐府》卷二

这词一开始就写上"似花还似非花"六字，表明他的作意，是有所托兴的。所以刘熙载说："此句可作全词评语，盖不离不

---

① 详见胡仔《苕溪渔隐丛话》前集卷四十二至四十五。

即也。"（《艺概》卷四《词曲概》）接着就致慨于号称薄命的杨花，是素来不被人们重视，而一任狂风飘荡，毫无怜悯之情的。可是这轻盈弱质，似乎也很理解人世种种悲欢，不以自身的微薄而甘心轻掷韶华、湮埋尘土，尽管人们把它抛弃路旁，而顾影自怜，仍然是留恋着大好春光，不肯轻易地飘然而去。"无情"从"也无人惜"推进，"有思"从"还似非花"逗出。是花？是人？迷离惝恍，这叫作空灵之笔，用以曲达劳人思妇乃至"贤人君子幽约怨悱不能自言之情"，是《诗》《骚》以来的传统手法，作者很巧妙地把来用在咏物词上，所谓"不即不离"，若有意，若无意，是教人难以捉摸的。"萦损"以下三句十二字，是从柔枝嫩叶中飘出柳絮，风搅成团，从而摄取远神，好象它正在用尽全力，要把将去的春光没命地遮拦住它的去路，但一刹那间，又被风力扬开了，一阵狂飙，又好象在拼命追寻它那"意中人"的去处，情调是紧张迫促的。"莺呼"六字，借用唐人诗"打起黄莺儿，莫教枝上啼。啼时惊妾梦，不得到辽西"的语意，"巧舌如簧"的黄莺儿，是不会怜惜"薄命佳人"的恳挚心情而予以方便的。作者是一个口直心快而富有政治热情的文人，经过黄州迁谪之后，感到宦途风波的险恶，而又不能忘怀于得君济世，这弦外之音，不是虚无缥缈，了无着落的。过片两句，点出薄命杨花随风飘尽，原亦不足深惜；可是随着"此花"的"飞尽"而堕地的"落红"也更没法把她重缀枝头，留住春光，坐使大好时机迅即消逝，那就难免"闲愁万种"都上心来。宵来一雨，连影儿都不存在，一化浮萍，无根可托，那就什么都谈不上了。"春色三分"全随"尘土"与"流水"以俱去。结笔"画龙点睛"
（借用郑文焯评语），逗出题旨，并与发端遥相呼应。这里面
有人，呼之欲出，绝非无病呻吟，是可断言的。

陈廷焯把"沉郁"二字作为填词艺术的最高境界，并予
以说明："所谓沉郁者，意在笔先，神余言外，写怨夫思妇之
怀，寓孽子孤臣之感。凡交情之冷淡，身世之飘零，皆可于一
草一木发之。而发之又必若隐若见，欲露不露，反复缠绵，终
不许一语道破，匪独体格之高，亦见性情之厚。"（《白雨斋
词话》卷一）他说了这一大段话，却不理解这"意在笔先，神
余言外"的境界，都得先从深入体验生活，具有正确的思想与
政治热情出发，然后运用我们民族传统的语言艺术，也就是比
兴手法表达出来。不但是"交情之冷淡，身世之飘零，皆可于
一草一木发之"，就是解放全人类的大同思想和一切伟大光明
的政治抱负以及坚贞不拔的深厚感情，也都适用这比兴手法，
才能渗入心灵深处，使人们如饮醇酒，如聆妙曲，被其薰染陶
醉，潜移默化而不自知。不过在长期的不合理的封建社会制度
下，类多失职不平的志士和备受压迫的劳动人民，常是托意于
草木鸟兽以寄其"怨悱不能自言之情"，并非这比兴手法，只
限于"沉郁"的一境而已。

北宋词人如贺铸，有一部分作品是接近苏轼而下开辛弃疾
的豪迈之风的。他尝说学诗于前辈，有了八句心得，是："平
澹不流于浅俗，奇古不邻于怪癖，题诗不窘于物象，叙事不病
于声律，比兴深者通物理，用事工者如己出，格见于成篇浑然
不可镂，气出于言外浩然不可屈。"（《苕溪渔隐丛话》前集

卷三十七引《王直方诗话》）这里面最主要的要算第五和第八两句。一个诗词作者，如果不能巧妙地掌握比兴手法而又有"浩然不可屈"之气，是不会有很大成就的。且看他用《踏莎行》改写的《芳心苦》：

　　杨柳回塘，鸳鸯别浦，绿萍涨断莲舟路。断无蜂蝶慕幽香，红衣脱尽芳心苦。　　返照迎潮，行云带雨，依依似与骚人语：当年不肯嫁春风，无端却被秋风误！

　　　　　　　　　——《彊村丛书》本《东山词》卷二

他所刻意描画的，表面是荷花，而使人感到"骚情雅意，哀怨无端，读者亦不自知何以心醉，何以泪堕"（《白雨斋词话》卷一）。又如他的《眼儿媚》：

　　萧萧江上荻花秋，做弄许多愁。半竿落日，两行新雁，一叶扁舟。　　惜分长怕郎先去，直待醉时休。今宵眼底，明朝心上，后日眉头。

　　　　　　　　　——《彊村丛书》本《东山词补》

也只是触物起兴，淡淡着墨，寓情于景，自然使读者有黯然消魂之致。这和《诗经·秦风·蒹葭》是用的同一手法。

　　和贺铸用同一手法，借物喻人，以自抒其身世之感的，还有陆游的《卜算子·咏梅》：

驿外断桥边，寂寞开无主。已是黄昏独自愁，更着风和
雨。　　无意苦争春，一任群芳妒。零落成泥碾作尘，只有香
如故。

——《宋六十家词》本《放翁词》

上片借梅花的冷落凄凉，以发抒忠贞之士不特横遭遗弃，兼受
摧残的悲愤心情；下片表明个人无意争权夺利，只有长保高
洁，也就是屈原《离骚》所唯"宁溘死而流亡兮，予不忍为此
态也"的意思。"比显而兴隐"，这是较易看得出来的。

　　至于姜夔的《小重山令·赋潭州红梅》：

人绕湘皋月坠时，斜横花树小，浸愁漪。一春幽事有谁
知？东风冷，香远茜裙归。　　鸥去昔游非。遥怜花可可，梦
依依。九疑云杳断魂啼，相思血，都沁绿筠枝。

——《白石道人歌曲》

他所刻意描绘的是虚拟的"梅魂"，又托意湘妃，以寓个人漂
泊无归的无穷悲慨。"湘皋月坠"，正是"湘灵鼓瑟"之时。
一落笔便有屈子行吟、憔悴江潭之感。宵深月落，为何步绕
湘皋？七字宛然苏词"谁见幽人独往来？缥缈孤鸿影"的意
味；也和姜作《疏影》"想佩环、月夜归来，化作此花幽
独"，用同一手法摄取"梅魂"。是人是神？迷离惝恍。
承以"斜横花树小，浸愁漪"八字，暗用林逋"疏影横斜
水清浅"的诗意，借以点题。接着"一春幽事有谁知"七

字，宕开一笔，追摄远神。紧跟"东风冷，香远茜裙归"八字收缴上片，点出这是"红梅"。她那"冷艳欺雪"的精神，是值得骚人赞美的。过片以"鸥去昔游非"五字映出"人间万感幽单"的悲凉情绪。"遥怜花可可，梦依依"，又从"梅魂"眼里细认真身，相怜倩影。"可可"百无聊赖之意，和柳永《定风波》"芳心是事可可"，并用宋代方言。"九疑云杳断魂啼"，点出主题思想。这个曳着茜裙月夜归来的林下美人，该不是别的什么，而是流落湘滨的虞舜二妃。舜南巡，崩于苍梧之野，葬于九疑之山。哀此贞魂，怅对"九疑云杳""如怨如慕，如泣如诉""天涯沦落"，是异代同悲的。结以"相思血，都沁绿筠枝"，又用《博物志》"舜崩，二妃啼，以涕挥竹，竹尽斑"的民间传说故事以相衬托，缴足题旨。这种比兴手法较为隐晦，意味却是深长的。

　　我们再来探索一下姜夔那两阕号称"千古词人咏梅绝调"（郑文焯手批《白石道人歌曲》）的《暗香》《疏影》，看看他是怎样运用比兴手法的。

　　旧时月色，算几番照我，梅边吹笛？唤起玉人，不管清寒与攀摘。何逊而今渐老，都忘却、春风词笔。但怪得、竹外疏花，香冷入瑶席。　　江国，正寂寂。叹寄与路遥，夜雪初积。翠尊易泣，红萼无言耿相忆。长记曾携手处，千树压、西湖寒碧。又片片、吹尽也，几时见得？

　　　　　　　　　　　　——《白石道人歌曲·暗香》

苔枝缀玉，有翠禽小小，枝上同宿。客里相逢，篱角黄昏，无言自倚修竹。昭君不惯胡沙远，但暗忆、江南江北。想佩环、月夜归来，化作此花幽独。　　犹记深宫旧事，那人正睡里，飞近蛾绿。莫似春风，不管盈盈，早与安排金屋。还教一片随波去，又却怨、玉龙哀曲。等恁时、重觅幽香，已入小窗横幅。

　　　　　　　　　　——《白石道人歌曲·疏影》

我们要了解这两首词的比兴所在，必得约略了解他所处的时代和他所常往还的朋友是些什么人物。他在他所写的"自叙"里提到："参政范公（成大）以为翰墨人品皆似晋、宋之雅士。待制杨公（万里）以为于文无所不工，甚似陆天随（龟蒙）。于是为忘年交。"又说："稼轩辛公（弃疾）深服其长短句。"赏识他的才艺的名流是很多的。他慨叹着说："嗟乎！四海之内，知己者不为少矣，而未能有振之于窭困无聊之地者。"（周密《齐东野语》卷十二引）他郁郁不得志，连个人的生活都得依靠亲友们的帮助。"士为知己者死"，是我国长期封建社会制度下知识分子的常情。据夏承焘考定，这两首词作于公元 1191 年（光宗绍熙二年辛亥）由合肥南归，寄住苏州范成大的石湖别业时。距离他写《扬州慢》（孝宗淳熙三年丙申，公元 1176 年），虽已有了十五年之久，而他在《扬州慢》和《凄凉犯》词中所描绘的金兵进犯后江北一带的荒凉景象，该是不会轻易忘怀的。在他的朋友中，如上面所举范成

大、杨万里、辛弃疾等，又都是具有爱国思想的人，他虽落拓
江湖，又怎能不"系心君国"，慨然有用世之志？他写《暗
香》《疏影》时，据夏承焘说，年龄还只三十七岁，正是才人
志士还可以发愤有为的时候。由于这些情况，他对范成大是该
存有汲引上进的幻想的。张惠言说："时石湖（范成大）盖有
隐遁之志，故作此二词以沮之。"又说："首章言己尝有用
世之志，今老无能，但望之石湖也。"他又在《疏影》下注
云："此章更以二帝之愤发之，故有昭君之句。"（并见《词
选》）夏承焘说："石湖此时六十六岁，已宦成身退，白石实
年少于石湖二十余岁，张说误。"（夏著《姜白石词编年笺
校》卷三）而邓廷桢著《双砚斋词话》评说此词"乃为北庭后
宫言之"。

　　我们试把张惠言、邓廷桢、郑文焯、夏承焘诸人的说法参
互比较一下。我觉得《暗香》"言己尝有用世之志"，这一点
是对的。但"望之石湖"，却不是为了自己的"今老无能"，
而是希望范能爱惜人才，设法加以引荐。所以他一开始就致感
于过去范氏对他的一些照护。"何逊"二句，不是真个说的自
己老了，而是致慨于久经沦落，生怕才华衰退，不能再有作
为，是自谦也是自伤的话头。"竹外疏花"，仍得将"冷香"
袭入"瑶席"，是说自己的憔悴形骸，还有接近有力援引者
的机会又不免激起联翩浮想，寄希望于石湖。过片再致慨于
士气消沉，人才寥落，造成南宋半壁江山的颓势。"寄与"二
句是借用陆凯寄范晔"江南无所有，聊赠一枝春"的诗意，个
人想要一抒忠悃，犯寒生"春"，争奈雨雪载途，微情难达。

"翠尊"二句亦感于石湖业经退隐，未必更有汲引的可能，亦惟有相对无言，黯然留作永念而已。"长记"二语，可能在范得居权要时有过邀集群贤暗图大举的私议。"西湖"是南宋首都所在，这一句是有些"漏泄春光"的。曾几何时，"又片片吹尽也"！后缘难再，亦只有饮泣吞声而已！

至于《疏影》一阕，为"伤心二帝蒙尘，诸后妃相从北辕，沦落胡地"（郑文焯语）而发，我认为是无可怀疑的。发端"苔枝缀玉"点出古梅（绍兴、吴兴一带的古梅，有苔须垂于枝间，见范成大《梅谱》），以暗示这类梅花不是寻常品种。承以"翠禽"二句，暗用东坡《西江月·梅花》词："玉骨那愁瘴雾，冰肌自有仙风。海仙时遣探芳丛，倒挂绿毛幺凤"①的语意，反映妃嫔流落，还有谁像枝上珍禽，可以"遣探芳丛"的呢？"客里"以下十四字，把林逋咏梅名句"疏影横斜水清浅，暗香浮动月黄昏"和"雪后园林才半树，水边篱落忽横枝"，予以重新组织，再参杜甫"天寒翠袖薄，日暮倚修竹"诗意，衬出贞姿摧抑、憔悴自伤的无穷悲慨。"昭君"二句标明题旨，把格局宕开，紧接"佩环"二句，点出词人发咏，不仅仅是为了"玉骨""冰姿"的"风流高格调"而致以惋惜而已。过片运用宋武帝女寿阳公主梅花妆额故事②以托兴"金枝玉叶"的同被摧残，旧时的蛾眉曼睩，娇态艳妆，都是不堪回首的了。"莫似春风"三句，又复致慨于"前车之

① 毛晋刻《东坡词》注云："惠州梅花上珍禽曰倒挂子，似绿毛凤而小。"
② 详见《太平御览》时序部十五《人日》引《杂五行书》。

覆",悲剧岂容重演?"早与安排金屋"是"未雨绸缪"的意思。如果"还教一片随波去","又却怨"那吹落梅花的"玉龙哀曲",悔之不迭,可是还有什么用处呢?行文到此,逼出"等恁时(那时)重觅幽香,已入小窗横幅"的结局,那就一切都化为尘影,徒供后人的凭吊而已。惩前事以资警惕,也只有范成大能理解姜夔的心事。石湖也老了,凛宗国的颠危,悯才人的落拓,拿什么来安慰这才品兼优的壮年雅士呢?赠以青衣小红(见《砚北杂志》卷下),亦聊以纾汝抑塞磊落的无聊之思。倘如辛弃疾所谓"倩何人唤取,红巾翠袖,揾英雄泪"①者,石湖固深喻白石的微旨欤?姜夔运用这种哀怨无端的比兴手法,乍看虽似过于隐晦,而细加探索,自有它的脉络可寻。如果单拿浮光掠影的眼光来否定前贤的名作,是难免要"厚诬古人"的。

　　和辛弃疾同时而自诩他的词为"平生经济之怀,略已陈矣"②的陈亮,有的作品也是运用比兴手法来写的。例如《水龙吟·春恨》:

　　闹花深处层楼,画帘半卷东风软。春归翠陌,平莎茸嫩,垂杨金浅。迟日催花,淡云阁雨,轻寒轻暖。恨芳菲世界,游人未赏,都付与、莺和燕。　　寂寞凭高念远,向南楼、一声归雁。金钗斗草,青丝勒马,风流云散。罗绶分香,翠绡封

---

①　见《水龙吟·登建康赏心亭》。
②　见叶适《水心文集》卷二十九《书龙川集后》。

泪，几多幽怨？正销魂，又是疏烟淡月，子规声断。

——夏承焘《龙川词校笺》下卷

这表面所描画的，也只是一些惜别伤春的"没要紧语"，而刘熙载却拈出"恨芳菲世界"以下十五字，以为"言近旨远，直有宗留守（泽）大呼渡河之意。"（《艺概》卷四《词曲概》）这是要从他所运用的比兴手法上去仔细体会的。

关于辛弃疾的作品，我们在上面也说得不少了。这里再举一首《汉宫春·立春日》：

春已归来，看美人头上，袅袅春幡。无端风雨，未肯收尽余寒。年时燕子，料今宵、梦到西园。浑未办、黄柑荐酒，更传青韭堆盘。　　却笑东风从此，便薰梅染柳，更没些闲。闲时又来镜里，转变朱颜。清愁不断，问何人、会解连环？生怕见、花开花落，朝来塞雁先还。

——《稼轩长短句》卷六

周济指出："'春幡'九字，情景已极不堪。燕子犹记年时好梦，'黄柑''青韭'，极写燕安鸩毒。换头又提起党祸，结用'雁'与'燕'激射，却捎带五国城旧恨。辛词之怨，未有甚于此者。"（《宋四家词选》）其实也只是善于运用比兴手法，不觉感时抚事，激成泠泠弦外之音，使读者摸去有棱，一切遂皆不同泛设。把周济的话说得更明白些，一开首就是指斥那批奸佞之徒，听到和议告成，就个个自鸣得意，打扮得妖妖俏俏的，一味迷惑视听，可惜的是，敌人是贪得无厌的，得寸进尺，还会使你不能安枕。"年时燕子"二句，包括徽、钦二帝和一切沦陷区的老百姓在内，也是陆游诗所谓"遗民泪尽胡尘里，南望王师又一年"的意思。"黄柑"二句借用民间立春的事，暗指南渡君臣荒于酒食，不肯想到"余寒"的可怕。过片"却笑东风从此"三句，极写那批小人怎样忙着粉饰太平，荧惑上听。"闲时"以下十字，写他们没得正经事可干时，又只用尽心机来陷害忠良，催逼得仁人志士们"白发横生，惟忧用老"。"清愁"二句，可和《祝英台近》的"是他春带愁来，春归何处，却不解带将愁去"参互体察。结笔"塞雁先还"，正和开端"袅袅春幡"遥相激射。丧心病狂之辈，对敌国外患熟视无睹，彼且为之奈何哉！我常说，"忧国""忧谗"四字贯穿于整个《稼轩长短句》的代表作中，应该从这些善于运用比兴手法上去体会。

至于宋季诸家，如周密、王沂孙、张炎等许多咏物词，更是托意幽隐，不同无病呻吟之作。只是用典过多，不易领会，兼属亡国哀思之音，读之使人凄黯，这里就不更琐述了。

总之，比兴手法是我国诗歌传统艺术的最高标准。善于掌握它，是可以发挥最大的感染力，而使读者潜移默化的。

第十讲　论欣赏和创作

　　欣赏和创作有着不可分割的关系。我们对任何艺术，想要得到较深的体会和理解，从而学习作者的表现手法，进一步做到推陈出新，首先必得钻了进去，逐一了解它的所有窍门，才能发现问题，取得经验，彻底明白它的利病所在。熟则生巧，自然从追琢中来。前人所谓先贵能入，后贵能出，一切继承和创作的关系都是如此。词为倚声之学，要掌握它的特殊规律，创作适宜于配合曲调的歌词，更非得深入钻研，并予以实践，是很难谈到真正的欣赏，也就不能对创作上有多大的帮助。

　　"奇文共欣赏，疑义相与析。"①这是晋代杰出诗人陶潜告诉我们的经验之谈。我们要想欣赏"奇文"，就得首先发现问题，分析问题，才能彻底理解它的"奇"在那里，从而取得赏心悦目"欣然忘食"的精神享受。孟轲曾以"以意逆志"说

―――――――――

　　①　《陶渊明集》卷二《移居》。

诗，他所说的"志"也就是现在一般所说的思想感情。正确的思想和真挚的感情是要靠巧妙的语言艺术表现出来的。把读者的思想感情去推测作者的思想感情，从而得到感染，取得精神上的享受，是要通过语言艺术的媒介才能做到的。我们在前面已经谈过，词是最富于音乐性的文学形式，而这种特殊形式之美，得就"色""香""味"三方面去领会。正如刘熙载所说：

> 词之为物，色、香、味宜无所不具。以色论之，有借色、有真色。借色每为俗情所艳，不知必先将借色洗尽而后真色见也。
>
> ——《艺概》卷四《词曲概》

王国维也有所谓"生香真色"的说法（见《人间词话》卷下）。刘氏又称：

> 司空表圣（图）云："梅止于酸，盐止于咸，而美在酸咸之外。"严沧浪云："妙处透彻玲珑，不可凑泊，如水中之月，镜中之像。"此皆论诗也，词亦以得此境为超诣。
>
> ——《艺概》卷四《词曲概》

象这类"水中之月，镜中之像"和"美在酸咸之外"的词境，以及所谓"色""香""味"等，是不可捉摸的东西，我们要理解它，又非经过视觉、嗅觉、触觉等等的亲身体验，是很难把它说得明白的。

由于词的语言艺术最主要的一点是和音乐结着不解之缘，所以要想去欣赏它，首先得在"声"和"色"两方面去体味。"声"表现在"高下抑扬、参差相错"的基本法则上面，"色"表现在用字的准确上面。我们要初步理解和掌握这两方面的手法，就得先从读词做起。近人蒋兆兰说：

> 作词当以读词为权舆（始也）。声音之道，本乎天籁，协乎人心。词本名乐府，可被管弦。今虽音律失传，而善读者辄能锵洋和均，抑扬高下，极声调之美。其浏亮谐顺之调固然，即拗涩难读者亦无不然。及至声调熟极，操管自为，即声响随文字流出，自然合拍。

> ——《词说》

学填词必先善于读词。一调有一调的不同节奏，而这抑扬高下、错综变化的不同节奏，又必须和作者所抒写的思想感情的起伏变化恰相适应，才能取得内容和形式的密切结合，达到语言艺术的高峰。这一切，我在前面都已大致分析过了。关于四声平仄和韵位的安排，怎样通过发音部位而取得和谐悦耳，也非反复吟咏，细审于喉吻间，是很难做到声入心通，感受到作品的强烈感染力的。

谈到用字的准确，也得从两方面来看。一方面是"炼声"，也就是张炎所说，"要字字敲打得响，歌诵妥溜"。一方面是"侔色"，也就是陆辅之所说的"词眼"（见《词旨》）。这和《诗人玉屑》所称"古人炼字，只于眼上炼，盖五字诗以第三字为眼，七字诗以第五字为眼"，有所不同。刘熙载说得好：

> 眼乃神光所聚，故有通体之眼，有数句之眼，前前后后，无不待眼光照映。若舍章法而专求字句，纵争奇竞巧，岂能开阖变化，一动万随耶？
>
> ——《艺概》卷四《词曲概》

不论是通体的"眼"也好，数句的"眼"也好，这"眼"的所在，必得注意一个字或一个句子的色彩，须特别显得光辉灿烂，四照玲珑，有如王国维所说："'红杏枝头春意闹'（宋祁《玉楼春》），著一'闹'字而境界全出；'云破月来花弄影'（张先《天仙子》），著一'弄'字而境界全出。"（《人间词话》卷上）这一个"闹"字和一个"弄"字，能使一句生"色"，也使通体生"色"。又如柳永《雨霖铃》"今宵酒醒何处？杨柳岸、晓风残月"，也可算是通体的"眼"，著此一句，而千种风情，万般惆怅，都隐现于字里行间，玲珑透彻，言有尽而意无穷。但这种境界，非得反复吟讽，心领神会，把每一个字分开来看，再把整体的结构综合起来看，着实用一番含咀功夫，是不容易理解的。

近代词家况周颐也曾以他数十年积累的经验告诉我们，使我们对这一方面有了下手功夫。他说：

读词之法，取前人名句意境绝佳者，将此意境缔构于吾想望中，然后澄思渺虑，以吾身入乎其中而涵泳玩索之，吾性灵与相浃而俱化，乃真实为吾所有而外物不能夺。

——《蕙风词话》卷一

象他这样的读法，确实有利于欣赏，同时也有利于创作。因为这样才能够把读者和作者的思想感情融成一片，通过语言文字的艺术手法，使作者当时所感受到的真实情景，一一重现于读者的心目中，使读者受到强烈的感染，更从而彻底了解各式各样的表现艺术，作为自己随物赋形、缘情发藻的有力手段。这在严羽叫作"妙悟"，而"妙悟"却由"熟读"中来。严羽教人学诗，又有所谓"三节"的说法：

其初不识好恶，连篇累牍，肆笔而成；既识羞愧，始生畏缩，成之极难；及其透彻，则七纵八横，信手拈来，头头是道矣。

——《沧浪诗话·诗法》

我们每一个有成就的卓越诗人或艺术家，都得经过这三个阶段。其实这也就是思想性和艺术性的结合问题，继承和创作的关系问题，在我们上一辈的文学理论家却只把它叫作"能入"和"能出"。南宋诗人杨万里就曾把他写诗的亲身体验告诉我们。他在《荆溪集·自序》中说：

> 予之诗，始学江西诸君子，既又学后山五字律，既又学半山老人七字绝句，晚乃学绝句于唐人，学之愈力，作之愈寡。

这是说明他由第一阶段跨入第二阶段，经过不少艰苦的历程。对前人的表现艺术有了深切的理解，从而感到这里面的甘苦，要把自己的思想感情表达得恰如其分，不是那末容易。接着他又说：

> 其夏，之官荆溪，既抵官下，阅讼牒，理邦赋，惟朱墨之为亲。诗意时往日来于予怀，欲作未暇也。戊戌三朝时节，赐告，少公事，是日即作诗，忽若有悟，于是辞谢唐人及王、陈、江西诸君子，皆不敢学，而后欣如也。试令儿辈操笔，予口占数首，则浏浏焉，无复前日之轧轧矣。自此，每过午，吏散庭空，即携一便面，步后园，登古城，采撷杞菊，攀翻花竹，万象毕来，献予诗材，盖麾之不去，前者未膺而后者已迫，涣然未觉作诗之难也，盖诗人之病，去体将有日矣。方是时，不惟未觉作诗之难，亦未觉作州之难也。

这说明他的最后阶段，也就是严羽所说的"透彻"阶段。这在诗家叫作"妙悟"，词家叫作"浑化"，也就是陆游所说的"文章本天成，妙手偶得之"。再明白地说，也只是深入了解过前人积累的经验，融会贯通了各种语言艺术，"物来斯应"，从而解决了思想性与艺术性的结合问题；只是把作者所要说的话，如实地巧妙地表达得恰如其分而已。

　　王国维推演其说，向来谈词，也有所谓三种境界的说法。他说：

　　古今之成大事业、大学问者，必经过三种之境界。"昨夜西风凋碧树，独上高楼，望尽天涯路。"（晏殊《蝶恋花》）此第一境也。"衣带渐宽终不悔，为伊消得人憔悴。"（柳永《凤栖梧》）此第二境也。"众里寻他千百度，蓦然回首，那人却在、灯火阑珊处。"（辛弃疾《青玉案·元夕》）此第三境也。

　　　　　　　　　　　　　　　　——《人间词话》卷上

　　这第一境是说明未入之前，无从捕捉，颇使人有"上穷碧落下黄泉，两处茫茫皆不见"①之感。第二境是说明既入之后，从艰苦探索中得到乐趣来。第三境是说明入而能出，豁然开朗，恰似"踏破铁鞋无觅处，得来全不费工夫"。我们对于前人名作的欣赏，以及个人创作的构思，也都必须经过这三种境界，才能做到"真实为吾所有而外物不能夺"。

　　关于能入和能出的问题，周济在他所写的《宋四家词选·序论》中也曾谈到。他说：

　　夫词，非寄托不入，专寄托不出。一物一事，引而伸之，触类多通，驱心若游丝之罥飞英，含毫如郢斤斧之斫蝇翼，以

---

　　①　白居易《长恨歌》。

无厚入有间，即习已，意感偶生，假类毕达，阅载千百，罄欬
弗违，斯入矣。赋情独深，逐境必寤，酝酿日久，冥发妄中，
虽铺叙平淡，摹缋浅近，而万感横集，五中无主。读其篇者，
临渊窥鱼，意为鲂鲤；中宵惊电，罔识东西；赤子随母笑啼，
乡人缘剧喜怒，抑可谓能出矣。

这能入和能出的两种境界，也是结合欣赏和创作来谈的。什么
叫做"寄托"呢？也就是所谓"意内而言外"，"言在此而意
在彼"。怎样去体会前人作品哪些是有"寄托"的呢？这就
又得把作者当时所处的时代环境和个人的特殊性格，与作品
内容和表现方式紧密联系起来，予以反复钻研，而后所谓"弦
外之音"，才能够使读者沁入心脾，动摇情志，到达"赤子随
母笑啼，乡人缘剧喜怒"那般深厚强烈的感染力。例如李煜的
后期作品，由于他所过的是"此间日夕惟以眼泪洗面"的囚虏
生活，一种复仇雪耻的反抗情绪磅礴郁勃于胸臆间，而又处于
不但不敢言而且不敢怒的环境压迫之下，却无心流露出"林花
谢了春红，太匆匆，无奈朝来寒雨晚来风"（《相见欢》）。
这一类的无穷哀怨之音，那骨子里难道单是表达着林花受了风
雨摧残而匆匆凋谢的身外闲愁而已吗？又如爱国词人辛弃疾的
作品中，几乎全部贯串着"忧国""忧谗"的两种思想感情，
有如《摸鱼儿》的"斜阳烟柳"，《祝英台近》的"层楼风
雨"，《汉宫春》的"薰梅染柳"，《瑞鹤仙》的"开遍南
枝"等，都得将他的整个身世和作品本身紧密联系起来看，把
全副精神投入其中，乃能默契于心，会句意于两得。所谓"知

人论世"，也是欣赏前人作品的主要条件。

所谓词的"生香真色"，又从什么地方去体会呢？我以为要理解这种境界，得向作品的意格和韵度上去求，要向整个结构的开阖呼应上去求。至于"真色"和"借色"之分，最显著的一点，就是要像唐人咏虢国夫人诗所谓"却嫌脂粉污颜色，淡扫蛾眉朝至尊"，要像李太白诗所谓"清水出芙蓉，天然去雕饰"。这种"生香真色"，我以为最好的例子要算李清照的《漱玉词》。譬如那阕最被人们传诵的《醉花阴》的结尾：

莫道不销魂，帘卷西风，人比黄花瘦。

又如贺铸《青玉案》的结尾：

试问闲愁都几许？一川烟草，满城风絮，梅子黄时雨。

虽然上述两首词的结尾都是前一句呼起，接着融情于景，借相映带，而此中有人，唤之欲出。但两相比较，李词一种娇柔婀娜、惆怅自怜的天然标格，足使读者荡气回肠，而视贺作却更有深一层的韵味。初不假任何装饰，只是轻描淡写，而婉转缠绵，揭之无尽。这是清照的前期作品，该和她所写《金石录后序》的下面一段对读：

余性偶强记，每饭罢，坐归来堂，烹茶，指堆积书史，言某事在某书某卷第几页第几行，以中否角胜负，为饮茶先后。

中即举杯大笑，至茶倾覆怀中，反不得饮而起。

读后就可想见作者的风流韵度和他俩的伉俪深情，以帮助我们对这些名句的欣赏。再看她在夫亡之后，遭乱流离，饱尝人生辛酸时所写的《声声慢》：

> 寻寻觅觅，冷冷清清，凄凄惨惨戚戚。乍暖还寒时候，最难将息。三杯两盏淡酒，怎敌他、晚来风急？雁过也，正伤心，却是旧时相识。　满地黄花堆积，憔悴损，如今有谁堪摘？守着窗儿，独自怎生得黑？梧桐更兼细雨，到黄昏、点点滴滴。这次第，怎一个愁字了得？

这里面不曾使用一个故典，不曾抹上一点粉泽，只是一个历尽风霜、感怀今昔的女词人，把从早到晚所感受到的"忽忽如有所失"的怅惘情怀如实地描绘出来。看来都只寻常言语，却使后人惊其"逋逸之气，如生龙活虎"①，能"创意出奇"②，达到语言艺术的最高峰。这和李煜的后期作品确有异曲同工之妙，也只是由于情真语真，结合得恰如其分而已。

所谓"借色"，最常见的是用替代字，例如周邦彦《解语花》的"桂华流瓦"、吴文英《宴清都》的"蠔蟾冷落羞度"，用"桂华"和"蠔蟾"来代"月"，本意也只是为了声响和色彩

---

① 万树《词律》卷十。
② 罗大经《鹤林玉露》卷十二。

的调匀，却使读者产生"隔雾看花"的感觉，反而要"损其真美"。但周、吴一系词人多爱玩弄这一手法。我们要理解他们的作品，也非得注意这一手法不可。沈义父曾经指出：

> 炼字下语，最是紧要。如说桃，不可直说破桃，须用"红雨""刘郎"等字。如咏柳，不可直说破柳，须用"章台""灞岸"等字。又用事如曰"银钩空满"，便是"书"字了，不必更说"书"字。"玉箸双垂"，便是"泪"了，不必更说"泪"。如"绿云缭绕"，隐然鬓发；"困便湘竹"，分明是簟。（所引例句皆见《清真集》）正不必分晓，如教初学小儿，说破这是甚物事，方见妙处。
>
> ——《乐府指迷》

原来使用种种譬喻，来形容某些事物的美，而使它更加形象化，也是在语言艺术上一种由来已久的手法。例如《诗经》上形容女人鬓发的，就有"鬒发如云"（《鄘风·君子偕老》）、"首如飞蓬"（《卫风·伯兮》。汉赋里形容女人眼睛的，就有"目流睇而横波"（傅毅《舞赋》）。后来进一步把"绿云"代发鬓、"秋波"代眼神，有如《西厢记》的名句"怎当他临去秋波那一转"，也并不感到"秋波"这两个代字的讨厌。但专门在这上面玩花样，不堕于纤巧，即落于陈套。象这样来"指迷"，只有使作者和读者更陷于迷惘中，确是要不得的。

词的另一种手法，就是要有开阖跌荡。有些"暗转、暗接、暗提、暗顿"的地方，必须"有大气真力斡运其间"

（《蕙风词话》卷一）。例如苏轼《永遇乐·彭城夜宿燕子楼，梦盼盼，因作此词》：

明月如霜，好风如水，清景无限。曲港跳鱼，圆荷泻露，寂寞无人见。纨如三鼓，铿然一叶，黯黯梦云惊断。夜茫茫、重寻无处，觉来小园行遍。　天涯倦客，山中归路，望断故园心眼。燕子楼空，佳人何在？空锁楼中燕。古今如梦，何曾梦觉？但有旧欢新怨。异时对、黄楼夜景，为余浩叹。

直是盘空硬语，一片神行，而层层推进，笔笔逆挽，真称得上是"有大气真力斡运其间"，却又泯却转、接、提、顿的痕迹。又如他和刘仲达相逢泗上，同游南山话旧的《满庭芳》：

三十三年，漂流江海，万里烟浪云帆。故人惊怪，憔悴老青衫。我自疏狂异趣，君何事、奔走尘凡？流年尽，穷途坐守，船尾冻相衔。　巉巉，淮浦外，层楼翠壁，古寺空岩。步携手林间，笑挽攕攕。莫上孤峰尽处，萦望眼、云水相搀。家何在？因君问我，归梦绕松杉。

这也极尽开阖跌宕的能事，而那浩然胸次，洒脱襟怀，直如与我辈相接于苍茫云水间，不假刷色而自然高妙。刘熙载只欣赏他另一阕《满庭芳》中的"老去君恩未报，空回首、弹铗悲歌"，以为"语诚慷慨，究不若《水调歌头》'我欲乘风归去，又恐琼楼玉宇，高处不胜寒'，尤觉空灵蕴藉"，而认为这些都是"词以不犯本位为高"①的极则，却不曾点出苏词都因有作者的"逸怀浩气"运转其间，恰如严羽所说："七纵八横，信手拈来，头头是道。"要之，他所运用的手法，也只是开阖跌荡，恰能随物赋形而已。

在开阖跌荡中，又要"仰承""俯注"，见出"针缕之密"。例如陈与义《临江仙》：

忆昔午桥桥上饮，坐中多是豪英。长沟流月去无声。杏花疏影里，吹笛到天明。　　二十余年如一梦，此身虽在堪惊。闲登小阁看新晴。古今多少事，渔唱起三更。

刘熙载曾拈出"杏花疏影里，吹笛到天明"两句的好处，就是因为它仰承"忆昔"，俯注"一梦"，所以"不觉豪酣，转成怅惘"。我们仔细体味这整篇所临摹的意境，上阕中间七字句于"豪酣"中已隐伏"怅惘"的根子，下阕七字句却又从"堪惊"二字宕开，仿佛"忧中有乐"。这样后先映带，构成一幅完美无缺的图景，就更值得反复吟玩。又如李煜《浪淘沙》的下阕：

金剑已沉埋，壮气蒿莱。晚凉天净月华开。想到玉楼瑶殿影，空照秦淮。

---

① 所引各句，均见《艺概》卷四《词曲概》。

这前面两句，是何等的衰飒悲凉。接着却把格局宕开，显出一种豁然开朗、光辉无际的高华气象。却又骤然跌入极度沉痛的深渊中，转高华为凄咽，于酸楚中见情恨。后来范仲淹的《御街行》，也是用的类似手法：

真珠帘卷玉楼空，天淡银河垂地。年年今夜，月华如练，长是人千里。

这种手法的特点是：前面尽力拓开，后面陡折收合，把绝壮丽语转化为绝悲凉的意境。我们理解了这些手法，进而予以灵活运用，那么，无论是对古代名篇的欣赏，还是对自己的创作，都会得到启发而渐入佳境的。

总之，欣赏和创作都得从反复吟诵入手。掌握声律的妙用和一切语言艺术，用来抒写高尚瑰伟的思想抱负，作出耐人寻味、移人情感的新词，我想，这是每个文艺工作者所日夕向往，同时也是广大人民所迫切要求的。

附录：今日学词应取之途径

　　词学与学词，原为二事。治词学者，就已往之成绩，加以分析研究，而明其得失利病之所在，其态度务取客观，前于《研究词学之商榷》一文（本刊第一卷第四号），已略申鄙意矣。学词者将取前人名制，为吾揣摩研练之资，陶铸销融，以发我胸中之情趣，使作者个性充分表现于繁弦促柱间，借以引起读者之同情，而无背于诗人"兴""观""群""怨"之旨，中贵有我，而义在感人，应时代之要求，以决定应取之途径，此在词学日就衰微之际，所应别出手眼，一明旨归者矣。

　　各种文学之产生，莫不受时代与环境之影响，即就词论，何独不然。晚唐、五代之词，所以多为儿女相思之情，与留连光景之作者，处衰乱之世，士习偷安，月底花前，浅斟低唱，所谓"不为无益之事，曷以遣有涯之生"也。北宋柳永一派之词，所以"大概非羁旅穷愁之词，则闺门淫媟之语"（《艺苑雌黄》）者，永生北宋盛时，饱暖则思淫欲，失意则感穷愁，就教坊靡曼之新腔，以期取悦于众耳，又势所必至也。南宋辛弃疾一派之词，所以激昂排宕、悲壮慷慨者，以生当强敌侵凌、虎豹当关之际，满腔忠愤，无所发泄，故其抑郁无聊之气，不得不一寄于词也。姜夔一派之词，所以清空超拔，又严于声律之辨者，其时偏安局定，山林隐逸之士转寄其情于专门艺术，不啻于倚声界中，别辟疆宇也。凡此诸作者，皆各因其环境身世关系，以造成其词格。吾人将依前贤之矩矱，以从事于倚声，则今日之环境为如何？个人之身世为如何？填词之鹄的又复何在？试一寻思，恐不免爽然自生矣。

周止庵氏尝明示吾人以学词之途径矣。其言曰："问途碧山，历梦窗、稼轩以还清真之浑化。"（《宋四家词选·序论》）而其所以拈出此四家以为矩范者，则以："清真，集大成者也。稼轩敛雄心，抗高调，变温婉，成悲凉。碧山餍心切理，言近指远，声容调度，一一可循。梦窗奇思壮采，腾天潜渊，返南宋之清泚，为北宋之秾丽。"由周说以从事于倚声，庶于半塘翁（王鹏运）所标举之"重""拙""大"，可以几及。其路甚正，其影响于清季词坛者亦至深，绵延迄今，余波犹未遽绝。彊村先生序《半塘定稿》云："君词导源碧山，复历稼轩、梦窗，以还清真之浑化，与周止庵氏说，契若针芥。"清季词家之风骨遒上，一扫枯寂尖纤之病，以接迹宋贤者，未尝非周氏开示法门，以"导夫先路"之力也。

清词自张惠言《词选》出，而作者始致意比兴之义，门庭稍隘，而斯体益尊。止庵从而推扩之，疆宇恢宏，金针暗度，学者由此端其趋向，以共轨于坦途，自半塘翁以至彊村先生，盖已尽窥堂奥，极常州词派之变，而开径独行矣。彊村先生固亦推挹周选者，故有"截断众流穷正变，一镫乐苑此长明"（《望江南·杂题我朝诸名家词集后》）之语。然先生尝语予："周氏《宋四家词选》，抑苏而扬辛，未免失当。又取碧山与梦窗、稼轩、清真，分庭抗礼，亦微嫌不称。"则知先生固雅不欲以常州词派之说自限也。考止庵所以抑苏而扬辛之故，固谓："东坡天趣独到处，殆成绝诣，而苦不经意，完璧甚少。稼轩则沉着痛快，有辙可循。"（《宋四家词选·序论》）据此，则知止庵之推挹稼轩，盖犹在其技术之精炼，与其所以推碧山为"声容调度，一一可循"之本旨，正复相同。惟其特别注意于声容调度之可循，侧重于技术之修养，其流弊往往使学者以碧山、梦窗自限，而无意上规清真之浑化，与稼轩之激壮悲凉。于是以涂饰粉泽为工，以清浊四声竞巧，捃扯故实，堆砌字面，形骸虽具，而生意索然。此固王、朱诸老辈之所不忍言，而亦止庵始料之所不及也。

况蕙风先生（周颐）尝云："性情少，勿学稼轩。非绝顶聪明，勿学梦窗。"（《蕙风词话》）此诚通达之论。乃独于所谓词律，拘守特严。其所持之理由云："畏守律之难，辄自放于律外，或托前人不专家、未尽善之作以自解，此词家大病也。守律诚至苦，然亦有至乐之一境。尝有一词作成，自己亦既惬心，似乎不必再改。唯据律细勘，仅有某某数字，于四声未合，即姑置而过存之，亦孰为责备求全者？乃精益求精，不肯放松一字，循声以求，忽然得至隽之字。或因一字改一句，因此句改彼句，忽然得绝警之句。此时曼声微吟，拍案而起，其乐何如！"（《蕙风词话》）居今日而学词，竞巧于一字一句之间，已属微末不足道。乃必托于守律，以求所谓"至乐之一境"，则非生值小康，无虞冻馁之士，孰能有此逸兴闲情耶？且自乐谱散亡，词之合律与否，乌从而正之？居今日而言词，充其量仍为"句读不葺之诗"。特其句度参差，极语调之变化，又其抑扬轻重，流美动人之音节，诵之而利于唇吻，听之犹足以激发人之意志感情，但得宛转相谐，声情相称，固已足尽长短句歌词之能事，以自抒其身世之感，与心胸之所欲言，又何必专选僻调，以自束缚其才思哉？

且今日何日乎？国势之削弱，士气之消沉，敌国外患之侵凌，风俗人心之堕落，覆亡可待，怵目惊心，岂容吾人雍容揖让于坛坫之间，雕镂风云，怡情花草，竞胜于咬文嚼字之末，溺志于选声斗韵之微哉？溯南宋之初期，犹有权奇磊落之士，豪情壮采，悲愤郁勃之气，一于长短句发之。南宋之末遽即于灭亡，未尝不由于悲愤郁勃之气，尚存于士大夫间，大声疾呼，以相警惕。如张元幹之所谓"正人间鼻息鸣鼍鼓"（《贺新郎·寄李伯纪丞相》）者，知当时犹有有心之士，不忍坐视颠危，而出作狮子吼也。居今日而言词，其时代环境之恶劣，拟之南宋，殆有过之。吾辈将效枝上寒蝉，哀吟幽咽，以坐待清霜之欺迫乎？抑将凭广长舌，假微妙音，以写吾悲悯激壮之素怀，借以震发聋聩，一新耳目，而激起其向上之心乎？亡国哀思之音，如李后主之所为者，正今日少年稍稍读词者之所乐闻，而为关怀家国者之所甚惧也。言为心声，乐占世运。词在今日，不可歌而可诵，作懦夫之气，以挽颓波，固吾辈从事于倚声者所应尽之责任也。

吾人既知今日之时代环境为如何，又知词为不必重被管弦之"长短不葺之诗"，而其语调之变化，与其声容之美，犹足以入人心坎，引起共鸣。则吾人今日学词，不宜再抱"只可自怡悦，不堪持赠君"之态度。阳刚阴柔之美，各适其时。不务僻涩以鸣高，不严四声以竞巧，发我至大至刚之气，导学者以易知易入之途。或者"因病成妍"（元遗山语），以堂堂之阵，正正之旗，拯士习人心于风靡波颓之际。知我罪我，愿毕吾辞。

善乎王灼之言曰："东坡先生非心醉于音律者，偶尔作歌，指出向上一路，新天下耳目，弄笔者始知自振。"（《碧鸡漫志》）胡寅亦称："眉山苏氏一洗绮罗香泽之态，摆脱绸缪宛转之度，使人登高望远，举首高歌，而逸怀浩气，超然乎尘垢之外。"（《酒边词·序》）所谓"向上一路"，所谓"逸怀浩气"，并今日留心世运者之要图，而为学词者所应抱之鹄的也。自东坡出，而词中乃见倾荡磊落之气，足以推倒一世之豪杰，开拓万古之心胸。继以晁补之、叶梦得、陈与义、向子諲之徒，沿流扬波，以迄于南渡之际，悲歌慷慨，异境别开，而辛稼轩以一代雄才，蔚为中坚人物，"所作大声镗鞳，小声铿鍧，横绝六合，扫空万古。"（《后村诗话》）一时作者，如张元幹、张孝祥、陆游之属，从而辅翼之，以自成其为豪杰之词。刘克庄、刘辰翁，庶几后劲。刘过、陈亮能作壮语，而声不副其情，抑亦其次也。私意欲于浙、常二派之外，别建一宗，以东坡为开山，稼轩为冢嗣，而辅之以晁补之、叶梦得、张元幹、张孝祥、陆游、刘克庄诸人。以清雄洗繁缛，以沉挚去雕琢，以壮音变凄调，以浅语达深情，举枨奇磊落之怀，纳诸镗鞳铿鍧之调。庶几激扬蹈厉，少有裨于当时。世变亟矣。"感人心者，莫先乎情，莫切乎声。"（白居易《乐府古题·序》）世有以吾言为然者乎？请事斯语。

前人有谓学苏、辛将流为粗犷者，此自不善学者之过，亦由其时代环境关系，勉作壮音，其性情怀抱，雅不相称故也。必欲于苏、辛之外，借助他山，则贺铸之《东山乐府》、周邦彦之《清真集》，兼备刚柔之美，王灼曾以"奇崛"二字目之（见《碧鸡漫志》）。参以二家，亦足化犷悍之习，而免末流之弊矣。

文芸阁先生（廷式）云："词家至南宋而极盛，亦至南宋而渐衰。其衰之故，可得而言也。其声多啴缓，其意多柔靡，其用字则风云月露、红紫芬芳之外，如有戒律，不敢稍有出入焉。迈往之士，无所用心，沿及元、明，而词遂亡，亦其宜也。"（《云起轩词钞·序》）吾人怵于国势之阽危，与词风之衰敝，深感文氏之说，实获我心。而所谓词至南宋而渐衰者，则沿文人之习见，以姜、吴一派，代表南宋词家。文固力主辛、刘者，此派实创自东坡，而发扬于南宋也。文氏又致慨于"迩来作者虽众，然论韵遵律，辄胜前人，而照天腾渊之才，溯古涵今之思，磅礴八极之志，甄综百代之怀，非窘若囚拘者所可语也"（《云起轩词钞·序》）。世有闻文氏之风而起者乎？愿馨香祷祝以俟之。吾辈责任，不在继往而在开来，不在守缺抱残，而在发扬光大。彊村先生称文氏词，有"拔戟异军成特起，非关词派有西江，兀傲故难双"（《望江南·题云起轩词稿》）之句，此彊村先生之所以为大，在其能并畜兼容也。世有"兀傲难双"，如芸阁先生者乎？假长短句以警惕痴顽，发浩然之气，而砺冰霜之节，愿与当世学词者共勉之矣。

词学通论

吴 梅 著

第一章　绪论

　　词之为学，意内言外。发始于唐，滋衍于五代，而造极于两宋。调有定格，字有定音，实为乐府之遗，故曰诗余。惟齐梁以来，乐府之音节已亡，而一时君臣，尤喜别翻新调。如梁武帝之《江南弄》、陈后主之《玉树后庭花》、沈约之《六忆诗》，已为此事之滥觞。唐人以诗为乐，七言律绝，皆付乐章。至玄肃之间，词体始定。李白《忆秦娥》、张志和《渔歌子》，其最著也。或谓词破五七言绝句为之，如《菩萨蛮》是。又谓词之《瑞鹧鸪》即七律体，《玉楼春》即七古体，《杨柳枝》即七绝体，欲实诗余之名，殊非确论。盖开元全盛之时，即词学权舆之日。"旗亭""画壁"，本属歌诗；"陵阙""西风"，亦承乐府。强分后先，终归臆断。自是以后，香山、梦得、仲初、幼公之伦，竞相藻饰。《调笑》转应之曲，《江南》春去之词，上拟清商，亦无多让。及飞卿出而词格始成。《握兰》《金荃》，远接《骚》《辨》，变南朝之宫体，扬北部之新声。于是皇甫松、郑梦复、司空图、韩偓、张曙之徒，一时云起。"杨柳大堤"之句、"芙蓉曲渚"之篇，自出机杼，彬彬称盛矣。

作词之难，在上不似诗，下不类曲，不淄不磷，立于二者之间，要须辨其气韵。大抵空疏者作词，易近于曲；博雅者填词，不离乎诗。浅者深之，高者下之，处于才不才之间，斯词之三昧得矣。惟词中各牌，有与诗无异者。如《生查子》，何殊于五绝；《小秦王》《八拍蛮》《阿那曲》，何殊于七绝。此等词颇难着笔，又须多读古人旧作，得其气味，去诗中习见辞语，便可避去。至于南北曲，与词格不甚相远，而欲求别于曲，亦较诗为难。但曲之长处，在雅俗互陈，又熟谙元人方言，不必以藻缋为能也。词则曲中俗字，如"你我""这厢""那厢"之类，固不可用，即衬贴字，如"虽则是""却原来"等，亦当舍去。而最难之处，在上三下四对句。如史邦卿"春雨"词云："惊粉重、蝶宿西园，喜泥润、燕归南浦。"又："临断岸、新绿生时，是落红、带愁流处。"此词中妙语也。汤临川《还魂》云："他还有念老夫诗句男儿，俺则有学母氏画眉娇女。"又："没乱里春情难遣，蓦忽地怀人幽怨。"亦曲中佳处，然不可入词。由是类推，可以隅反，不仅在词藻之雅俗而已。宋词中尽有俚鄙者，亟宜力避。

小令、中调、长调之目，始自《草堂诗馀》，后人因之，顾亦略云尔。《词综》所云"以臆见分之，后遂相沿，殊属牵强"者也。钱塘毛氏云："五十八字以内为小令，五十九字至九十字为中调，九十一字以外为长调，古人定例也。"此亦就

《草堂》所分而拘执之。所谓定例，有何所据？若以少一字为短，多一字为长，必无是理。如《七娘子》有五十八字者，有六十字者，将为小令乎？抑中调乎？如《雪狮儿》有八十九字者，有九十二字者，将为中调乎？抑长调乎？此皆妄为分析，无当于词学也。况《草堂》旧刻，止有分类，并无小令、中调、长调之名。至嘉靖间，上海顾从敬刻《类编草堂诗馀》四卷，始有小令、中调、长调之目，是为别本之始。何良俊序称"从敬家藏宋刻，较世所行本多七十余调"，明系依托。自此本行而旧本遂微，于是小令、中调、长调之分，至牢不可破矣。

　　词中调同名异，如《木兰花》与《玉楼春》，唐人已有之。至宋人则多取词中辞语名篇，强标新目。如《贺新郎》为《乳燕飞》，《念奴娇》为《酹江月》，《水龙吟》为《小楼连苑》之类。此由文人好奇，争相巧饰，而于词之美恶无与焉。又有调异名同者，如《长相思》《浣溪沙》《浪淘沙》，皆有长调。此或清真提举大晟时所改易者，故周集中皆有之。此等词牌，作时须依四声，不可自改声韵。缘舍此以外别无他词可证也。又如《江月晃重山》《江城梅花引》《四犯剪梅花》类，盖割裂牌名为之，此法南曲中最多。凡作此等曲，皆一时名手游戏及之，或取声律之美，或取节拍之和，如《巫山十二峰》《九回肠》之目，歌时最为耐听故也。词则万不能造新名，仅可墨守成格。何也？曲之板式，今尚完备，苟能遍歌旧曲，不难自集新声。词则节拍既亡，字谱零落，强分高下，等诸面墙，间释工尺，亦同向壁。集曲之法，首严腔格，亡佚若斯，万难整理。此其一也。六宫十一调，所隶诸曲，管色既明，部署亦审，各宫各犯，确有成法。词则分配宫调，颇有出入，管色高低，万难悬揣。而欲汇集美名，别创新格，即非惑世，亦类欺人。此其二也。至于明清作者，辄喜自度腔，几欲上追白石、梦窗，真是不知妄作。又如许宝善、谢淮辈，取古今名调，一一被诸管弦，以南北曲之音拍，强诬古人，更不可为典要。学者慎勿惑之。

沈伯时《乐府指迷》云："音律欲其协，不协，则成长短之诗。下字欲其雅，不雅，则近乎缠令之体。用字不可太露，露则直突而无深长之味。发意不可太高，高则狂怪而失柔婉之意。"此四语为词学之指南，各宜深思也。夫协律之道，今不可知。但据古人成作，而勿越其规范，则谱法虽逸，而字格尚存，揆诸按谱之方，亦云弗畔。若夫缠令之体，本于乐府相和之歌，沿至元初，其法已绝，惟董词所载，犹存此名。清代《大成谱》，备录董词，而于缠令格调，亦未深考。亡佚既久，可以不论。至用字发意，要归蕴藉。露则意不称辞，高则辞不达意。二者交讥，非作家之极轨也。故作词能以清真为归，斯用字发意，皆有法度矣。

咏物之作，最要在寄托。所谓寄托者，盖借物言志，以抒其忠爱绸缪之旨。《三百篇》之比兴，《离骚》之香草美人，皆此意也。沈伯时云："咏物须时时提调，觉不分晓，须用一两件事印证方可，如清真咏梨花《水龙吟》，第三第四句，须用'樊川''灵关'事，又'深闭门'及'一枝带雨'事。觉后段太宽，又用'玉容'事，方表得梨花。若全篇只说花之白，则是凡白花皆可用，如何见得是梨花？"（见《乐府指迷》）案，伯时此说，仅就运典言之，尚非赋物之极则。且其弊必至探索隐僻，满纸谰言，岂词家之正法哉？惟有寄托，则辞无泛设，而作者之意，自见诸言外。朝市身世之荣枯，且于是乎觇之焉。如碧山咏蝉《齐天乐》，"宫魂""余恨"，点出命意。"乍咽凉柯，还移暗叶"，慨播迁之苦。"西窗"三句，伤敌骑暂退，燕安如故。"镜暗妆残，为谁娇鬓尚如许"二语，言国土残破，而修容饰貌，侧媚依然。衰世君主，全无心肝，千古一辙也。"铜仙"三句，言宗器重宝，均被迁夺，泽不下逮也。"病翼"三句，更痛哭流涕，大声疾呼。言海岛栖迟，断不能久也。"余音"三句，遗臣孤愤，哀怨难论也。"漫想"二句，责诸臣苟且偷安，视若全盛也。如此立意，词境方高。顾通首皆赋蝉，初未逸出题目范围，使直陈时政，又非词家口吻。其他赋白莲之《水龙吟》，赋绿阴之《琐窗寒》，皆有所托，非泛泛咏物也。会得此意，则"绿芜台城"之路，"斜阳烟柳"之思，感事措辞，自然超卓矣。（碧山此词，张皋文、周止庵辈皆有论议。余本端木子畴说诠释之，较为确切。他如白石《暗香》《疏影》二首，亦寄时事，惟语意隐晦，仅"江国，正寂寂。叹寄与路遥，夜雪初积"数语，略明显耳，故不具论。）

沈伯时云："前辈好词甚多，往往不协律腔，所以无人唱。如秦楼楚馆所歌之词，多是教坊乐工及闹井做赚人所作，只缘音律不差，故多唱之。求其下语用字，全不可读。甚至咏月却说雨，咏春却说秋。"（《乐府指迷》）余案此论出于宋末，已有不协腔律之词，何况去伯时数百年，词学衰熄如今日乎？紫霞论词，颇严协律。然协律之法，初未明示也。近二十年中，如沤尹、夔笙辈，辄取宋人旧作，校定四声，通体不改易一音。如《长亭怨》依白石四声，《瑞龙吟》依清真四声，《莺啼序》依梦窗四声。盖声律之法无存，制谱之道难索，万不得已，宁守定宋词旧式，不致僭越规矩。顾其法益密，而其境益苦矣。（余案，定四声之法，实始于蒋鹿潭。其《水云楼词》如《霓裳中序第一》《寿楼春》等，皆谨守白石、梅溪定格，已开朱、况之先路矣。）余谓小词如《点绛唇》《卜算子》类，凡在六十字下者，四声尽可不拘。一则古人成作，彼此不符；二则南曲引子，多用小令。上去出入，亦可按歌，固无须斤斤于此。若夫长调，则宋时诸家往往遵守。吾人操管，自当确从，虽难付管丝，而典型具在，亦告朔饩羊之意。由此言之，明人之自度腔，实不知妄作，吾更不屑辨焉。

杨守斋《作词五要》第四云："要随律押韵，如越调《水龙吟》、商调《二郎神》，皆合用平入声韵，古词俱押去声，所以转折怪异，成不祥之音。昧律者反称赏之，真可解颐而启齿也。"守斋名缵，周草窗《蘋洲渔笛谱》中所称紫霞翁者即是。尝与草窗论五凡工尺义理之妙，未按管色，早知其误。草窗之词，皆就而订正之。玉田亦称其持律甚严，一字不苟作，观其所论可见矣。戈顺卿又从其言推广之，于学词者颇多获益。其言曰："词之用韵，平仄两途，而有可以押平韵，又可以押仄韵者，正自不少。其所谓仄，乃入声也。如越调又有《霜天晓角》《庆春宫》，商调又有《忆秦娥》，其余则双调之《庆佳节》，高平调之《江城子》，中吕宫之《柳梢青》，仙吕宫之《望梅花》《声声慢》，大石调之《看花回》《两同心》，小石调之《南歌子》，用仄韵者，皆宜入声。《满江红》有入南吕宫，有入仙吕宫。入南吕宫者，即白石所改平韵之体，而要其本用入声，故可改也。外此又有用仄韵，而必须入声者，则如越调之《丹凤吟》《大酺》，越调犯正宫之《兰陵王》，商调之《凤凰阁》《三部乐》《霓裳中序第一》《应天长慢》《西湖月》《解连环》，黄钟宫之《侍香金童》《曲江秋》，黄钟商之《琵琶仙》，双调之《雨霖铃》，仙吕宫之《好事近》《蕙兰芳引》《六幺令》《暗香》《疏影》，仙吕犯商调之《凄凉犯》，正平调近之《淡黄柳》，无射宫之《惜红衣》，正宫、中吕宫之《尾犯》，中吕商之《白苎》，夹钟羽之《玉京秋》，林钟商之《一寸金》，南吕商之《浪淘沙慢》，此皆宜用入声韵者，勿概之曰仄而用上去也。其用上去之调，自是通叶，而亦稍有差别。如黄钟商之《秋宵吟》，林钟商之《清商怨》，无射商之《鱼游春水》，宜单押上声。仙吕调之《玉楼春》，中吕调之《菊花新》，双调之《翠楼吟》，宜单押去声。复有一调中必须押上、必须押去之处，有起韵结韵，互皆押上、宜皆押去之处，不能一一胪列。"（《词林正韵·发凡》）顺卿此论，可云发前人所未发，应与紫霞翁之言相发明。作者细加考核，随律押韵，更随调择韵，则无转折怪异之病矣。

　　择题最难，作者当先作词，然后作题。除咏物、赠送、登览外，必须一一细讨，而以妍雅出之。又不可用四六语（间用偶语亦不妨），要字字秀冶，别具神韵方妙。至如有感、即事、漫兴、早春、初夏、新秋、初冬等类，皆选家改易旧题，别标一二字为识，非原本如是也。《草堂诗馀》诸题，皆坊人改易，切不可从。学者作题，应从石帚、草窗。石帚题如《鹧鸪天》"予与张平甫自南昌同游"云云，《浣溪沙》"予女须家沔之山阳"云云，《霓裳中序第一》"丙午岁留长沙"云云，《庆宫春》"绍熙辛亥除夕，予别石湖"云云，《齐天乐》"丙辰岁与张功甫会饮张达可之堂"云云，《一萼红》"丙午人日予客长沙别驾之观政堂"云云，《念奴娇》"予客武陵，湖北宪治在焉"云云，草窗题如《渡江云》"丁卯岁未除三日"云云，《采绿吟》"甲子夏霞翁会吟社诸友"云云，《曲游春》"禁烟湖上薄游"云云，《长亭怨》"岁丙午丁未，先君子监州太末"云云，《瑞鹤仙》"寄闲结吟台"云云，《齐天乐》"丁卯七月既望"云云，《乳燕飞》"辛未首夏以书舫载客"云云，叙事写景，俱极生动。而语语研炼，如读《水经注》，如读柳州游记，方是妙题，且又得词中之意。抚时感事，如与古人晤对。（清真、梦窗，词题至简，平生事实，无从讨索，亦词家憾事。）而平生行谊，即可由此考见焉。若通本皆书感、漫兴，成何题目？意之曲者词贵直，事之顺者语宜逆，此词家一定之理。千古佳词，要在使人可解。尝有意极精深，词涉隐晦，翻绎数过，而不得其意之所在者，此等词在作者固有深意，然不能日叩玄亭问此盈篇奇字也。近人喜学梦窗，往往不得其精，而语意反觉晦涩。此病甚多，学者宜留意。

第二章　论平仄四声

平仄一道，童孺亦知之，惟四声略难，阴阳声则尤难耳。词之为道，本合长短句而成，一切平仄，宜各依本调成式。五季两宋，创造各调，定具深心。盖宫调管色之高下，虽立定程，而字音之开齐撮合，别有妙用。倘宜平而仄，或宜仄而平，非特不协于歌喉，抑且不成为句读。昔人制腔造谱，八音克谐。今虽音理失传，而字格具在。学者但宜依仿旧作，字字恪遵，庶不失此中矩矱。凡古人成作，读之格格不上口，拗涩不顺者，皆音律最妙处。张綖《诗馀图谱》，遇拗句即改为顺适，无怪为红友所讥也。拗调涩体，多见清真、梦窗、白石三家。清真词如《瑞龙吟》之"归骑晚，纤纤池塘飞雨"，《忆旧游》之"东风竟日吹露桃"，《花犯》之"今年对花太匆匆"；梦窗词如《莺啼序》之"快展旷眼，傍柳系马"，《西子妆》之"一箭流光，又趁寒食去"，《霜花腴》之"病怀强宽，更移画船"；白石词如《满江红》之"正一望、千顷翠澜"，《暗香》之"江国，正寂寂"，《凄凉犯》之"怕匆匆，不肯寄与误后约"，《秋宵吟》之"今夕何夕恨未了"，此等句法，平仄拗口，读且不顺，而欲出辞尔雅，本非易易，顾不得轻易改顺也。虽然，平仄之道，仅止两途，而仄有上去入三种，又不可遇仄而概以三声统填也。一调之中，可以统用者，十之六七，不可统用者，十之三四，须斟酌稳惬，方能下字无疵，于是四声之说起矣。盖一调有一调之风度声响，若上去互易，则调不振起，便有落腔之弊。黄九烟论曲，有"三仄应须分上去，两平还要辨阴阳"之句，填词何独不然？如《齐天乐》有四处必须用去上声，清真词"云窗静掩""露萤清夜照书卷""凭高眺远""但愁斜照敛"是也。此四句中，如"静掩""眺远""照敛"，万不可用他声，故此词切忌用入韵。虽入可作上，究不相宜。又《梦芙蓉》亦有五处必须用去上声。梦窗词"西风摇步绮""应红绡翠冷，霜枕正慵起""仙云深路杳，城影蘸流水"是也。"步绮""翠冷""正起""路杳""蘸水"，亦万不可用他声，此词亦忌入韵。又《眉妩》亦有三处用去上声，白石词"信马青楼去""翠尊共款""乱红万点"是也。中如"信马""共款""万点"，亦不可用他声。至如《兰陵王》之多仄声字，《寿楼春》之多平声字，又当一一遵守，不得混用上去入三声也。此法在词中虽至易晓，但所以必要遵守之理，实由发调。余尝作南曲《集贤宾》，据旧谱首句云"西风桂子香正幽"，用平平去上平去平，历按各家传作，如《西楼》云"愁魔病鬼朝露捐"，《长生殿》云"秋空夜永碧汉清"，皆守则诚格式。因戏改四声作之云"烽烟古道人懒游"，此"懒"字必须落下，而此处却宜高揭，遂至字顿喉间，方知旧曲中如"博山云袅鸡舌焚，寻常杏花难上头"类，歌时转捩怪异，拗折嗓子也。因曲及词，其理本同。清词名家惟陈实庵、沈闰生、蒋鹿潭能合四声，余皆不合律式。清初诸家如陈迦陵、纳兰容若、曹实庵辈且不足以语此也。盖上声舒徐和软，其腔低；去声激厉劲远，其腔高，相配用之，方能抑扬有致。大抵两上两去，法所当避，阴阳间用，最易动听。试观方千里和清真词，于用字去上之间，一守成式，可知古人作词之严矣。万红友云："名词转折跌荡处，多用去声。"此语深得倚声三昧。盖三仄之中，入可作平，上界平仄之间，去则独异。且其声由低而高，最宜缓唱，凡牌名中应用高音者，皆宜用此。如尧章《扬州慢》"过春风十里""自胡马窥江去后""渐黄昏，清角吹寒"，凡协韵后转折处皆用去声，此首最为明显。他如《长亭怨慢》"树若有情时""望高城不见""第一是早早归来""算空有并刀"，《淡黄柳》之"看尽鹅黄嫩绿""怕梨花落尽成秋色"，其领头处，无一不用去声者，无他，以发调故也。此意为昔人所未发，红友亦言之不详，因特著之。

入声之叶三声，《中原音韵》、箓斐轩《词林韵释》既备列之矣。但入作三声，仅有七部：支微、鱼虞、皆来、萧豪、歌戈、家麻、尤侯诸部是也。然此是曲韵，于词微有不合。就词韵论，当分八部，以屋、沃、烛为一部，觉、药、铎为一部，质、栉、迄、昔、锡、职、德、缉为一部，术、物为一部，陌、麦为一部，没、曷、末为一部，月、黠、辖、屑、薛、叶、帖为一部，合、盍、业、洽、狎、乏为一部，如此分合，较戈氏《词林正韵》为当矣。其派作三声处，仍据高安旧例，分隶前列七部之内，则入作三声，亦一览而知，详后论韵篇。此其大较也。惟古人用入声字，其叶韵处，固不外七部之例。如晏几道《梁州令》"莫唱阳关曲"，"曲"字作邱雨切，叶鱼虞韵。柳永《女冠子》"楼台悄似玉"，"玉"字作于句切。又《黄莺儿》"暖律潜催幽谷"，"谷"字作公五切，皆叶鱼虞韵。辛弃疾《丑奴儿慢》"过者一霎"，"霎"字作始鲊切，叶家麻韵。张炎《西子妆慢》"遥岑寸碧"，"碧"字作邦彼切，叶支微韵。又《徵招》换头"京洛染淄尘"，"洛"字须韵作郎到切，叶萧豪韵。此与曲韵无所分别。至如句中用入派作三声处，则大有不同。大抵词中入声协入三声之理，与南曲略同，不能谨守菉斐所派三声之例。如欧词《摸鱼子》"恨人去寂寂，凤枕孤难宿"，"寂寂"叶精妻切。苏轼《行香子》"酒斟时须满十分"，周邦彦《一寸金》"便入渔钓乐"，"十""入"二字叶绳知切。秦观《望海潮》"金谷俊游"，"谷"叶公五切。又《金明池》"才子倒玉山休诉"，"玉"叶语居切。姜夔《暗香》"旧时月色"，"月"叶胡靴切。诸如此类，不可尽数。而按诸菉斐旧律，或有未尽合者，此不得责订韵者之误，亦不可责填词者之非也。盖入声叶韵处，其派入三声，本有定法，某字作上，某字作平，某字作去，一定不易。仅宗高安、菉斐二家，亦可勿畔。至于句中入声字，严在代平，其作上去，本不多见。词家用仄声处，本合上去入三声言之，即使不作去上，直读本声，亦无大碍。故句中入字，叶作三声，实无定法，既可作平，亦可上去，但须辨其阴阳而已。如用十字，其在平声格，固必须协绳知切，读若池音。苟在仄声格，上则作去，可作本字入声读，亦无不可。所谓词中之仄，本上去入三声统用也。故学者遇入作三声时，宜注意作平之际者，即此故也。又词有必须用入之处，不得易用上去者。如《法曲献仙音》首二句，"虚阁笼寒""小帘通月"，阁、月宜入。《凄凉犯》首句"绿杨巷陌"，绿、陌宜入。《夜飞鹊》"斜月远堕余辉""兔葵燕麦"，月、麦宜入。《霜叶飞》换头"断阕经岁慵赋"，《瑞龙吟》"愔愔坊陌人家""侵晨浅约宫黄""吟笺赋笔"，陌、约、笔宜入。《忆旧游》末句"千山未必无杜鹃"，必字宜入。词中类此颇多。盖入声字重浊而断，词中与上去间用，有止如槁木之致。今南曲中遇入声字，皆重读而作断腔，最为美听。以词例曲，理本相同。虽谱法亡逸，而程式尚存，故当断断谨守之也。戈氏《词韵》于入声字分为五部，虽失之太宽，而分派三声，仍分列各部之下，眉目既晰，而所分平上去三声，亦按图可索，学者称便利。且派作三声者，皆有切音，使人知有限度，不能滥施自便，尤有功于词学，非浅鲜矣。

第三章　论韵

　　词之有韵，所以谐节奏，调起毕也。是以多取同音，弗畔宫律，吐字开闭，畛域綦严。古昔作者，严于律度，寻声按谱，不逾别刌。其时词韵，初无专书，而操觚者出入阴阳，动中窍奥，盖深知韵理，方诣此境，非可望诸后人也。韵书最初莫如朱希真作《应制词韵》十六条，其后张辑释之，冯取洽增之。至元陶宗仪，曾讥其混淆，欲为更定，而其书久佚，无从扬榷矣。绍兴间，刻菉斐轩《词林要韵》一册，樊榭曾见之。其论词绝句有"欲呼南渡诸公起，韵本重雕菉斐轩"之句，后果为江都秦氏刻入《词学全书》中，即今通行之本。词韵之书，此为最古矣。惟近人皆疑此书为北曲而设，又有谓元明之季伪托者，今不备论。自是而沈谦之《词韵略》、赵钥之《词韵》、李渔之《词韵》、胡文焕之《文会堂词韵》、许昂霄之《词韵考略》、吴烺之《学宋斋词韵》，纯驳不一，殊难全璧。至戈载《词林正韵》出，作者始有所依据。虽其中牴牾之处，或未能免。而近世词家，皆奉为令典，信而不疑也。夫填词用韵，大抵平声独押，上去通押。故凡作词韵者，俱总合三声分部，而中又明分平仄。至于入声，无与平上去统押之理，故入声须另立部目，不得如曲韵之例。分配三声以外，不再专立韵目，如《中原音韵》《中州全韵》诸书也。今先论诸韵。收声字音，不转收别韵，并不受别韵转收者：支时、家麻、歌罗是也；转收别韵，不受别韵转收者：皆来转齐微，萧豪转鱼模，幽尤转鱼模是也；不转收别韵，但受别韵转收者：齐微受皆来转，鱼模受萧豪转是也；收鼻音者：东同、江阳、庚亭三韵是也；收闭口音者：侵寻、监咸、纤廉三韵是也；收音时舌腭相抵，而略似鼻音，略似闭口者：真文、寒山、先田三韵是也。韵之与音，其关系如此。昔人谓皆来收齐微处，音如衣；萧豪收鱼模处，音如乌；东同收鼻音处，音如翁；江阳、庚亭二韵收鼻音处，又与东同小异。此说最精。惟所论不备，因详述如右。次论分韵标目。词韵与曲韵须知有不同之处。曲中如寒山、桓欢，分为两部；家麻、车遮，亦分为二。词则通用，不相分别。且四声缺入声，而词则明明有必须用入之调，故曲韵不可用为词韵也。至标目，则参酌戈载《正韵》、沈谦《韵略》二书，并列其目。（韵目用《广韵》）

第一部：平　一东　二冬　三钟

　　　　　上　一董　二肿

　　　　　去　一送　二宋　三用

第二部：平　四江　十阳　十一唐

上　三讲　二十六养　三十七荡

去　四绛　四十一漾　四十二宕

第三部：平　三支　六脂　七之　八微　十二齐　十五灰

上　四纸　五旨　六止　七尾　十一荠　十四贿

去　五寘　六至　七志　八未　十二霁　十三祭

　　十四太⁑　十八队　二十废

第四部：平　九鱼　十虞　十一模

上　八语　九麌　十姥

去　九御　十遇　十一暮

第五部：平　十三佳⁑　十四皆　十六咍

上　十二蟹　十三骇　十五海

去　十四太⁑　十五卦⁑　十六怪　十七夬　十九代

第六部：平　十七真　十八谆　十九臻　二十文　二十一欣

　　二十三魂　二十四痕

上　十六轸　十七准　十八吻　十九隐　二十一混

　　二十二很

去　二十一震　二十二稕　二十三问　二十四焮

　　二十六圂　二十七恨

第七部：平　二十二元　二十五寒　二十六桓　二十七删

　　二十八山　一先　二仙

上　二十阮　二十三旱　二十四缓　二十五潸

　　二十六产　二十七铣　二十八狝

去　二十五愿　二十八翰　二十九换　三十谏

　　三十一裥　三十二霰　三十三线

第八部：平　三萧　四宵　五肴

　　　　　上　二十九筱　三十小　三十一巧　三十二皓

　　　　　去　三十四啸　三十五笑　三十六效　三十七号

第九部：平　七歌　八戈

　　　　　上　三十三哿　三十四果

　　　　　去　三十八个　三十九过

第十部：平　十三佳半　九麻

　　　　　上　三十五马

　　　　　去　十五卦半　四十祃

第十一部：平　十二庚　十三耕　十四清　十五青　十六蒸

　　　　　　　十七登

　　　　　　上　三十八梗　三十九耿　四十静　四十一迥

　　　　　　　　四十二拯　四十三等

　　　　　　去　四十三映　四十四诤　四十五劲　四十六径

　　　　　　　　四十七证　四十八澄

第十二部：平　十八尤　十九侯　二十幽

　　　　　　上　四十四有　四十五厚　四十六黝

　　　　　　去　四十九宥　五十候　五十一幼

第十三部：平　二十一侵

　　　　　　上　四十七寝

　　　　　　去　五十二沁

第十四部：平　二十二覃　二十三谈　二十四盐　二十五添

　　　　　　　　二十六咸　二十七衔　二十八严　二十九凡

　　　　　　上　四十八感　四十九敢　五十琰　五十一忝

五十二俨　五十三赚　五十四槛　五十五范

　去　五十三勘　五十四阚　五十五艳　五十六椝

　　五十七酽　五十八陷　五十九鉴　六十梵

第十五部：入　一屋　二沃　三烛

第十六部：四觉　十八药　十九铎

第十七部：五质　七栉　九迄　二十二昔　二十三锡

　　　　二十四职　二十五德　二十六缉

第十八部：六术　八物

第十九部：二十陌　二十一麦

第二十部：十一没　十二曷　十三末

第二十一部：十月　十四黠　十五鎋　十六屑　十七薛

　　　　　二十九叶　三十帖

第二十二部：二十七合　二十八盍　三十一洽　三十二狎

　　　　　三十三业　三十四乏

　　右韵二十二部，不守高安旧例，大抵仍用戈氏分部，而入声则分八部。盖术物二韵，与平上去之鱼、模、语、麌相等，未便与质、栉等同列，陌、麦又隶属于皆、来，没、曷、末亦属于歌、罗，故陌、麦不能与昔、栉同叶，没、曷、末不能与黠、屑同叶。戈氏合之，未免过宽，余故重为订核焉。

　　夫词中叶韵，惟上去通用，平入二声，绝不相混。有必用平韵者，有必用入韵者，萋斐无入，故疑为曲韵；沈去矜、李笠翁辈，分列入韵，妄以乡音分析，尤为不经。且以二字标目，实袭曲韵之旧。夫曲韵之以二字标目，盖一阴一阳也。

今沈韵中之屋、沃，李韵中之支、纸、寘，围、委、未，奇、起、气，此何理也？高安所列东、钟，支、思等目，后人且有议之者矣。今不用《广韵》旧目，任取韵中一二字标题，而又不尽合阴阳之理，好奇炫异，又何为也？当戈韵未出以前，词家奉为金科玉律者，莫如吴烺、程名世等所著之《学宋斋词韵》。是书以"学宋"为名，宜其是矣。乃所学者，皆宋人误处。真、谆、臻、文、欣、魂、痕、庚、耕、清、青、蒸、登、侵，皆同用。元、寒、桓、删、山、先、仙、覃、谈、监、沾、严、咸、衔、凡，又皆并用。入声则术、物，入质、栉韵，合、盍、洽、乏入月、屑韵，此皆滥通无绪，不可为法。且字数太略，音切又无分合，半通之韵，则臆断之，去上两见之字，则偏收之。种种疏缪，不可殚述，贻误后学，莫此为甚，远不及戈韵多矣。余故仍守戈氏之例，而于入声则较严云。

　　韵有开口闭口之分。第二部之江、阳，第七部之元、寒，此开口音也；第十三部之侵，第十四部之覃、谈，此闭口音也。最为显露，作者不致淆乱。所易混者，第六部之真、谆，第十一部之庚、耕，第十三部之侵，即宋词中亦有牵连混合者。张玉田《山中白云词》至多此病。如《琐窗寒》之"乱雨敲春"，《摸鱼子》之"凭高露饮"，《凤凰台上忆吹箫》之"水国浮家"，《满庭芳》之"晴卷霜花"，《忆旧游》之"问蓬莱何处"，皆混合不分。于是学者谓名手如玉田，犹不断断于此，不妨通融统叶，以宽韵脚。不知此三韵本非窄韵，即就本韵选字，已有余裕，何必强学古人误处，且为之文过饰非也？即以诗论，此三韵亦无通押之理，何况拘守音律之长短句哉！其他第七部与第十四部韵，词中亦有通假者，此皆不明开闭口之道，而复自以为是，避难就易也。

韵学之弊有四：浅学之士，妄选韵书，重误古人，贻误来学，其弊一也；次则蹇于牙吻，囿于偏方，虽稍窥古法，而吐咳不明，音注之间，毫厘千里，其弊二也；又有妄作之徒，不知稽古，孟浪押韵，其弊三也；才劣而口给者，操觚之际，利趁口而畏引绳，故乐就三弊，且为之张帜，其弊四也。余故严别町畦，为学者导，能不越此韵式，庶可言词矣。

第四章　论音律

　　音者何？宫、商、角、徵、羽、变宫、变徵七音也。律者何？黄钟、大吕、太簇、夹钟、姑洗、中吕、蕤宾、林钟、夷则、南吕、无射、应钟之十二律也。以七音乘十二律，则得八十四音。此八十四音，不名曰音，别名曰宫调。何谓宫调？以宫音乘十二律，名曰宫，以商、角、徵、羽、变宫、变徵乘十二律，名曰调。故宫有十二，调有七十二。表如下：

（一）	（十二宫表）	（正名）	（俗名）
	宫乘黄钟	黄钟宫	正黄钟宫
	宫乘大吕	大吕宫	高宫
	宫乘太簇	太簇宫	中管高宫
	宫乘夹钟	夹钟宫	中吕宫
	宫乘姑洗	姑洗宫	中管中吕宫

宫乘中吕	中吕宫	道宫
宫乘蕤宾	蕤宾宫	中管道宫
宫乘林钟	林钟宫	南吕宫
宫乘夷则	夷则宫	仙吕宫
宫乘南吕	南吕宫	中管仙吕宫
宫乘无射	无射宫	黄钟宫
宫乘应钟	应钟宫	中管黄钟宫

（二）（十二商表）（正名）（俗名）

商乘黄钟	黄钟商	大石调
商乘大吕	大吕商	高大石调
商乘太簇	太簇商	中管高大石调
商乘夹钟	夹钟商	双调
商乘姑洗	姑洗商	中管双调
商乘中吕	中吕商	小石调
商乘蕤宾	蕤宾商	中管小石调
商乘林钟	林钟商	歇指调
商乘夷则	夷则商	商调
商乘南吕	南吕商	中管商调
商乘无射	无射商	越调
商乘应钟	应钟商	中管越调

（三）（十二角表）（正名）（俗名）

角乘黄钟	黄钟角	正黄钟宫角
角乘大吕	大吕角	高宫角
角乘太簇	太簇角	中管高宫角

角乘夹钟	夹钟角	中吕正角
角乘姑洗	姑洗角	中管中吕角
角乘中吕	中吕角	道宫角
角乘蕤宾	蕤宾角	中管道宫角
角乘林钟	林钟角	南吕角
角乘夷则	夷则角	仙吕角
角乘南吕	南吕角	中管仙吕角
角乘无射	无射角	黄钟角
角乘应钟	应钟角	中管黄钟角

（四）（十二变徵表）（正名）（俗名）

变徵乘黄钟	黄钟变徵	正黄钟宫变徵
变徵乘大吕	大吕变徵	高宫变徵
变徵乘太簇	太簇变徵	中管高宫变徵
变徵乘夹钟	夹钟变徵	中吕变徵
变徵乘姑洗	姑洗变徵	中管中吕变徵
变徵乘中吕	中吕变徵	道宫变徵
变徵乘蕤宾	蕤宾变徵	中管道宫变徵
变徵乘林钟	林钟变徵	南吕变徵
变徵乘夷则	夷则变徵	仙吕变徵
变徵乘南吕	南吕变徵	中管仙吕变徵
变徵乘无射	无射变徵	黄钟变徵
变徵乘应钟	应钟变徵	中管黄钟变徵

（五）（十二徵表）（正名）（俗名）

徵乘黄钟	黄钟徵	正黄钟宫正徵

		（正名）	（俗名）
	徵乘大吕	大吕徵	高宫正徵
	徵乘太簇	太簇徵	中管高宫正徵
	徵乘夹钟	夹钟徵	中吕正徵
	徵乘姑洗	姑洗徵	中管中吕正徵
	徵乘中吕	中吕徵	道宫正徵
	徵乘蕤宾	蕤宾徵	中管道宫正徵
	徵乘林钟	林钟徵	南吕正徵
	徵乘夷则	夷则徵	仙吕正徵
	徵乘南吕	南吕徵	中管仙吕正徵
	徵乘无射	无射徵	黄钟正徵
	徵乘应钟	应钟徵	中管黄钟正徵
（六）	（十二羽表）	（正名）	（俗名）
	羽乘黄钟	黄钟羽	般涉调
	羽乘大吕	大吕羽	高般涉调
	羽乘太簇	太簇羽	中管高般涉调
	羽乘夹钟	夹钟羽	中吕调
	羽乘姑洗	姑洗羽	中管中吕调
	羽乘中吕	中吕羽	正平调
	羽乘蕤宾	蕤宾羽	中管正平调
	羽乘林钟	林钟羽	高平调
	羽乘夷则	夷则羽	仙吕调
	羽乘南吕	南吕羽	中管仙吕调
	羽乘无射	无射羽	羽调
	羽乘应钟	应钟羽	中管羽词

（七）	（十二变宫表）	（正名）	（俗名）
	变宫乘黄钟	黄钟变宫	大石角
	变宫乘大吕	大吕变宫	高大石角
	变宫乘太簇	太簇变宫	中管高大石角
	变宫乘夹钟	夹钟变宫	双角
	变宫乘姑洗	姑洗变宫	中管双角
	变宫乘中吕	中吕变宫	小石角
	变宫乘蕤宾	蕤宾变宫	中管小石角
	变宫乘林钟	林钟变宫	歇指角
	变宫乘夷则	夷则变宫	商角
	变宫乘南吕	南吕变宫	中管商角
	变宫乘无射	无射变宫	越角
	变宫乘应钟	应钟变宫	中越管角

右八十四宫调，第一表为宫，二、三、四、五、六、七表为调，此但论律之排列，未及音之高下分配也。各宫调各有管色，各宫调各有杀声。何谓管色？即今西乐中CDEFGAB七调，所以限定乐器用调之高下也。何为杀声？每牌必隶属一宫或一调，而此宫调之起声与结声，又各有一定。此一定之声，即所谓杀声也。即以黄钟宫论，黄钟管色用六字，黄钟宫之各牌起结声，为合字或六字。故黄钟宫下各牌如《侍香金童》《传言玉女》《绛都春》诸词，皆用六字管色，而以合字或六字为诸牌之起结声。八十四宫调，各有管色及杀声。因总列十二表如下：

（一）黄钟管色用（合）或（六）

- 宫 ·············· 正黄钟宫用（合）字杀
- 商 ·············· 大石调用（四）字杀
- 角 ·············· 正黄钟宫角用（一）字杀
- 变徵 ·············· 正黄钟宫变徵用（勾）字杀
- 徵 ·············· 正黄钟宫正徵用（尺）字杀
- 羽 ·············· 般涉调用（工）字杀
- 变宫 ·············· 大石角用（凡）字杀

（二）大吕管色用（下四）或（下五）

- 宫 ·············· 高宫用（下四）字杀
- 商 ·············· 高大石调用（下一）字杀
- 角 ·············· 高宫角用（上）字杀
- 变徵 ·············· 高宫变徵用（尺）字杀
- 徵 ·············· 高宫正徵用（下工）字杀
- 羽 ·············· 高般涉调用（下凡）字杀
- 变宫 ·············· 高大石角用（合）字杀

（三）太簇管色用（四）或（五）

- 宫 ·············· 中宫高宫用（四）字杀
- 商 ·········· 中管高大石调用（一）字杀
- 角 ·············· 中管高宫角用（勾）字杀
- 变徵 ··· 中管高宫变徵用（下工）字杀
- 徵 ·············· 中管高宫正徵用（工）字杀
- 羽 ·········· 中管高般涉调用（凡）字杀
- 变宫 ··· 中管高大石角用（下四）字杀

（四）夹钟管色用（下一）
或（高五）

宫 ……………… 中吕宫用（下一）字杀
商 ……………… 双调用（上）字杀
角 ……………… 中吕正角用（尺）字杀
变徵 …………… 中吕变徵用（工）字杀
徵 ……………… 中吕正徵用（下凡）字杀
羽 ……………… 中吕调用（合）字杀
变宫 …………… 双角用（四）字杀

（五）姑洗管色用（一）

宫 ………… 中管中吕宫用（一）字杀
商 ………… 中管双调用（勾）字杀
角 ……… 中管中吕角用（下工）字杀
变徵 … 中管中吕变徵用（下凡）字杀
徵 ……… 中管中吕正徵用（凡）字杀
羽 ……… 中管中吕调用（下四）字杀
变宫 ……… 中管双角用（下一）字杀

（六）中吕管色用（上）

宫 ……………… 道宫用（上）字杀
商 ……………… 小石调用（尺）字杀
角 ……………… 道宫角用（工）字杀
变徵 …………… 道宫变徵用（凡）字杀
徵 ……………… 道宫正徵用（合）字杀
羽 ……………… 正平调用（四）字杀
变宫 …………… 小石角用（一）字杀

（七）蕤宾管色用（勾）
- 宫 …………… 中管道宫用（勾）字杀
- 商 …………… 中管小石调用（下工）字杀
- 角 …………… 中管道宫角用（下凡）字杀
- 变徵 ……… 中管道宫变徵用（合）字杀
- 徵 …………… 中管道宫正徵用（下四）字杀
- 羽 …………… 中管正平调用（下一）字杀
- 变宫 ……… 中管小石角用（上）字杀

（八）林钟管色用（尺）
- 宫 …………… 南吕宫用（尺）字杀
- 商 …………… 歇指调用（工）字杀
- 角 …………… 南吕角用（凡）字杀
- 变徵 ……… 南吕变徵用（下四）字杀
- 徵 …………… 南吕正徵用（四）字杀
- 羽 …………… 高平调用（一）字杀
- 变宫 ……… 歇指角用（勾）字杀

（九）夷则管色用（下工）
- 宫 …………… 仙吕宫用（下工）字杀
- 商 …………… 商调用（下凡）字杀
- 角 …………… 仙吕角用（合）字杀
- 变徵 ……… 仙吕变徵用（四）字杀
- 徵 …………… 仙吕正徵用（下一）字杀
- 羽 …………… 仙吕调用（上）字杀
- 变宫 ……… 商角用（尺）字杀

（十）南吕管色用（工）

- 宫 …………… 中管仙吕宫用（工）字杀
- 商 …………… 中管商调用（凡）字杀
- 角 ………… 中管仙吕角用（下四）字杀
- 变徵 … 中管仙吕变徵用（下一）字杀
- 徵 ……… 中管仙吕正徵用（一）字杀
- 羽 ………… 中管仙吕调用（公）字杀
- 变宫 …… 中管商角用（下工）字杀

（十一）无射管色用
（下凡）

- 宫 …………… 黄钟宫用（下凡）字杀
- 商 …………… 越调用（会）字杀
- 角 ………… 黄钟角用（四）字杀
- 变徵 ………… 黄钟变徵用（一）字杀
- 徵 ………… 黄钟正徵用（上）字杀
- 羽 …………… 羽调用（尺）字杀
- 变宫 ………… 越角用（工）字杀

（十二）应钟管色用（凡）

- 宫 ………… 中管黄钟宫用（凡）字杀
- 商 ………… 中管越调用（下四）字杀
- 角 ……… 中管黄钟角用（下一）字杀
- 变徵 …… 中管黄钟变徵用（上）字杀
- 徵 ……… 中管黄钟正徵用（勾）字杀
- 羽 ………… 中管羽调用（下工）字杀
- 变宫 ……… 中管越角用（下凡）字杀

右八十四宫调，管色、杀声一一
备列，但能知某牌之属何宫调，
即可知某牌用何管色，用何起
结，其事极简，而探索极易。然
而明清以来，何以不明此理乎？
曰管色杀声，诸谱字备载《词
源》，而玉田所书诸谱，皆为宋代
俗乐之字，年代久远，乐工不能
识，文人能歌者少，且妄加考订，
而其理愈晦。且书经数刻，歌谱各
字渐次失真，于是毫厘千里，不
可究诘矣。因取古今雅俗乐府字
列一对照表，又以中西律音作一
对照表，再取白石旁谱，以证管
色、杀声之理，则前十二表可豁
然云。

　　右表即据《词源》排次，
而旧刻多误。于夹钟本律，当以
（右一）配之，《词源》讹作
（一上）；下五为大吕清声，应
加一○，五字为太簇清，不当加
○，而《词源》互讹，高五即
（ヲ），当加小画，以别于五，
而《词源》亦加以○，于是知音

古今雅俗乐谱字对照

古雅	今俗	古俗
合	△	黄
西	⊘	大
四	マ	太
下一	⊖	夾
一	一	姑
上	一纖	中
勾	㇄	蕤
尺	人	林
㕥	⑦	夷
工	フ	南
亢	⑪	無
凡	‖	應
六	人	清黄
㐅	⑤	清大
五	ヌ	清太
蠡	ヲ	清夾

209

者皆怀疑矣。勾字音义，今人度曲皆不能识。方成培《词麈》疑为高上，亦未合。独凌廷堪《燕乐考原》引韩邦奇之言，始发明勾，即下尺之义。近人皆遵信之，而宋词谱无窒碍矣。（宋乐俗谱，低音加○，高音加一，前代乐音皆低，故高音部字少见。）兹复列中西律表于下。

中西律音对照表

中律名	黄钟	大吕	太簇	夹钟	姑洗	中吕
西律名	G	#b CD	D	#b DE	E	F
中音名	宫		商		角	变徵
普通音名	1		2		3	4
俗音名	上		尺		工	凡

中律名	蕤宾	林钟	夷则	南吕	无射	应钟
西律名	#b FC	G	#b GA	A	#b AB	B
中音名		徵		羽		变宫
普通音名		5		6		7
俗音名		六		五		乙

右表自明。要知中西古今同此七音，是以理无二致，可以理测也。今再就白石旁谱，考其管色起结，即知《词源》列八十四调之理。今词谱虽亡，而慨想遗音，亦可略为推求焉。

白石自制曲《扬州慢》《长亭怨慢》二词，皆注中吕宫。按中吕宫管色用下一或高五，即今俗乐之一字调，或正工调也。起结两声，亦当用下一或高五。今《扬州慢》"少驻初程""都在空城""知为谁生"三句，末字旁谱皆作"𝄞"，此盖"一"字之声，加上底拍耳。初程之程，为起声，城生二韵为结声，其理显然也。《长亭怨》之"绿深门户""青青如此""离愁千缕"，虽底拍不尽同，而住声于"一"字则同也。《暗香》《疏影》二词，注仙吕宫，管色为工字，即今乐之小工词也。杀声亦作工字，起结二声，亦当用工字。白石二词中"梅边吹笛""香冷入瑶席""几时见得"旁谱于末字皆作"彐"，此盖用工字结声而加拍也。按诸律度，无不吻合。《疏影》词亦同，惟"小窗横幅"旁谱于幅字上作"彐"，此盖形近之误。《惜红衣》为无射宫，俗名黄钟宫，管色用下凡，即今乐之凡字调也。起结声同。姜词"睡余无力""西风消息""三十六陂秋色"三韵，谱声"ㄅ"，此盖用凡字结声而加拍也。按诸律度，亦全吻合。其他各词，无一不同前义。是可知管色起结，各宫调自有一定，知音者无不遵守之。白石于新曲作谱，如此谨严，则旧调从可知矣。两宋诸词宫调可考者如清真、屯田，皆自注各牌之下，梦窗亦然。其谱固亡佚，而宫调格式仍在。就其起结声之高下，而分配平仄阴阳，便是合律之作。大抵声音之高下，以工字为标准。工字以上声为高音，工字以下声为低音。（此约略言之，勿过拘泥。）高者宜阴字，低者宜阳字，此大较也。惟八十四调中，非每调各有曲子，据《词源》所列，止七宫十二调有曲耳。七宫者，黄钟宫、仙吕宫、正宫、高宫、南吕宫、中吕宫、道宫也。十二调者，大石调、小石调、般涉调、歇指调、越调、仙吕调、中吕调、正平调、高平调、双调、黄钟羽调、商调也。盖八十四调者，音律之次第也；七宫十二调者，音律之应用也。此意不可不知。

第五章　作法

　　作词之法，论其间架构造，却不甚难，至于撷芳佩实，自成一家，则有非言语可以形容者。所谓能与人规矩，不能使人巧也；有一成不变之律，无一定不易之文。南宋时修内司所刊《乐府混成集》，巨帙百余，周草窗《齐东野语》，称其古今歌词之谱，靡不备具，而有谱无词者，实居其半。当时词家，但就已定之谱为之调高下，定句读，叶四声，而实之以俊语。故白石集中，自度腔皆有字谱，其他则否，非不知旧词之谱也。盖是时通行诸谱，完全无缺，作者按谱以下字，字范于音，音统于律，正不必琐琐缮录也。（此意余别有考订，今省。）是以在宋时多有谱而无词，至今则有词而无谱，惟无谱可稽，斯论律之书愈多矣，要皆扣槃扪烛也。余撰此篇，亦匠氏之规矩耳。律可合，而音不可求，余亦无如何焉。

　　（一）结构。词之为调，有六百六十余，其体则一千一百八十有奇。学者就万氏《词律》按律谐声，不背古人之成法，亦可无误。惟律是成式，文无成式也，于是不得不论结构矣。全词共有几句，应将意思配置妥帖后，然后运笔。凡题意宽大，宜抒写胸襟者，当用长调，而长调中就以苏、辛雄放之作为宜；若题意纤仄，模山范水者，当用小令或中调。惟境有悲欢，词亦有哀乐，大抵商调、南吕诸词，皆近悲怨；正宫、高宫之词，皆宜雄大；越调冷隽；小石风流。各视题旨之若何，以为择调张本。若送别用《南浦》，祝嘏用《寿楼春》，皆毫厘千里之谬。（《南浦》系欢词，《寿楼春》为悼亡。）此择调之大略也。至每调谋篇之法，又各就词之长短以为衡。短令宜蕴藉含蓄，令人得言外之意，方为合格。如李后主词"别有一般滋味在心头"，不说出苦字；温飞卿词"杨柳又如丝，驿桥春雨时"，不说出别字，皆是小令作法。长调则布置须周密，有先将题面说过，至下叠方发议论者，如王介甫《桂枝香》"金陵怀古"。有直赋一物，寄寓感喟者，如东坡《水龙吟》"杨花"。而凭高念旧，怅触无端，又复用意明晰，措词娴雅者，莫如草窗《长亭怨》"怀旧词"云：

记千竹、万荷深处。绿净池台，翠凉亭宇。醉墨题香，闲箫横玉尽吟趣。胜流星聚，知几诵、燕台句。零落碧云空，叹转眼、岁华如许。　　凝伫。望涓涓一水，梦到隔花窗户。十年旧事，尽消得、庾郎愁赋。燕楼鹤表半飘零，算惟有、盟鸥堪语。漫倚遍河桥，一片凉云吹雨。

盖草窗之父，曾为衢州倅官，时刺史为杨泳斋（按即草窗之外舅），别驾为牟存斋，郡博士为洪恕斋。一时名流星聚。倅衙在龟阜，有堂曰啸咏，为琴尊觞咏之地。是时草窗尚少，及后数十年，再过是地，则水逝云飞，无人识令威矣。词中"千竹万荷"，指啸咏堂也。"醉墨题香""胜流星聚"，指一时裙屐也。"隔花窗户""燕楼飘零"，指目前景物也。"漫倚河桥""凉云吹雨"，是直抒葵麦之感矣。此等词结构布局，最是匀称，可以为法。（宋词佳构，浩如烟海，安得一一引入，仅举一例，以俟隅反。）

（二）字义。我国文字，往往有一字两三音，而解释殊者，词家当深明此义。如萧索之索当叶速，索取之索当叶啬。数目之数当叶素，烦数之数当叶朔。睡觉之觉当去声，知觉之觉当入声。其他专名如嫦娥、仆射、龟兹等，尤宜留意。作词者一或不慎，动辄得咎。词为声律之文，苟失黏错误，便无意致。草窗《玉漏迟》"题吴梦窗《霜花腴词集》"首云"老来欢意少"，又云"与君共是，承平年少"，两用"少"字，非复韵也。盖"多少"之"少"是上声，"老少"之"少"是去声，本系两字，尽可同叶。又如"些"字，一入麻韵，一入个韵，盖"些儿"之"些"为平，"楚些"之"些"为仄也。因略举数则：

屈信_申　信义_迅　造作_早　造就_糙　矛盾_忍　甲盾_遁　窒塞_色
边塞_赛　冯妇_逢　冯河_平　女红_工　红紫_洪　戕害_祥　戕舸_臧

诸如此类，不胜其多。学者平时诵习，一加考核，则音读既正，自无误用矣。

（三）句法。积字成句，叶以平仄，此填词者，尽人知之也。但句法之异，须在作者研讨，一调有一定之平仄，而句法亦有成规。若乱次以济，未有不舛谬者。今自一字句至七字句止，逐句核订如左：

〔一〕一字句。此种甚少，惟《十六字令》首句有之，其他皆用作领字，而实未断句者。（领不外正、甚、怎、奈、渐、又、料、怕、是、证、想等数字，用平声者不多。）

〔二〕二字句。此种大概用于换头首句，其声"平仄"者最多；又或用于句中暗韵处。用在换头者，如王沂孙《无闷》云"清致，悄无似"，周邦彦《琐窗寒》云"迟暮，嬉游处"，此用平仄者。又如东坡《满庭芳》"无何，何处是"，张炎《渡江云》"愁余，荒洲古溆"，此用平平者。用在暗韵者，如《木兰花慢》梦窗"寿秋壑"云"金绖，锦鞯赐马"，"兰宫，系书翠羽"，此用平平者。又如白石《惜红衣》云"故国，渺天北"，是用仄仄者。二字句法，不外此数例矣。

〔三〕三字句。通常以"仄平平"为多，如《多丽》之"晚山青"是也。他如平平仄者，如《万年欢》之"仁恩被""封人祝"是。仄平仄者，如平《满江红》之"奠淮右"。平平平者，如《寿楼春》之"今无裳"皆是。若"仄仄平""仄仄仄"类，大半是领头句矣。

〔四〕四字句。"平平仄仄""仄仄平平"，固四字句普通句法。无须征引古词。然如《水龙吟》末句，辛稼轩云"揾英雄泪"，苏东坡云"是离人泪"，是上一下三句法也。又如杨无咎《曲江秋》云"银汉坠怀""渐觉夜阑"，是平仄仄平也。

〔五〕五字句。按此亦只有"上二下三"与"上一下四"两种，"平平平仄仄""仄仄仄平平""仄仄平平仄""平平仄仄平"，此四种皆上二下三句法也。若如《燕归梁》云"记一笑千金"，是上一下四也。惟《寿楼春》"裁春衣寻芳"，用五平声字，则殊不多耳。

〔六〕六字句。此有二种：一为普通用于双句对下，如《清平乐》之下叠，《风入松》之末二句；一为折腰句，则词中不经见者，平仄无定。

〔七〕七字句。此亦有二种：一为"上四下三"，如诗一句者，如《鹧鸪天》"小窗愁黛淡秋山"，《玉楼春》"棹沉云去情千里"之类；一为"上三下四"者，若《唐多令》"燕辞归客尚淹留"，《洞仙歌》"金波淡玉绳低转"之类，平仄无定，作时须留意。

以上七格，词中句法略备矣。至八字句，如《金缕曲》"枉教人梦断瑶台月"；九字句，如《江城子》"锦帽貂裘千骑卷平冈"类，实皆合"三五""四五"成句耳。句至七字，诸体全矣。盖歌之节奏，全视句法之何若。今南曲板式，即为限定句法而设，故曰乐句。曲与词固是一例，词谱虽亡，而句法未改，守定成式，自无偭规越矩之诮。至就文律言之，则出句宜雅艳，忌枯瘁，宜芳润，不宜噍杀。意常则造语贵新，语常则倒换须奇。一调之中，句句琢炼，语语自然，积以成章，自无疵病矣。

（四）结声字。结声者，词中第一韵与两叠结韵处也。第一韵谓之起调，两结韵谓之毕曲。此三处下韵，其音须相等。（说见前章）近人作词，往往就古人成作，守定四声，通体不易一音。其用力良苦，然煞声字不合之弊，则无之也。此端防于蒋鹿潭，近则朱、况，皆斤斤于此，一字不少假借。夔笙更欲调以清浊，分订八音，守律愈细，而填词如处桎梏，分毫不能自由矣。

（五）杂述。古今诗话，汗牛充栋，词话则颇罕。然如玉田《词源》，辅之《词旨》，宋元时已有专书；而周公谨《浩然斋雅谈》末卷，吴曾《能改斋漫录》十六、十七两卷，亦皆词话之类也。至清则如刘公勇之《七颂堂词绎》，王阮亭之《花草蒙拾》，邹程村之《远志斋词衷》等书，亦皆有价值者。（《古今词话》一书，散见《词综》，无单行者。）而周氏《词辨》，又有独到语，概足为学者取法也。

词以自然为宗，但自然不从追琢中来，便率易无味。此彭金粟语，最是中肯。又云："用古人之事，则取其新僻，而去其陈因。用古人之语，则取其清隽，而去其平实。用古人之字，则取其轻丽，而去其浅俗。"近人好用僻典，颇觉晦涩，乃叹范赞之记《云仙》，陶谷之录《清异》，稍资谈柄，不是仙才。

吴子律云："词患堆积，堆积近缛，缛则伤意。词忌雕琢，雕琢近涩，涩则伤气。"又云："言情以雅为宗，语艳则意尚巧，意亵则语贵曲。"（按意亵亦是一病。）

学稼轩要于豪迈中见精致，学梦窗要于缜密中求清空。咏物词须别有寄托，不可直赋。自诉飘零，如东坡之"咏雁"；独写哀怨，如白石之"咏蟋蟀"，斯最善矣。至如史邦卿之"咏燕"，刘龙洲之"咏指足"，纵工摹绘，已落言诠。今之作者，即欲为刘史之隶吏，亦不可得也。彼演肤词，此征僻典，夸多竞富，味同嚼蜡。况词之体格，微与诗异乎？此如咏"梅花"者，累代不能得数语，而鄙者或百咏，或数十咏，徒使开府汗颜，逋仙冷齿耳。且竹垞"咏猫"，武曾"咏笋"，辄胪故实，亦载鄙谚，偶一为之，亦才人忍俊不禁之故技。究之静志居、秋锦山房之联踪两宋，弁冕一朝者，谓区区在此，谅亦不然。顾奈何以傅色揣声为能事乎？

第六章 概论一 唐五代

词者诗之余也。诗莫古于《三百篇》，皆可以合乐。周衰，诗亡乐废。屈宋代兴。虽"九歌"侑乐，而已与诗异涂矣。经秦之乱，古乐胥亡。汉武立乐府，作《郊祀》十九章，《铙歌》二十二章。历魏晋六朝，皆仍其节奏。（其名历代不同。其歌法仍袭旧。）于是诗与乐分矣。自魏武借乐府以写时事，《薤露歌》《蒿里行》，皆为董卓之乱而作，与原义不同。陈思王植作《鞞舞新歌》五章，谓古曲谬误至多，异代之文，不必相袭，爰依前曲，别作新歌。此说一开，后人乃有依乐府之题，而直抒胸臆者，于是乐府之真又失矣。两晋以下，诸家所作，不尽仿古，一时君臣，尤喜别翻新调；而民间哀乐缠绵之情，托诸长谣短咏以自见者，亦往往而有。如东晋无名氏作《女儿子》《休洗红》二曲，梁武帝之《江南弄》，沈约之《六忆诗》，其字句音节，率有定格，此即词之滥觞矣。盖诗亡而乐府兴，乐府亡而词作。变迁递接，皆出自然也。今自隋唐以迄五代，略为诠论如左。

第一　唐人词略

昔人论词，皆断自唐代。诚以唐代以前，如炀帝之《清夜游》《湖上曲》，侯夫人《看梅一点春》等，虽在李白、王维以前，而其词恐为后人伪托，不可据为典要，因亦以唐代为始。按赵璘《因话录》，唐初，柳范作《江南折桂令》，当在青莲《忆秦娥》《菩萨蛮》之前，而各家选本，皆未及之，其词盖久佚矣。皋文以青莲首列者，有深意焉。大抵初唐诸作，不过破五七言诗为之，中盛以后，词式始定。迨温庭筠出，而体格大备。此唐词之大概也。爰为论列之。

（一）李白。白字太白，蜀人。或云山东人。供奉翰林。录《忆秦娥》一首：

箫声咽，秦娥梦断秦楼月。秦楼月，年年柳色，灞陵伤别。　乐游原上清秋节，咸阳古道音尘绝。音尘绝，西风残照，汉家陵阙。

太白此词，实冠今古，决非后人可以伪托，如《菩萨蛮》《桂殿秋》《连理枝》诸阕，读者尚有疑词也。盖自齐梁以来，陶弘景之《寒夜怨》、陆琼《饮酒乐》、徐孝穆《长相思》等，虽具词体，而堂庑未大。至太白而繁情促节，长吟远慕，遂使前此诸家，悉归笼化，故论词不得不首太白也。刘融斋以《菩萨蛮》《忆秦娥》两首，足抵杜陵《秋兴》，想其情境，殆作于明皇西幸之后。此言前人所未发，因亟录之。（按太白前，不独柳范有《折桂令》一曲也，沈佺期有《回波词》，红友亦收入《词律》，实则六言诗耳。又明皇亦有《好时光》一首，见《尊前集》，亦系伪作。）

（二）张志和。志和字子同，金华人。擢明经，肃宗命待诏翰林。坐贬，不复仕。自称烟波钓徒。录《渔歌子》一首：

西塞山前白鹭飞，桃花流水鳜鱼肥。青箬笠，绿蓑衣，斜风细雨不须归。

此词为七绝之变，第三句作六字折腰句。按志和所作共五首，《词综》录其二，余三首见《尊前集》。唐人歌曲，皆五七言诗，此《渔歌子》既与七绝异，或就绝句变化歌之耳。因念《清平调》《阳关曲》，举世传唱，实皆是诗。《清平调》后人拟作者鲜，《阳关曲》则颇有摹效之者。如东坡《小秦王》词，四声皆依原作。盖音调存在，不妨被以新词也。至此词音节，或早失传，故东坡增句作《浣溪沙》，山谷增句作《鹧鸪天》，不得不就原词以叶他调矣。

（三）韦应物。应物京兆人。官左司郎中，历苏州刺史。录《调笑》一首：

胡马，胡马，远放燕支山下。跑沙跑雪独嘶，东望西望路迷。迷路，迷路，边草无穷日暮。

　　应物词见《尊前集》者共四首:《调笑》二,《三台》二也。唐人作《调笑》者至多,如戴叔伦之"边草词",王建之"团扇词",皆用此调。其后《杨柳枝》盛行,而此调鲜见。入宋以后,此调句法更变,专供大曲歌舞之用矣。(《杨柳枝》实即七绝耳。)

　　(四)白居易。居易字乐天,下邽人。贞元十四年进士,历官中书舍人,以刑部尚书致仕。有《长庆集》。录《长相思》一首:

　　汴水流,泗水流,流到瓜州古渡头。吴山点点愁。　　思悠悠,恨悠悠,恨到归时方始休。月明人倚楼。

　　公所作词至富,如《杨柳枝》《竹枝》《花非花》《浪淘沙》《宴桃源》等,皆流丽稳协,而《一七令》体,尤为古今创作。后人塔体诗,即依此作也。余细按诸作,惟《宴桃源》与《长相思》为纯粹词体,余若《杨枝》《竹枝》《浪淘沙》,显为七言绝体。即《花非花》《一七令》,亦长短句之诗,不得概目之为词也。《宴桃源》云:"前度小花静院,不比寻常时见。见了又还休,愁却等闲分散。肠断,肠断。记取钗横鬓乱。"按格直是《如梦令》。昔人以后唐庄宗所作为创,不知已始于白傅矣。余此录概取唐人之确凿为词者,彼长短句之诗勿入焉。

　　(五)刘禹锡。禹锡字梦得,中山人。贞元中进士,仕为太子宾客。会昌中，检校礼部尚书。录《忆江南》一首：

　　春去也，多谢洛城人。弱柳从风疑举袂，丛兰泹露似沾巾。独坐亦含颦。

　　《尊前集》录梦得作有《杨柳枝》十二首、《竹枝》十首、《纥那曲》二首、《忆江南》一首、《浪淘沙》九首、《潇湘神》二首、《抛球乐》二首，中惟《忆江南》为词，《潇湘神》亦长短句诗耳。（词云："斑竹枝，斑竹枝，泪痕点点寄相思。楚客欲听瑶瑟怨，潇湘深夜月明时。"与韩翃《章台柳》词实是一格。韩词云："章台柳，章台柳，昔日青青今在否。纵使长条似旧垂，也应攀折他人手。"所异者一平韵，一仄韵而已。）《忆江南》一调，据韩偓《海山记》，隋炀帝泛东湖，制《湖上》曲八阕，即为《忆江南》句调，后人遂谓隋时所作。不知《湖上》八曲，皆是双叠。而双叠之体，实始于宋，唐人诸作，无一非单调。岂有炀帝时反有是格哉？故论此调创始，不若以白傅、梦得辈为妥云。

　　（六）温庭筠。本名岐，字飞卿，太原人。官方山尉。有《握兰》《金荃》等集。录《更漏子》一首：

　　玉炉香，红蜡泪，偏照画堂秋思。眉翠薄，鬓云残，夜长衾枕寒。　　梧桐树，三更雨，不道离情正苦。一叶叶，一声声，空阶滴到明。

　　唐至温飞卿，始专力于词。其词全祖风骚，不仅在瑰丽见长。陈亦峰曰："所谓沉郁者，意在笔先，神余言外，写怨夫思妇之怀，寓孽子孤臣之感。凡交情之冷淡，身世之飘零，皆可于一草一木发之。而发之又必若隐若现，欲露不露，反复缠绵，终不许一语道破。匪独体格之高，亦见性情之厚。"此数语惟飞卿足以当之。学词者从"沉郁"二字着力，则一切浮响肤词，自不绕其笔端，顾此非可旦夕期也。飞卿最著者，莫如《菩萨蛮》十四首。大中时，宣宗爱《菩萨蛮》，丞相令狐绹乞其假手以进，戒令勿他泄，而遽言于人，由是疏之。今所传《菩萨蛮》诸作，固非一时一境所为，而自抒性灵，旨归忠爱，则无弗同焉。张皋文谓皆感士不遇之作，盖就其寄托深远者言之。即其直写景物，不事雕缋处，亦复绝不可追及。如"花落子规啼，绿窗残梦迷""杨柳又如丝，驿桥烟雨时""鸾镜与花枝，此情谁得知"等语，皆含思凄婉，不必求工，已臻绝诣，岂独以瑰丽胜人哉！（《词苑丛谈》载宣宗时，宫嫔所歌《菩萨蛮》一首云，在《花间集》外，其词殊鄙俚，如下半叠云："风流心上物，本为风流出。看取薄情人，罗衣无此痕。"决非飞卿手笔，故赵选不取。）至其所创各体，如《归国遥》《定西番》《南歌子》《河渎神》《遐方怨》《诉衷情》《思帝乡》《河传》《蕃女怨》《荷叶杯》等，虽亦就诗中变化而出，然参差缓急，首首有法度可循，与诗之句调，绝不相类。所谓解其声，故能制其调也。彭孙遹《词统源流》以为词之长短错落，发源于《三百篇》，飞卿之词，极长短错落之致矣。而出辞都雅，尤有怨悱不乱之遗意。论词者必以温氏为大宗，而为万世不祧之俎豆也。宜哉！

（七）皇甫松。松字子奇，湜之子。录《摘得新》一首：

> 酌一卮，须教玉笛吹。锦筵红蜡烛，莫来迟。繁红一夜经风雨，是空枝。

松为牛僧孺甥，以《天仙子》一词著名。词云："晴野鹭鸶飞一只，水葓花发秋江碧。刘郎此日别天仙，登绮席。泪珠滴。十二晚峰青历历。"黄花庵谓不若《摘得新》为有达观之见，余因录此。元遗山云："皇甫松以《竹枝》《采莲》排调擅场，而才名远逊诸人。《花间集》所载，亦止小令短歌耳。"余谓唐词皆短歌，《花间》诸家，悉传小令，岂独子奇？遗山此言，未为确当。松词殊不多，《尊前集》有十首，如《怨回纥》《竹枝》《抛球乐》等阕，实皆五七言诗之变耳。

右唐词凡七家，要以温庭筠为山斗。他如李景伯、裴谈之《回波词》，崔液之《踏歌词》，刘长卿、窦弘余之《谪仙怨》，概为五六言诗。杜甫、元结等所撰之新乐府，多至数十韵。自标新题，以咏时政，名曰乐府，实不可入词。无名氏诸作，如《后庭宴》之"千里故乡"，《鱼游春水》之"秦楼东风里"，虽证诸石刻，定为唐人所作，然《鱼游春水》为长调词，较杜牧之《八六子》字数更多，未免怀疑也。至若杨妃之《阿那曲》，柳姬之《杨柳枝》，刘采春之《啰唝曲》，杜秋娘之《金缕曲》，王丽真之《字字双》，更不能谓之为词，余故概行从略焉。

第二　五代十国人词略

　　陆放翁曰："诗至晚唐五季，气格卑陋，千人一律，而长短句独精巧高丽，后世莫及，此事之不可晓者。"盖其时君唱于上，臣和于下，极声色之供奉，蔚文章之大观，风会所趋，朝野一致，虽在贤知，亦不能自外于习尚也。《花间》辑录，重在蜀人。（赵录共十八人，词五百首，而蜀人有十三家，如韦庄、薛昭蕴、牛峤、毛文锡、牛希济、欧阳炯、顾敻、魏承班、鹿虔扆、阎选、尹鹗、毛熙震、李珣等，皆蜀人也。）并世哲匠，颇多遗佚。后唐、西蜀，不乏名言；李氏君臣，亦多奇制，而屏弃不存，一语未采，不得不谓蔽于耳目之近矣。夫五代之际，政令文物殊无足观，惟兹长短之言，实为古今之冠。大抵意婉词直，首让韦庄，忠厚缠绵，惟有延巳，其余诸子，亦各自可传，虽境有哀乐，而辞无高下也。至若吴越王钱俶、闽后陈氏、蜀昭仪李氏、陶学士、郑秀才之伦，单词片语，不无可录。第才非专家，不妨从略焉。

　　（一）后唐庄宗。录《阳台梦》一首：

　　薄罗衫子金泥缝，困纤腰怯铢衣重。笑迎移步小兰丛，鞲金翘玉凤。　　娇多情脉脉，羞把同心撚弄。楚天云雨却相和，又入阳台梦。

按庄宗之词可考者，有《忆仙姿》《一叶落》《歌头》及此首而已，皆见《尊前集》。《忆仙姿》即《如梦令》。《一叶落》为自度曲，此取末三字为调名，意境却甚似飞卿也。《歌头》一首，分咏四季，其语尘下，疑是伪作。庄宗好优美，或伶工进御之言，故词中止及四时花事耳。五季君主之能词者，尚有蜀后主王衍、后蜀后主孟昶。而《醉妆》《甘州》，殊乏风致；《风来》《水殿》，亦属赝作，余故阙之焉。

（二）南唐嗣主。录《山花子》一首：

菡萏香销翠叶残，西风愁起绿波间。还与韶光共憔悴，不堪看。　　细雨梦还鸡塞远，小楼吹彻玉笙寒。多少泪珠何限恨，倚阑干。

中宗诸作，自以《山花子》二首为最，盖赐乐部王感化者也。此词之佳，在于沉郁。夫菡萏销翠，愁起西风，与韶光无涉也；而在伤心人见之，则夏景繁盛，亦易摧残，与春光同此憔悴耳。故一则曰"不堪看"，一则曰"何限恨"，其顿挫空灵处，全在情景融洽，不事雕琢，凄然欲绝。至"细雨""小楼"二语，为西风愁起之点染语，炼词虽工，非一篇中之至胜处；而世人竞赏此二语，亦可谓不善读者矣。余尝谓二主词，中主能哀而不伤，后主则近于伤矣。然其用赋体，不用比兴，后人亦无能学者也，此二主之异处也。

（三）南唐后主。录《虞美人》一首：

春花秋月何时了，往事知多少。小楼昨夜又东风，故国不堪回首月明中。　雕阑玉砌应犹在，只是朱颜改。问君能有几多愁，恰似一江春水向东流。

前谓后主词用赋体，观此可信。顾不独此也。《忆江南》《相见欢》《长相思》（"一重山"一首）等，皆直抒胸臆，而复宛转缠绵者也。至《浪淘沙》之"无限江山"，《破阵子》之"泪对宫娥"，此景此情，安得不以眼泪洗面？东坡讥其不能痛哭九庙，以谢人民，此是宋人之论耳。余谓读后主词，当分为二类：《喜迁莺》《阮郎归》《木兰花》《菩萨蛮》（"花明月暗"一首）等，正当江南隆盛之际，虽寄情声色，而笔意自成馨逸，此为一类；至入宋后，诸作又别为一类（即前述《忆江南》《相见欢》等）。其悲欢之情固不同，而自写襟抱，不事寄托，则一也。今人学之，无不拙劣矣。（"雕阑玉砌"云云，即《浪淘沙》"玉楼瑶殿空照秦淮"之意也。）

（四）和凝。凝字成绩，郓州人。后梁举进士，官翰林学士。晋天福中，拜中书侍郎同平章事。入后汉，拜太子太傅，封鲁国公。有《红叶稿》。录《喜迁莺》一首：

晓月坠，宿烟披，银烛锦屏帷。建章钟动玉绳低，宫漏出花迟。　春态浅，来双燕，红日渐长一线。严妆欲罢啭黄鹏，飞上万年枝。

成绩有曲子相公之名，而《红叶稿》已佚。《词综》所录，仅《春光好》《采桑子》《河满子》《渔父》四首，《尊前集》则《江城子》五首、《麦秀两歧》及此词而已。皆不如《花间集》之多也。（《花间》录二十首。）余案成绩诸作，类摹写宫壶，不独此词"宫漏出花迟"也。（《春光好》之"蘋叶软"，《薄命女》之"天欲晓"皆是。）《江城子》五支，为言情者之祖，后人凭空结构，皆本此词。托美人以写情，指落花而自喻，古人固有之，亦未可轻议也。

（五）韦庄。庄字端己，杜陵人。乾宁元年进士。入蜀，王建辟掌书记，寻召为起居舍人。建表留之，后官至散骑常侍，判中书门下事。有《浣花集》。录《归国遥》一首：

金翡翠，为我南飞传我意。罨画桥边春水，几年花下醉。别后只知相愧，泪珠难远寄。罗幕绣帏鸳被，旧欢如梦里。

端己《菩萨蛮》四章，惓惓故国之思，最耐寻味。而此词南飞传意，别后知愧，其意更为明显。陈亦峰论其词，谓似直而纡，似达而郁，洵然。虽一变飞卿面目，而绮罗香泽之中，别具疏爽之致。世以温韦并论，当亦难于轩轾也。《菩萨蛮》云："未老莫还乡，还乡须断肠。"又云："凝恨对斜晖，忆君君不知"。《应天长》云："夜夜绿窗风雨，断肠君信否。"又云："难相见，易相别，又是玉楼花似雪。"皆望蜀后思君之辞。时中原鼎沸，欲归未能，言愁始愁，其情大可哀矣。

又按《花间集》共录十八家，自温庭筠、皇甫松外，凡十六家，为五季时人。而十六家中，除韦庄外，蜀人有十二人之多。今附列韦庄之下，以见蜀中文物之盛云。

（1）薛昭蕴《小重山》云："春到长门春草青。玉阶华露滴，月胧明。东风吹断紫箫声。宫漏促，帘外晓啼莺。愁极梦难成。红妆流宿泪，不胜情。手挼裙带绕花行。思君切，罗幌暗尘生。"

（2）牛峤《江城子》云："鵁鶄飞起郡城东。碧江空。半滩风。越王宫殿，蘋叶藕花中。帘卷水楼鱼浪起，千片雪，雨蒙蒙。"

（3）毛文锡《虞美人》云："宝檀金缕鸳鸯枕，绶带盘宫锦。夕阳低映小窗明。南园绿树语莺莺，梦难成。　　玉炉香暖频添炷，满地飘轻絮。珠帘不卷度沉烟。庭前闲立画秋千，艳阳天。"

（4）牛希济《谒金门》云："秋已暮，重叠关山歧路。嘶马摇鞭何处去，晓禽霜满树。　　梦断禁城钟鼓，泪滴枕檀无数。一点凝红和薄雾，翠蛾愁不语。"

（5）欧阳炯《凤楼春》云："凤髻绿云丛，深掩房栊，锦书通。梦中相见觉来慵，匀面泪，脸珠融。因想玉郎何处去，对淑景谁同。　　小楼中，春思无穷。倚阑凝望，暗牵愁绪，柳花飞趁东风。斜日照帘栊（与前叠复），罗幌香冷粉屏空，海棠零落，莺语残红。"

（6）顾夐《浣溪沙》云："红藕香寒翠渚平。月笼虚阁夜蛩清。塞鸿惊梦两牵情。　　宝帐玉炉残麝冷，罗衣金缕暗尘生。小窗孤烛泪纵横。"

（7）魏承班《谒金门》云："烟水阔，人值清明时节。雨细花零莺语切，愁肠千万结。　　雁去音徽断绝，有恨欲凭谁说。无事伤心犹不彻，春时容易别。"

（8）鹿虔扆《临江仙》云："金锁重门荒苑静，绮窗愁对秋空。翠华一去寂无踪。玉楼歌吹，声断已随风。　　烟月不知人事改，夜阑还照深宫。藕花相向野塘中。暗伤亡国，清露泣香红。"

（9）阎选《定风波》云："江水沉沉帆影过，游鱼到晚透寒波。渡口双双飞白鸟，烟袅，芦花深处隐渔歌。　　扁舟短棹归兰浦，人去，萧萧竹径透青莎。深夜无风新雨歇，凉月，露迎珠颗入圆荷。"

（10）尹鹗《满宫花》云："月沉沉，人悄悄，一炷后庭香袅。风流帝子不归来，满地禁花慵扫。　　离恨多，相见少，何处醉迷三岛。漏清宫树子规啼，愁锁碧窗春晓。"

（11）毛熙震《菩萨蛮》云："梨花满院飘香雪，高楼夜静风筝咽。斜月照帘帷，忆君和梦稀。　　小窗灯影背，燕语惊愁态。屏掩断香飞，行云山外归。"

（12）李珣《定风波》云："帘外烟和月满庭，此时闲坐若为情。小阁拥炉残酒醒，愁听，寒风落叶一声声。　　惟恨玉人芳信阻，云雨，屏帏寂寞梦难成。斗转更阑心杳杳，将晓，银釭斜照绮琴横。"

　　右十二家，皆见《花间集》。崇祚为蜀人，故所录多本国人诸作。词家选本，以此集为最古，其有不见此选者，亦无从搜讨矣。夫蜀自王建戊辰改元武成，至后主衍咸康乙酉亡，历十有八年。后蜀自孟知祥甲午改元明德，至后主昶广政乙丑亡，历三十年。此选成于广政三年，是时孟氏立国，仅有七载，故此集所采，大抵前蜀人为多。而韦庄、牛峤、毛文锡且为唐进士也。五季之际，如沸如羹，天宇崩颓，彝教凌废。深识之士，浮沉其间，惧忠言之触祸，托俳语以自晦。吾知十国遗黎，必多感叹悲伤之作，特甄录无人，乃至湮没，后人籀讽，独有赵录，遂谓声歌之制，独盛于蜀，滋可惜矣。今就此十二家言之，惟欧阳炯、顾敻、鹿虔扆为孟蜀显官，至阎选、李珣亦布衣耳，其他皆王氏旧属。是以缘情托兴，万感横集，不独《醉妆》《薄媚》，沦落风尘，睿藻流传，足为词谶也。牛希济之"梦断禁城"，鹿虔扆之"露泣亡国"，言为心声，亦可得其大概矣。

　　（六）孙光宪。字孟文，陵州人。游荆南，高从诲署为从事，仕南平，累官检校秘书。曾劝高继冲献三州之地。宋太祖授以黄州刺史。将用为学士，未及而卒。有《荆台》《笔佣》《橘斋》《巩湖》诸集。录《谒金门》一首：

　　留不得，留得也应无益。白纻春衫如雪色，扬州初去日。轻别离，甘抛掷，江上满帆风疾。却羡彩鸳三十六，孤鸾还一只。

陈亦峰云："孟文词，气骨甚道，措语亦多警炼，然不及温、韦处亦在此，坐少闲婉之致。"余谓孟文之沉郁处，可与李后主并美。即如此词，已足见其不事侧媚，甘处穷寂矣。他如《清平乐》云："掩镜无语眉低，思随芳草萋萋。"是自抱灵修楚累遗意也。《菩萨蛮》云："碧烟轻袅袅，红战灯花笑。"盖讽弋取名利，憧憧往来者也。至闲婉之处，亦复尽多。如《浣溪沙》云："目送征鸿飞杳杳，思随流水去茫茫。兰红波碧忆潇湘。"又云："花冠闲上午墙啼。"《思越人》云："渚莲枯，宫树老，长洲废苑萧条。想像玉人空处所，月明独上溪桥。"此等俊逸语，亦孟文所独有。

（七）冯延巳。字正中，唐末徙家新安。事南唐，官至左仆射，同平章事。有《阳春集》一卷。录《菩萨蛮》一首：

> 画堂昨夜西风过，绣帘时拂朱门锁。惊梦不成云，双蛾枕上颦。　金炉烟袅袅，烛暗纱窗晓。残月尚弯环，玉筝和泪弹。

正中词缠绵忠厚，与温、韦相伯仲。其《蝶恋花》诸作，情词悱恻，可群可怨。张皋文云："忠爱缠绵，宛然骚辨之义。"余最爱诵之。如"日日花前常病酒，不辞镜里朱颜瘦"，"泪眼倚楼频独语，双燕来时，陌上相逢否"，"浓睡觉来莺乱语，惊残好梦无寻处"，思深意苦，又复忠厚恻怛。词至此则一切叫嚣纤冶之失，自无从犯其笔端矣。他如《归国遥》《抛球乐》《采桑子》《菩萨蛮》等，亦含思凄惋，蔼然动人，俨然温、韦之意也。其《谒金门》一首，当系成幼文作。《古今词话》曰："幼文为大理卿，词曲妙绝，尝作《谒金门》曰：'风乍起，吹皱一池春水。'为中主所闻，因按狱稽滞。召诘之，且谓曰：'卿职在典刑，一池春水，干卿何事？'幼文顿首以谢。"《南唐书》以为冯词。陈振孙《书录解题》曰："'风乍起'词，世多言冯作。而《阳春录》无之。当是成作。不独'庭院深深'一首，明是欧作，有李清照《漱玉词》可证也。"

又按南唐享国虽不久长，而文学之士，风发云举，极一时之盛，如张泌、成幼文、韩熙载、潘佑、徐铉兄弟、汤悦，俱有才名。即以词论，诸子皆有可观。而赵录于南唐诸人，自张沁外，概不置录，何也？因附见一二，如前韦端己条例。

（1）张泌《临江仙》云："烟收湘渚秋江静，蕉花露泣愁红。五云双鹤去无踪。几回魂断，凝望向长空。　　翠竹暗留珠泪怨，闲调宝瑟波中。花鬟月鬓绿云重。古祠深殿，香冷雨和风。"

（2）成幼文《谒金门》云："风乍起，吹皱一池春水。闲引鸳鸯香径里，手挼红杏蕊。　　斗鸭阑干遍倚，碧玉搔头斜坠。终日望君君不至，举头闻鹊喜。"

（3）徐昌图《临江仙》云："饮散离亭西去，浮生常恨飘蓬。回头烟柳渐重重。淡云孤雁远，寒日暮天红。　　今夜画船何处，潮平淮月朦胧。酒醒人静奈愁浓。残灯孤枕梦，轻浪五更风。"

（4）潘佑"题红罗亭梅花"残句云："楼上春寒山四

面，桃李不须夸烂熳，已失了东风一半。"

　　右四家惟徐昌图一首，《词综》入宋词内，而成肇麟《唐五代词选》则列入冯正中后，且徐籍莆田，是为南唐人无疑也。潘佑词不经见，此见罗大经《鹤林玉露》，惜全词佚矣。总之，五季时词以西蜀、南唐为最盛，而词之工拙，以韦庄为第一，冯延巳次之，最下为毛文锡。叶梦得尝谓馆阁诸公评庸陋之词，必曰此仿毛司徒，是在宋时已有定论，今亦赖赵录而传，崇祚洵词苑功臣哉！至诸家情至文生，缠绵忠爱，不独为苏、黄、秦、柳之开山，即宣和、绍兴之盛，皆兆于此矣。

第七章　概论二　两宋

论词至赵宋，可云家怀隋珠，人抱和璧，盛极难继矣。然合两宋计之，其源流递嬗，可得而言焉。大抵开国之初，沿五季之旧，才力所诣，组织较工。晏、欧为一大宗，二主一冯，实资取法，顾未能脱其范围也。汴京繁庶，竞赌新声，柳永失意无憀，专事绮语；张先流连歌酒，不乏艳辞。惟托体之高，柳不如张，盖子野为古今一大转移也。前此为晏、欧，为温、韦，体段虽具，声色未开。后此为苏、辛，为姜、张，发扬蹈厉，壁垒一变。而界乎其间者，独有子野，非如耆卿专工铺叙，以一二语见长也。迨苏轼则得其大，贺铸则取其精，秦观则极其秀，邦彦则集其成。此北宋词之大概也。南渡以还，作者愈盛，而抚时感事，动有微言。稼轩之"烟柳斜阳"，幸免种豆之祸；玉田之"贞芳清影"（《清平乐》"赋所南画兰"），独余故国之思。至若碧山咏物，梅溪题情，梦窗之"丰乐楼头"，草窗之"禁烟湖上"，词翰所寄，并有微意，又岂常人所易及哉！余故谓绍兴以来，声律之文，自以稼轩、白石、碧山为优，梅溪、梦窗则次之，玉田、草窗又次之，至竹屋、竹山辈，纯疵互见矣。此南宋词之大概也。夫倚声之道，独盛天水，文藻留传，矜式万世。余之论议，不事广征者，亦聊见渊源而已。兹更分述之。

第一　北宋人词略

言词者必曰词至北宋而大，至南宋而精；然而南北之分，亦有难言者也。如周紫芝、王安中、向子諲、叶梦得辈，皆生于北宋，没于南宋。论者以周、王属北，向、叶属南者，只以得名之迟早而已。盖混而不分，又不能明流别，尚论者约略言之，作一界限，实无与于词体也。毛晋刻《六十一家词》，北宋凡十九家：晏殊、欧阳修、柳永、苏轼、黄庭坚、秦观、晏几道、晁补之、程垓、陈师道、李之仪、毛滂、杜安世、葛胜仲、周紫芝、谢逸、周邦彦、王安中、蔡伸是也；此外若潘阆《逍遥词》一卷，王安石《半山词》一卷，张先《子野词》一卷，贺铸《东山寓声乐府》三卷，皆有成书，而见于他刻也。余谓承十国之遗者，为晏、欧；肇慢词之祖者，为柳永；具温、韦之情者，为张先；洗绮罗之习者，为苏轼；得骚雅之意者，为贺铸；开婉约之风者，为秦观；集古今之成者，为邦彦。此外或力非专诣，或才工片言，要非八家之敌也。因论列如左。

（一）晏殊。字同叔，临川人。官至枢密使。有《珠玉词》一卷。录《蝶恋花》一首：

南雁依稀回侧阵。雪霁墙阴，偏觉兰芽嫩。中夜梦余消酒困，炉香卷穗灯生晕。　　急景流年都一瞬。往事前欢，未免萦方寸。腊后花期知渐近，寒梅已作东风信。

宋初如王禹偁、钱惟演辈，亦有小词。王之《点绛唇》，钱之《玉楼春》，虽有佳处，实非专家。故宋词应以元献为首，所作《浣溪沙》有"无可奈何花落去，似曾相识燕归来"之语，为一时传诵。相传下语为王琪所对（见《复斋漫录》），无俟深考。即"重头歌韵响琤琮，入破舞腰红乱旋"，亦仅形容歌舞之胜，非词家之极则，总不及此词之俊逸也。宋初诸家，靡不祖述二主。宪章正中，同叔去五代未远，馨烈所扇，得之最先。刘攽《中山诗话》谓元献喜冯延巳词，其所自作，亦不减延巳，此语亦是。第细读全词，颇有可议者。如《浣溪沙》之"淡淡梳妆薄薄衣，天仙模样好容仪"，《诉衷情》之"东城南陌花下，逢着意中人"，又"心心念念，说尽无凭，只是相思"诸语，庸劣可鄙，已开山谷、三变俳语之体，余甚无取也。惟"满目山河空念远，落花风雨更伤春"二语，较"无可奈何"胜过十倍，而人未之知，可云陋矣。

（二）欧阳修。字永叔，庐陵人。官至兵部尚书。有《六一居士集》，词附。录《踏莎行》一首：

候馆梅残，溪桥柳细，草薰风暖摇征辔。离愁渐远渐无穷，迢迢不断如春水。　　寸寸柔肠，盈盈粉泪，楼高莫近危阑倚。平芜尽处是春山，行人更在春山外。

宋初大臣之为词者，寇莱公、宋景文、范蜀公与欧阳公，并有声艺苑。然数公或一时兴到之作，未为专诣，独元献与文忠，学之既至，为之亦勤。翔双鹄于交衢，驭二龙于天路。且文忠家庐陵，元献家临川，词之有西江派，转在诗先，亦云奇矣。公词纯疵参半，盖为他人所窜易。蔡絛《西清诗话》云："欧词之浅近者，谓是刘辉伪作。"《名臣录》亦云："修知贡举，为下第举子刘辉等所忌，以《醉蓬莱》《望江南》诬之。"是读公词者，当别具会心也。至《生查子》"元夜灯市"，竟误载淑真词中，遂启升庵之妄论。此则深枉矣。余按公词以此为最婉转，以《少年游》"咏草"为最工切超脱，当亦百世之公论也。

（三）柳永。字耆卿，初名三变，崇安人。官至屯田员外郎。有《乐章集》。录《雨霖铃》一首：

寒蝉凄切，对长亭晚，骤雨初歇。都门帐饮无绪，方留恋处，兰舟催发。执手相看泪眼，竟无语凝噎。念去去，千里烟波，暮霭沉沉楚天阔。　　多情自古伤离别，更那堪冷落清秋节。今宵酒醒何处，杨柳岸，晓风残月。此去经年，应是良辰好景虚设。便纵有千种风情，更与何人说。

　　《能改斋漫录》云："仁宗留意儒雅，务本向道，深斥浮艳虚华之文。初，进士柳三变，好为淫冶讴歌之曲，传播四方，尝有《鹤冲天》词云：'忍把浮名，换了浅斟低唱。'及临轩放榜，特落之，曰：'且去浅斟低唱，何要浮名？'景祐元年，方及第。后改名永，方得磨勘转官。"《后山诗话》云："柳三变游东都南北二巷，作新乐府，骫骳从俗，天下咏之，遂传禁中。仁宗颇好其词，每对宴，必使侍从歌之再三。三变闻之，作宫词，号《醉蓬莱》，因内官达后宫，且求其助。仁宗闻而觉之，自是不复歌其词矣。"黄花庵云："永为屯田员外郎，会太史奏老人星现，时秋霁，宴禁中，仁宗命左右词臣为乐章。内侍属柳应制。柳方冀进用，作此词进（指《醉蓬莱》词）。上见首有渐字，色若不怿。读至'宸游凤辇何处'，乃与御制真宗挽词暗合，上惨然。又读至'太液波翻'，曰：'何不言波澄？'投之于地。自此不复擢用。"《钱塘遗事》云："孙何帅钱塘，柳耆卿作《望海潮》词赠之，有'三秋桂子，十里荷香'之句，此词流播。金主亮闻之，欣然起投鞭渡江之志。"据此，则柳之侘傺无聊，与词名之远，概见一斑。余谓柳词仅工铺叙而已，每首中事实必清，点景必工，而又有一二警策语，为全词生色，其工处在此也。冯梦华谓其曲处能直，密处能疏，奡处能平，状难状之景，达难达之情，而出之以自然，自是北宋巨手。然好为俳体，词多媟黩，有不仅如《提要》所云以俗为病者。此言甚是。余谓柳词皆是直写，无比兴，亦无寄托，见眼中景色，即说意中人物，便觉直率无味。况时时有俚俗语，如《昼夜乐》云："早知怎地难拚，悔不当初留住。其奈风流端正外，更别有系人心处。一日不思量，也攒眉千度。"《梦还京》云："追悔当初，绣阁话别太容易。"《鹤冲天》云："假使重相见，还得似当初么？悔恨无计那。迢迢长夜，自家只恁摧挫。"《两同心》云："个人人，昨夜分明，许伊偕老。"《征部乐》云："待这回、好好怜伊，更不轻离拆。"皆率笔无咀嚼处，诸如此类，不胜枚举，实不可学。且通本皆摹写艳情，追述别恨，见一斑已具全豹，正不必字字推敲也。惟北宋慢词，确创自耆卿，不得不推为大家耳。

（四）张先。字子野，吴兴人。为都官郎中，有《安陆集》。录《卜算子慢》一首：

溪山别意，烟树去程，日落采蘋春晚。欲上征鞍，更掩翠帘，回面相盼。惜弯弯浅黛长长眼。奈画阁欢游，也学狂花乱絮轻散。　　水影横池馆。对静夜无人，月高云远。一晌凝思，两眼泪痕还满。难遣恨，私书又逐东风断。纵梦泽层楼万尺，望湖城那见。

《古今诗话》云："有客谓子野曰：'人皆谓公张三中，即心中事，眼中泪，意中人也。'公曰：'何不目之为张三影？'客不晓。公曰：'"云破月来花弄影"；"娇柔懒起，帘压卷花影"；"柳径无人，堕飞絮无影"。此皆余平生所得意也。'"《石林诗话》云："张先郎中，能为诗及乐府，至老不衰。居钱塘，苏子瞻作倅时，先年已八十余，视听尚精强，犹有声妓。子瞻尝赠以诗云：'诗人老去莺莺在，公子归来燕燕忙。'盖全用张氏故事戏之。"是子野生平亦可概见矣。今所传《安陆集》，凡诗八首，词六十八首。诗不论。词则最著者为《一丛花》，为《定风波》，为《玉楼春》，为《天仙子》，为《碧牡丹》，为《谢池春》，为《青门引》。余谓子野词气度宛似美成，如《木兰花慢》云："行云去后遥山暝，已放笙歌池院静。中庭月色正清明，无数杨花过无影。"《山亭宴》云："落花荡漾怨空树，晓山静、数声杜宇。天意送芳菲，正黯淡疏烟短雨。"《渔家傲》云："天外吴门清霅路，君家正在吴门住。赠我柳枝情几许。春满缕，为君将入江南去。"此等词意，同时鲜有及者也。盖子野上结晏、欧之局，下开苏、秦之先，在北宋诸家中适得其平。有含蓄处，亦有发越处，但含蓄不似温、韦，发越亦不似豪苏腻柳。规模既正，气格亦古，非诸家能及也。晁无咎曰："子野与耆卿齐名，而时以子野不及耆卿。然子野韵高，是耆卿所乏处。"余谓子野若仿耆卿，则随笔可成珠玉；耆卿若效子野，则出语终难安雅。不独泾渭之分，抑且有雅郑之别，世有识者，当不河汉。

（五）苏轼。字子瞻，眉山人。嘉祐初，试礼部第一，历官翰林学士。绍圣初，安置惠州，徙昌化。元符初北还，卒于常州。高宗朝，谥文忠。有《东坡居士词》二卷。录《水龙吟》一首"赋杨花"：

似花还似非花，也无人惜从教坠。抛家傍路，思量却是，无情有思。萦损柔肠，困酣娇眼，欲开还闭。梦随风万里，寻郎去处，又还被、莺呼起。　不恨此花飞尽，恨西园、落红难缀。晓来雨过，遗踪何在？一池萍碎。春色三分，二分尘土，一分流水。细看来、不是杨花，点点是离人泪。

　　东坡词在宋时已议论不一，如晁无咎云："居士词，人多谓不谐音律。然横放杰出，自是曲子内缚不住者。"陈无己云："东坡以诗为词，如教坊雷大使之舞，虽极天下之工，要非本色。"陆务观云："世言东坡不能词，故所作乐府，词多不协。晁以道谓绍圣初，与东坡别于汴下。东坡酒酣，自歌古《阳关》，则公非不能歌，但豪放不喜裁剪以就声律耳。"又云："东坡词，歌之曲终，觉天风海雨逼人。"胡致堂云："词曲至东坡，一洗绮罗香泽之态，摆脱绸缪宛转之度，使人登高望远，举首高歌，逸怀浩气，超乎尘垢之外。于是《花间》为皂隶，而耆卿为舆台矣。"张叔夏云："东坡词清丽舒徐处，高出人表，周、秦诸人所不能到。"此在当时毁誉已不定矣。至《四库提要》云："词至晚唐五季以来，以清切婉丽为宗。至柳永而一变，如诗家之有白居易；至轼而又一变，如诗家之有韩愈，遂开南宋辛弃疾等一派。寻源溯流，不能不谓之别格。然谓之不工则不可。"此为持平之论。余谓公词豪放缜密，两擅其长，世人第就豪放处论，遂有铁板铜琶之诮，不知公婉约处，何让温、韦？如《浣溪沙》云："彩索身轻长趁燕，红窗睡重不闻莺。"《祝英台》云："挂轻帆，飞急桨，还过钓台路。酒病无聊，欹枕听鸣橹。"《永遇乐》云："天涯倦客，山中归路，望断故园心眼。燕子楼空，佳人何在，空锁楼中燕。"《西江月》云："高情已逐晓云空，不与梨花同梦。"此等处，与"大江东去""把酒问青天"诸作，如出两手。不独"乳燕飞华屋""缺月挂疏桐"诸词，为别有寄托也。要之公天性豁达，襟抱开朗，虽境遇迍遭，而处之坦然，即去国离乡，初无羁客迁人之感，惟胸怀坦荡，词亦超凡入圣。后之学者，无公之胸襟，强为摹仿，多见其不知量耳。

（六）贺铸。铸字方回，卫州人，孝惠皇后族孙。元祐中，通判泗州，又倅太平州。退居吴下，自号庆湖遗老。有《东山寓声乐府》。录《柳色黄》一首：

薄雨收寒，斜照弄晴，春意空阔。长亭柳蓓才黄，倚马何人先折。烟横水漫，映带几点归鸿，平沙销尽龙沙雪。犹记出关来，恰而今时节。　将发。画楼芳酒，红泪清歌，便成轻别。回首经年，杳杳音尘都绝。欲知方寸，共有几许新愁，芭蕉不展丁香结。憔悴一天涯，两厌厌风月。

张文潜云："方回乐府，妙绝一世。盛丽如游金、张之堂，妖冶如揽嫱、施之袪，幽索如屈、宋，悲壮如苏、李。"周少隐云："方回有'梅子黄时雨'之句，人谓之贺梅子。方回寡发，郭功父指其鬓谓曰：'此真贺梅子也。'"陆务观云："方回状貌奇丑，俗谓之贺鬼头。其诗文皆高，不独长短句也。"据此，则方回大概可见矣。所著《东山寓声乐府》，宋刻本从未见过，今所据者，只王刻、毛刻、朱刻而已。所谓寓声者，盖用旧调谱词，即摘取本词中语，易以新名。后《东泽绮语债》略同此例。王半塘谓如"平园近体""遗山新乐府"类，殊不伦也。（词中《清商怨》名《尔汝歌》，《思越人》名《半死桐》，《武陵春》名《花想容》，《南歌子》名《醉厌厌》，《一落索》名《窗下绣》，皆就词句改易，如《如此江山》《大江东去》等是也。）方回词最传述人口者，为《薄幸》《青玉案》《望湘人》《踏莎行》诸阕，固为杰出之作。他如《踏莎行》云："断无蜂蝶梦幽香，红衣脱尽芳心苦。"又云："当年不肯嫁东风，无端却被西风误。"《下水船》云："灯火虹桥，难寻弄波微步。"《诉衷情》云："秦山险，楚山苍，更斜阳。画桥流水，曾见扁舟，几度刘郎。"《御街行》云："更逢何物可忘忧，为谢江南芳草。断桥孤驿，冷云黄叶，相见长安道。"诸作皆沉郁，而笔墨极飞舞，其气韵又在淮海之上，识者自能辨之。至《行路难》一首，颇似玉川长短句诗，诸家选本，概未之及。词云："缚虎手，悬河口，车如鸡栖马如狗。白纶巾，扑黄尘，不知我辈可是蓬蒿人。衰兰送客咸阳道，天若有情天亦老。作雷颠，不论钱，谁问旗亭美酒斗十千。　酌大斗，更为寿，青鬓常青古无有。笑嫣然，舞翩然，当垆秦女十五语如弦。遗音能寄秋风曲，事去千年犹恨促。揽流光，系扶桑，争奈愁来一日却为长。"与《江南春》七古体相似，为方回所独有也。要之骚情雅意，哀怨无端，盖得力于风雅，而出之以变化，故能具绮罗之丽，而复得山泽之清，（《别东山词》云："双携纤手别烟萝，红粉清泉相照。"可云自道词品。）此境不可一蹴即几也。世人徒知黄梅雨佳，非真知方回者。

（七）秦观。字少游，高邮人。登第后，苏轼荐于朝，除太学博士，迁正字，兼国史院编修，坐党籍遣戍。有《淮海词》三卷。录《踏莎行》一首：

　　雾失楼台，月迷津渡，桃源望断无寻处。可堪孤馆闭春寒，杜鹃声里斜阳暮。　　驿寄梅花，鱼传尺素，砌成此恨无重数。郴江幸自绕郴山，为谁流下潇湘去。

　　晁无咎云："近来作者，皆不及少游，如'斜阳外，寒鸦数点，流水绕孤村'。虽不识字人，亦知是天生好言语。"蔡伯世云："子瞻辞胜乎情，耆卿情胜乎辞，辞情相称者，惟少游而已。"张綖云："少游多婉约，子瞻多豪放，当以婉约为主。"叶少蕴云："少游乐府，语工而入律，知乐者谓之作家歌。子瞻戏之'山抹微云秦学士，露花倒影柳屯田'，微以气格为病也。"诸家论断，大抵与子瞻并论。余谓二家不能相合也。子瞻胸襟大，故随笔所之，如怒澜飞空，不可狎视。少游格律细，故运思所及，如幽花媚春，自成馨逸。其《满庭芳》诸阕，大半被放后作，恋恋故国，不胜热中，其用心不逮东坡之忠厚，而寄情之远，措语之工，则各有千古；他作如《望海潮》云："柳下桃蹊，乱分春色到人家。西园夜饮鸣笳，有华灯碍月，飞盖妨花。"《水龙吟》云："花下重门，柳边深巷，不堪回首。"《风流子》云："斜日半山，暝烟两岸，数声横笛，一叶扁舟。"《鹊桥仙》云："两情若是久长时，又岂在朝朝暮暮。"《千秋岁》云："春去也，飞红万点愁如海。"《浣溪沙》云："自在飞花轻似梦，无边丝雨细如愁。"此等句皆思路沉着，极刻画之工，非如苏词之纵笔直书也。北宋词家以缜密之思，得遒炼之致者，惟方回与少游耳。今人以秦、柳并称，柳词何足相比哉。（《高斋诗话》云："少游自会稽入都，见东坡。东坡曰：'不意别后却学柳七作词。'少游曰：'某虽无学，亦不如是。'东坡曰：'"销魂，当此际"，非柳七语乎？'"据此则少游雅不愿与柳齐名矣。）惟通观集中，亦有俚俗处，如《望海潮》云："妾如飞絮，郎如流水，相沾便肯相随。"《满园花》云："近日来非常罗皂，丑佛也须眉皱，怎掩得旁人口。"《迎春乐》云："怎得香香深处，作个蜂儿抱。"《品令》云："幸自得，一分索，强教人难吃。好好地恶了十来日，恰而今较些不。"又云："帘儿下时把鞋儿踢，语低低，笑咭咭。"又云："人前强不欲相沾识，把不定，脸儿赤。"竟如市井荒伧之言，不过应坊曲之请求，留此恶札。词家如此，最是魔道，不得以宋人之作为之文饰也。但全集止此三四首，尚不足为盛名之累。

（八）周邦彦。字美成，钱塘人。元丰中，献《汴都赋》，召为太学正。徽宗朝，仕至徽猷阁待制，提举大晟府，出知顺昌府。晚居明州，卒自号清真居士。有《清真集》。录《瑞龙吟》一首：

章台路，还见褪粉梅梢，试花桃树。愔愔坊陌人家，定巢燕子，归来旧处。　　黯凝伫，因记个人痴小，乍窥门户。

侵晨浅约宫黄，障风映袖，盈盈笑语。　　前度刘郎重到，访邻寻里，同时歌舞。惟有旧家秋娘，声价如故。吟笺赋笔，犹记燕台句。知谁伴、名园露饮，东城闲步。事与孤鸿去。探春尽是伤离意绪。官柳低金缕。归骑晚，纤纤池塘飞雨。断肠院落，一帘风絮。

　　陈郁《藏一话腴》云："美成自号清真，二百年来，以乐府独步，贵人学士，市侩妓女，皆知美成词为可爱。"楼攻媿云："清真乐府播传，风流自命，顾曲名堂，不能自已。"《贵耳录》云："美成以词行，当时皆称之。不知美成文章，大有可观，可惜以词掩其文也。"强焕序云："美成词模写物态，曲尽其妙。"陈质斋云："美成词多用唐人诗，櫽括入律，混然天成。长调尤善铺叙，富艳精工。词人之甲乙也。"张叔夏云："美成词浑厚和雅，善于融化诗句。"沈伯时云："作词当以清真为主，盖清真最为知音，且下字用意，皆有法度。"此宋人论清真之说也。余谓词至美成，乃有大宗，前收苏、秦之终，后开姜、史之始。自有词人以来，为万世不祧之宗祖。究其实亦不外"沉郁顿挫"四字而已。即如《瑞龙吟》一首，其宗旨所在，在"伤离意绪"一语耳。而入手先指明地点曰章台路，却不从目前景物写出，而云"还见"，此即沉郁处也。须知梅梢桃树，原来旧物，惟用"还见"云云，则令人感慨无端，低徊欲绝矣。首叠末句云"定巢燕子，归来旧处"，言燕子可归旧处，所谓"前度刘郎"者，即欲归旧处而不得，徒彳亍于憎憎坊陌，章台故路而已，是又沉郁处也。第二叠"黯凝伫"一语为正文，而下文又曲折。不言其人不在，反追想当日相见时状态。用"因记"二字，则通体空灵矣，此顿挫处也。第三叠"前度刘郎"至"声价如故"，言个人不见，但见同里秋娘，未改声价。是用侧笔以衬正文，又顿挫处也。"燕台"句，用义山柳枝故事，情景恰合。"名园露饮，东城闲步"，当日己亦为之，今则不知伴着谁人，赓续雅举。此"知谁伴"三字，又沉郁之至矣。"事与孤鸿去"三语，方说正文，以下说到归院，层次井然，而字字凄切。末以飞雨风絮作结，寓情于景，倍觉黯然。通体仅"黯凝伫""前度刘郎重到""伤离意绪"三语，为作词主意，此外则顿挫而复缠绵，空灵而又沉郁。骤视之，几莫测其用笔之意，此所谓神化也。他作亦复类此，不能具述。总之，词至清真，实是圣手，后人竭力摹效，且不能形似也。至说部记载，如《风流子》为溧水主簿姬人作，《少年游》为道君幸李师师家作，《瑞鹤仙》为睦州梦中作，此类颇多，皆稗官附会，或出之好事忌名，故作讪笑，等诸无稽。倘史传所谓邦彦疏隽少检，不为州里推重者此欤？

　　右北宋八家，皆迭长坛坫，为世诵习者也。其有词不甚高，声誉颇盛，题襟点笔，间亦不俗。虽非作家之极，亦在附庸之列，成作咸在，不可废也。因复总述之。

　　（1）王安石《桂枝香·金陵怀古》："登楼送目，正故国晚秋，天气初肃。千里澄江似练，翠峰如簇。征帆去棹斜阳里，背西风、酒旗斜矗。彩舟云淡，星河鹭起，画图难足。
念自昔、豪华竞逐，叹门外楼头，悲恨相续。千古凭高对此，漫嗟荣辱。六朝旧事随流水，但寒烟衰草凝绿。至今商女，时时犹唱，《后庭》遗曲。"

荆公不以词见长。而《桂枝香》一首，大为东坡叹赏，各家选本，亦皆采录。第其词只稳惬而已。他如《菩萨蛮》《渔家傲》《清平乐》《浣溪沙》等，间有可观，至《浪淘沙》之"伊吕两衰翁"，《望江南》之"归依三宝赞"，直俚语耳。

（2）晏几道《临江仙》："梦后楼台高锁，酒醒帘幕低垂。去年春恨却来时。落花人独立，微雨燕双飞。　记得小蘋初见，两重心字罗衣。琵琶弦上说相思。当时明月在，曾照彩云归。"

小山词之最著者，如此词之"落花"二句，及《鹧鸪天》之"舞低杨柳楼心月，歌尽桃花扇底风"，又"今宵剩把银釭照，犹恐相逢是梦中"，又"梦魂惯得无拘检，又踏杨花过谢桥"，《浣溪沙》之"户外绿杨春系马，床头红烛夜呼卢"，皆为世人盛称者。余谓艳词自以小山为最，以曲折深婉，浅处皆深也。

（3）李之仪《卜算子》："我住长江头，君住长江尾。日日思君不见君，共饮长江水。　此水几时休，此恨何时已。只愿君心似我心，定不负相思意。"

此词盛传于世，以为古乐府俊语是也，但不善学之，易流于滑易。《姑溪词》中佳者殊鲜，如《千秋岁》之"东风半落梅梢雪"，《南乡子》之"西墙，犹有轻风递暗香"，亦工。此外皆平直而已。

（4）周紫芝《朝中措》："雨余庭院冷萧萧，帘幕度轻飘。鸟语唤回残梦，春寒勒住花梢。　　无聊睡起，新愁黯黯，归路迢迢。又是夕阳时候，一炉沉水烟销。”

孙竞谓竹坡乐章清丽婉曲，非苦心刻意为之，此言极是。竹坡少师张耒，行辈稍长李之仪，而词则学小山者也。人第赏其《鹧鸪天》之“梧桐叶上三更雨，叶叶声声是别离”，《醉落魄》之“晓寒谁看伊梳掠，雪满西楼，人在阑干角”，《生查子》之“不忍上西楼，怕看来时路”诸语，实皆聪俊句耳。余最爱《品令》登高词，其后半云“黄花香满，记白苎、吴歌软。如今却向，乱山丛里，一枝重看。对着西风搔首，为谁肠断”，沉着雄快，似非小山所能也。

（5）葛胜仲《鹧鸪天》：“小榭幽园翠箔垂，云轻日薄淡秋晖。菊英露浥渊明径，藕叶风吹叔宝池。　　酬素景，泛芳卮，老人痴钝强伸眉。欢华莫遣笙歌散，归路从教灯影稀。”

鲁卿与常之，亦如元献、小山也。然门第誉望，可以齐驱；至论词，则虎贲之与中郎矣。鲁卿以《蓦山溪》《天穿节》二首得盛誉，其词亦平平，盖名高而实不足副也。余爱其《点绛唇》末语“乱山无数，斜日荒城鼓”，可与范文正“长烟落日孤城闭”并美，余不称矣。

（6）黄庭坚《虞美人·宜州见梅作》：“天涯也有江南信，梅破知春近。夜阑风细得香迟，不道晓来开遍、向南枝。　　玉台弄粉花应妒，飘到眉心住。平生个里愿杯深，去国十年老尽、少年心。”

晁无咎谓山谷词，不是当行家，乃着腔唱好诗。此言洵是。陈后山乃云：“今代词手，惟秦七与黄九。”此实阿私之论。山谷之词，安得与太虚并称？较耆卿且不逮也。即如《念奴娇》下片，如"共倒金荷家万里，难得尊前相属。老子平生，江南江北，爱听临风曲"，世谓可并东坡，不知此仅豪放耳，安有东坡之雄俊哉！

（7）张耒《风流子》："亭皋木叶下，重阳近，又是捣衣秋。奈愁入庾肠，老侵潘鬓，漫簪黄菊，花也应羞。楚天晚，白蘋烟尽处，红蓼水边头。芳草有情，夕阳无语，雁横南浦，人倚西楼。　　玉容知安否，香笺共锦字，两处悠悠。空恨碧云离合，青鸟沉浮。向风前懊恼，芳心一点，寸眉两叶，禁甚闲愁。情到不堪言处，分付东流。"

此词仅"芳草"四语为俊语，通体布局，宛似耆卿，故下片说到本事，即如强弩之末矣。元祐诸公，皆有乐府，惟张仅见《少年游》《秋蕊香》及此词。胡元任以为不在元祐诸公之下，非公论也。（《少年游》《秋蕊香》二词，为营伎刘淑奴作。）

（8）陈师道《清平乐》："秋光烛地，帘幕生秋意。露叶翻风惊鹊坠，暗落青林红子。　　微行声断长廊，熏炉衾换生香。灭烛却延明月，揽衣先怯微凉。"

胡元任云："后山自谓他文未能及人，独于词不减秦七、黄九，其自矜如此。"而放翁题跋则云："陈无己诗妙天下，以其余作词，宜其工矣，顾乃不然，殆未易晓也。"余谓后山词，较文潜为优，如《菩萨蛮》云"急雨洗香车，天回河汉斜"，《蝶恋花》云"路转河回寒日暮，连峰不许重回顾"等语皆胜。放翁所云，亦非公也。

（9）程垓《南浦》："金鸭懒薰香，向晚来，春醒一枕无绪。浓绿涨瑶窗，东风外、吹尽乱红飞絮。无言伫立，断肠惟有流莺语。碧云欲暮，空惆怅、韶华一时虚度。　　追思旧日心情，记题叶西楼，吹花南浦。老去觉欢疏，伤春恨、多付断云残雨。黄昏院落，问谁犹在凭阑处。可堪杜宇，空只解声声，催他春去。"

毛子晋云："正伯与子瞻，中表兄弟也，故集中多溷苏作，如《意难忘》《一剪梅》之类。"余按今传《书舟词》，已无苏作，子晋已删汰矣。其《酷相思》《四代好》《折红英》诸作，盛为升庵推许。盖其词以凄婉绵丽为宗，为北宋人别开生面。自是以后，字句间凝炼渐工，而昔贤疏宕之致微矣。

（10）毛滂《临江仙·都城元夕》："闻道长安灯夜好，雕轮宝马如云。蓬莱清浅对觚棱。玉皇开碧落，银界失黄昏。

谁见江南憔悴客，端忧懒步芳尘。小屏风畔冷香凝。酒浓春入梦，窗破月寻人。"

滂以《惜分飞》"赠伎词"得盛名。陈质斋且云："泽民他词虽工，未有能及此者。"所见太狭矣。《东堂词》中佳者殊多，如《浣溪沙》云"小雨初收蝶做团，和风轻拂燕泥干，秋千院落落花寒"，《七娘子》云"云外长安，斜晖脉脉，西风吹梦来无迹"，《蓦山溪》"杨花"云"柔弱不胜春，任东风吹来吹去"，皆俊逸可喜，安得云《惜分飞》为最乎？即此词之"酒浓"二句，何减"云破月来"风调？

（11）晁补之《摸鱼儿》："买陂塘、旋栽杨柳，依稀淮岸湘浦。东皋雨足轻痕涨，沙觜鹭来鸥聚。堪爱处，最好是、一川夜月光流渚，无人自舞。任翠幕张天，柔茵藉地，酒尽未能去。　　青绫被，休忆金闺故步，儒冠曾把身误。弓兵千骑成何事，荒了邵平瓜圃。君试觑，满青镜、星星鬓影今如许。功名浪语，便做得班超，封侯万里，归计恐迟暮。"

无咎词酷似东坡，不独此作然也。如《满江红》之"东武城南"，《永遇乐》之"松菊堂深"，皆直摩子瞻之垒，而灵气往来，自有天然之秀。胡元任盛称其《洞仙歌》"泗州中秋作"，谓如常山之蛇，救首救尾，可云知无咎者矣。

（12）晁端礼《水龙吟》："倦游京洛风尘，夜来病酒无人问。九衢雪少，千门月淡，元宵灯近。香散梅梢，冻销池面，一番春信。记南城醉里，西城宴阕，都不管、人春困。
屈指流年未几，早惊人潘郎双鬓。当时体态，而今情绪，多应瘦损。马上墙头，纵教瞥见，也难相认。凭阑干、但有盈盈泪眼，把罗襟揾。"

次膺为无咎叔，蔡京荐于朝，诏乘驿赴阙。次膺至，适禁中嘉莲生，遂属词以进，名《并蒂芙蓉》。上览称善，除大晟府协律。不克受而卒。今《琴趣外篇》有《鸭头绿》《黄河清慢》，皆所创也。其才亦不亚于清真云。

（13）万俟雅言《昭君怨》："春到南楼雪尽，惊动灯期花信。小雨一番寒，倚阑干。　　莫把阑干频倚，一望几重烟水。何处是京华，暮云遮。"

雅言自号词隐，与清真堂名顾曲，其旨相同。崇宁中，充大晟府制撰，又与清真同官。今《大声集》虽不传，而如《春草碧》《三台》《卓牌儿》诸词，固流播千古也。黄叔旸谓其词平而工，和而雅，泂然。

右附录十三家，姑溪、竹坡、丹阳三家，则学晏氏父子者也；文潜、后山、正伯、东堂、无咎，则属于苏门者也；次膺、词隐，为邦彦同官，讨论古音古调，又复增演慢、曲、引、近，或为三犯、四犯之曲，皆知音之士，故当系诸清真之下；荆公、山谷，实非专家，盛誉难没，因附入焉。

第二 南宋人词略

词至南宋，可云极盛时代。黄昇散花庵《中兴以来绝妙词选》十卷，始于康与之，终于洪瑹；周密《绝妙好词》七卷，始于张孝祥，终于仇远，合订不下二百家。二书皆选家之善本，学者必须探讨。顾由博返约，首当抉择，兹选论七家，为南渡词人之表率，即稼轩、白石、玉田、碧山、梅溪、梦窗、草窗是也。此外附录所及，各以类聚，亦可略见大概矣。

（一）辛弃疾。字幼安，历城人。耿京聚兵山东，节制忠义军马，留掌书记。绍兴中，令奉表南归。高宗召见，授承务郎，累官浙东安抚使，进枢密都承旨。有《稼轩长短句》十二卷。

贺新郎 独坐停云作

甚矣吾衰矣，怅平生、交游零落，只今余几。白发空垂三千丈，一笑人间万事。问何物、能令公喜。我见青山多妩媚，料青山、见我亦如是。情与貌，略相似。 一尊搔首东窗里，想渊明、《停云》诗就，此时风味。江左沉酣求名者，岂识浊醪妙理。回首叫、云飞风起。不恨古人吾不见，恨古人、不见吾狂耳。知我者，二三子。

　　陈子宏云："蔡元工于词，靖康中陷金。辛幼安以诗词谒见，蔡曰：'子之诗则未也。他日当以词名家。'"刘潜夫云："公所作大声镗鞳，小声铿鍧，横绝六合，扫空万古，自有苍生所未见。其秾纤绵密者，又不在小晏秦郎之下。"毛子晋云："词家争斗秾纤，而稼轩率多抚时感事之作，磊落英多，绝不作妮子态。宋人以东坡为词诗，稼轩为词论，善评也。"陈亦峰云："稼轩词自以《贺新郎》一篇为冠，《别茂嘉十二弟》，沉郁苍凉，跳跃动荡。古今无此笔力。"余谓学稼轩词，须多读书，不用书卷，徒事叫嚣，便是蒋心余、郑板桥，去"沉郁"二字远矣。辛词着力太重处，如《破阵子》"为陈同甫赋壮词以寄之"，《瑞鹤仙》"南涧双溪楼"等作，不免剑拔弩张。至如《鹧鸪天》云"却将万字平戎策，换得东家种树书"，读之不觉衰飒。《临江仙》云"别浦鲤鱼何日到，锦书封恨重重。海棠花下去年逢。也应随分瘦，忍泪觅残红"，婉雅芊丽，孰谓稼轩不工致语耶？又《蝶恋花》（元日立春）云"今岁花期消息定，只愁风雨无凭准"，盖言荣辱不定，遣谪无常。言外有多少疑惧哀怨，而仍是含蓄不尽。此等处，虽迦陵且不能知，遑论余子！世以《摸鱼子》一首为最佳，亦有见地，但启讥讽之端。陈藏一之"咏雪"，德祐太学生之《百字令》，往往易招衍尤也。

　　（二）姜夔。字尧章，鄱阳人。萧东父识之于年少，妻以兄子，因寓居吴兴之武康，与白石洞天为邻，自号白石道人。

庆元中，曾上书乞正太常雅乐。有《白石诗》一卷、词五卷。录词一首：

霓裳中序第一

亭皋正望极，乱落江莲归未得，多病却无气力。况纨扇渐疏，罗衣初索。流光过隙。叹杏梁、双燕如客。人何在，一帘淡月，仿佛照颜色。　　幽寂，乱蛩吟壁，动庾信、清愁似织。沉思年少浪迹，笛里关山，柳下坊陌。坠红无信息，漫暗水、涓涓流碧。漂零久，而今何意，醉卧酒垆侧。

宋人词如美成乐府，仅注明宫调而已。宫调者，即说明用何等管色也，如仙吕用小工，越调用六字类，盖为乐工计耳。白石词凡旧牌皆不注明管色，而独于自度腔十七支，不独书明宫调，并乐谱亦详载之。宋代曲谱，今不可见，惟此十七阕，尚留歌词之法于一线。因悟宋人歌词之法，皆用旧谱，故白石于旧牌各词，概不申说，而于自作诸谱，不殚详录也。何以明之？白石词《满江红》序云："《满江红》旧词用仄韵，多不协律，如末句云'无心扑'三字，歌者将'心'字融入去声，方谐音律。"又云："末句云'闻佩环'，则协律矣。"是白石明知旧谱"心"字之不协，乃为此"佩"字之去声以就歌谱焉，故此词不注旁谱，以见韵虽用平，而歌则仍旧也。又吴梦窗《西子妆》，亦自度腔也，而张玉田和之，且云："梦窗自制此曲，余喜其声调娴雅，久欲效而未能。"又云："惜旧谱零落，不能倚声而歌也。"据此，则宋调之能歌者，皆非旧谱零落之词，梦窗此调，虽娴雅可观，而谱法已佚，无从按拍。苟可不拘旧谱，则玉田尽可补苴罅漏，别订新声。今宁使阙疑，不敢妄作者，正足见宋人歌词之法，概守旧腔，非如南北曲之随字音清浊而为之挪移音节也。是以吴词自制腔九支，以不自作谱。元明以来，赓和者绝少。姜词十七谱具存，故继姜而作者至多。于此见谱之存逸，关系于词之隆替者至重，而宋词谱之守定成式者，亦缘此可悟矣。南渡以后，国势日非，白石目击心伤，多于词中寄慨，不独《暗香》《疏影》发二宋之幽愤，伤在位之无人也。特感慨全在虚处，无迹可寻，人自不察耳。盖词中感喟，只可用比兴体，即比兴中亦须含蓄不露，斯为沉郁。若慷慨发越，终病浅显，如《扬州慢》"自胡马窥江去后，废池乔木，犹厌言兵"，已包涵无数伤乱语。又如《点绛唇》"丁未过吴淞作"，通首只写眼前景物，至结处云"今何许，凭阑怀古，残柳参差舞"，其感时伤事，只用"今何许"三字提唱。无穷哀感，都在虚处。他如《石湖仙》《翠楼吟》诸作，自是有感而发，特未敢臆断耳。（姜词十七谱，余别有释词，今不论。）

（三）张炎。字叔夏，号玉田，循王后裔。居临安，自号乐笑翁。有《玉田词》三卷，郑思肖为之序。录《南浦》一首：

南浦　春水

波暖绿粼粼，燕飞来，好是苏堤才晓。鱼没浪痕圆，流红去、翻唤东风难扫。荒桥断浦，柳阴撑出扁舟小。回首池塘青欲遍，绝似梦中芳草。　和云流出空山，甚年年净洗，花香

不了。新绿乍生时，孤村路、犹忆那回曾到。余情渺渺，茂林
觞咏如今悄。前度刘郎归去后，溪上碧桃多少。

　　玉田词皆雅正，故集中无俚鄙语，且别具忠爱之致。玉
田词皆空灵，故集中无拙滞语，且又多婉丽之态。自学之者多
效其空灵，而立意不深，即流于空滑之弊。岂知玉田用笔，
各极其致，而琢句之工，尤能使笔意俱显。人仅赏其精警，而
作者诣力之深，曾未知其甘苦也。如《忆旧游》"大都长春
宫"云"古台半压琪树，引袖拂寒星"，结云"鹤衣散彩都是
云"；《壶中天》"夜渡古黄河"云"扣舷歌断，海蟾飞上孤
白"；《渡江云》"山阴久客寄王菊存"云"山空天入海，倚
楼望极，风急暮潮初"；《湘月》"山阴道中"云"疏风迎
面，湿衣原是空翠"；《清平乐》云"只有一枝梧叶，不知多
少秋声"；《甘州》"寄沈尧道"云"短梦依然江表，老泪洒
西州。一字无题处，落叶都愁"，又云"折芦花赠远，零落一
身秋"；又"饯草窗西归"云"料瘦筇归后，闲锁北山云"；
《台城路》"送周方山"云"暗草埋沙，明波洗月，谁念天涯
羁旅"；又"寄太白山人陈又新"云"虚沙动月，叹千里悲
歌，唾壶敲缺"，又云"回潮似咽，送一点愁心，故人天末。
江影沉沉，夜凉鸥梦阔"；《长亭怨》"饯菊泉"云"记横笛
玉关高处，万叠沙寒，雪深无路"；《西子妆》"江上"云
"杨花点点是春心，替风前、万花吹泪"；《忆旧游》"登蓬
莱阁"云"海日生残夜，看卧龙和梦，飞入秋冥。还听水声东
去，山冷不生云"，此类皆精警无匹，可尧章颉颃。又如《迈

陂塘》结处云"深更静，待散发吹箫，鹤背天风冷。凭高露饮，正碧落尘空，光摇半壁，月在万松顶"，沉郁以清超出之，飘飘有凌云气概。自在草窗、西麓之上。至如《长亭怨》"饯菊泉"结云"且莫把孤愁，说与当时歌舞"；《三姝媚》"送舒亦山"云"贺监犹存，还散迹、千山风露"，又云"布袜青鞋，休误入桃源深处"，盖是时菊泉、亦山，各有北游，语带箴规，又复自明不仕之志。君国之感，离别之情，言外自见，此亦足见玉田生平矣。玉田用韵至杂，往往真文、青庚、侵寻同用，亦有寒删间杂覃盐者，此等处实不足法。惟在入声韵，则又谨严，屋沃不混觉药，质陌不混月屑，亦不杂他韵。学者当从其谨严处，勿借口玉田，为文过之地也。

（四）王沂孙。字圣与，号碧山，又号中仙，会稽人。至元中，曾官庆元路学正。有《碧山乐府》二卷。录词一首：

齐天乐　余闲书院拟赋蝉

一襟遗恨宫魂断，年年翠阴庭宇。乍咽凉柯，还移暗叶，重把离愁低诉。西园过雨。渐金错鸣刀，玉筝调柱。镜掩残妆，为谁娇鬓尚如许。　　铜仙铅泪似洗，叹移盘去远，难贮零露。病翼惊秋，枯形阅世，消得斜阳几度。余音更苦。甚独抱清商，顿成凄楚。漫想薰风，柳丝千万缕。

大抵碧山之词，皆发于忠爱之忱，无刻意争奇之意，而人自莫及。论词品之高，南宋诸公，当以《花外》为巨擘焉。其咏物诸篇，固是君国之忧，时时寄托，却无一笔犯复，字字贴切故也。《天香》"龙涎香"一首，当为谢太后作。其前半多指海外事，惟后叠云"荀令如今渐老，总忘却、尊前旧风味"，必有寄托，但不知何所指耳。至如《南浦》"春水"云"帘影蘸楼阴，芳流去，应有泪珠千点。沧浪一舸，断魂重唱蘋花怨"，寄慨处清丽纡徐，斯为雅正。又《庆宫春》"水仙"云"岁华相误，记前度湘皋怨别。哀弦重听，都是凄凉，未须弹彻"，后叠云"国香到此谁辨。烟冷沙昏，顿成愁绝"，结云"试招仙魂，怕今夜瑶簪冻折。携盘独出，空怨咸阳，故宫落月"，凄凉哀怨，其为王清惠辈作乎？（清惠等诗词具见汪水云《湖山类稿》。）又《无闷》"雪意"后半云"清致，悄无似。有照水南枝，已搀春意。误几度凭阑，暮愁凝睇。应是梨云梦好，未肯放东风来人世。待翠管吹破苍茫，看取玉壶天地"，无限怨情，出以浑厚之笔。张皋文《词选》碧山词止取四首，除《齐天乐》"赋蝉"外，有《眉妩》"新月"、《高阳台》"梅花"、《庆清朝》"榴花"三阕，且于每词下各注案语。《眉妩》云："此喜君有恢复之志，而惜无贤臣也。"《高阳台》云："此伤君臣宴安，不思国耻，天下将亡也。"《庆清朝》云："此言乱世尚有人才，惜世不用也。"是知碧山一片热肠，无穷哀感，小雅怨诽不乱之旨，诸词有焉，以视白石之《暗香》《疏影》，亦有过之无不及。词至此蔑以加矣。

（五）史达祖。字邦卿，汴人。有《梅溪词》。《四朝闻见录》：韩侂胄为平章，专倚省吏史达祖举行文字，拟帖拟旨，皆出其手，侍从束札，至用申呈。韩败，遂黥焉。有《梅溪词》一卷。录词一首：

三姝媚

烟光摇缥瓦，望晴檐多风，柳花如洒。锦瑟横床，想泪痕
尘影，凤弦长下。倦出犀帷，频梦见、王孙骄马。讳道相思，
偷理绡裙，自惊腰衩。　　惆怅南楼遥夜。记翠箔张灯，枕肩
歌罢。又入铜驼，遍旧家门巷，首询声价。可惜东风，将恨
与、闲花俱谢。记取崔徽模样，归来暗写。

邦卿为平原堂吏，千古无不惜之。楼敬思云："史达祖
南宋名士，不得进士出身。以彼文采，岂无论荐？乃甘作权相
堂吏，至被弹章，不亦降志辱身之至耶！"读其书怀《满江
红》词"好领青衫，全不向、诗书中得。三径就荒秋自好，一
钱不值贫相逼"，亦自怨自艾者矣。又读其出京《满江红》词
"更无人撅笛傍宫墙，苔花碧"，又云"老子岂无经世术，诗
人不预平边策"，是亦善于解嘲焉。然集中又有留别社友《龙
吟曲》"楚江南，每为神州未复。阑干静，慵登眺"，新亭之
泣，未必不胜于兰亭之集也。乃以词客终其身，史臣亦不屑道
其姓氏，科目之困人如此，岂不可叹。然则词人立品，为尤要
矣。戈顺卿谓周清真善运化唐人诗句，最为词中神妙之境，而
梅溪亦擅其长，笔意更为相近。又云：若仿张为作《词家主
客图》，周为主，史为客，未始非定论也。其倾倒梅溪，可
为尽至。余谓白石、梅溪，皆祖清真，白石化矣，梅溪或稍逊
耳。至其高者，亦未尝不化，如《湘江静》云"三年梦冷，孤

吟意短，屡烟钟津鼓。屐齿厌登临，移橙后、几番凉雨"；又
《临江仙》结句云"枉教装得旧时多，向来箫鼓地，曾见柳婆
娑"，慷慨生哀，极悲极郁，居然美成复生。较"临断岸新绿生
时，是落红带愁流处"尤为沉着。此种境地，却是梅溪独到处。

（六）吴文英。字君特，四明人。从吴履斋诸公游。有
《梦窗甲乙丙丁稿》四卷。录词一首：

莺啼序

残寒正欺病酒，掩沉香绣户。燕来晚、飞入西城，似说
春事迟暮。画船载、清明过却，晴烟冉冉吴宫树。念羁情，游
荡随风，化为轻絮。　　十载西湖，傍柳系马，趁娇尘软雾。
溯红渐、招入仙溪，锦儿偷寄幽素。倚银屏、春宽梦窄，断红
湿、歌纨金缕。暝堤空，轻把斜阳，总还鸥鹭。　　幽兰旋
老，杜若还生，水乡尚寄旅。别后访、六桥无信，事往花委，
瘗玉埋香，几番风雨。长波妒盼，遥山羞黛，渔灯分影春江
宿，记当时、短楫桃根渡。青楼仿佛，临分败壁题诗，泪墨渗
澹尘土。　　危亭望极，草色天涯，叹鬓侵半苎。暗点检、离
痕欢唾，尚染鲛绡，嚲凤迷归，破鸾慵舞。殷勤待写，书中长
恨，蓝霞辽海沉过雁，漫相思、弹入哀筝柱。伤心千里江南，
怨曲重招，断魂在否。

按梦窗词，以绵丽为尚，运意深远，用笔幽邃，练字炼
句，迥不犹人。貌观之，雕缋满眼，而实有灵气行乎其间，细
心吟绎，觉味美于方回，引人入胜，既不病其晦涩，亦不见

其堆垛。此与清真、梅溪、白石，并为词学之正宗，一脉真传，特稍变其面目耳。犹之玉溪生之诗，藻采组织，而神韵流转，旨趣永长，未可妄讥其獭祭也。昔人评骘，多有未当，即如尹惟晓以梦窗并清真，不知置东坡、少游、方回、白石等于何地，誉之未免溢量。至沈伯时谓其太晦，其实梦窗才情超逸，何尝沉晦？梦窗长处，正在超逸之中，见沉郁之思，乌得转以沉郁为晦耶？若叔夏七宝楼台之喻，亦所未解。窃谓东坡《水调歌头》，介甫《桂枝香》有此弊病，至梦窗词，合观通篇，固多警策，即分摘数语，亦自入妙，何尝不成片段耶？张皋文《词选》，独不收梦窗词，而以苏、辛为正声，此门户之见，乃以梦窗与耆卿、山谷、改之辈同列，此真不知梦窗也。董氏《续词选》，只取梦窗《唐多令》《忆旧游》两篇。此二篇绝非梦窗高诣，《唐多令》一篇，几于油腔滑调，在梦窗集中最属下乘，《续选》独取此两篇，岂故收其下者，以实皋文之言耶？谬矣。

　　梦窗精于造句，超逸处则仙骨珊珊，洗脱凡艳；幽索处则孤怀耿耿，别缔古欢。如《高阳台》"落梅"云："宫粉雕痕，仙云堕影，无人野水荒湾。古石埋香，金沙锁骨连环。南楼不恨吹横笛，恨晓风、千里关山。半飘零，庭院黄昏，月冷阑干。"又云："细雨归鸿，孤山无限春寒。"《瑞鹤仙》云："断柳凄花，似曾相识，西风破屐。林下路，水边石。"《祝英台近》"除夜立春"云："剪红情，裁绿意，花信上钗股。残日东风，不放岁华去。"又"春日客龟溪游废园"云："绿暗长亭，归梦趁风絮。"《水龙吟》"惠山酌泉"云："艳阳不到青山，淡烟冷翠成秋苑。"《满江红》"淀山湖"云："对两蛾犹锁，怨绿烟中。秋色未教飞尽雁，夕阳长是坠疏钟。"《点绛唇》"试灯夜初晴"云："情如水，小楼薰被，春梦笙歌里。"又云："征衫贮，旧寒一缕，泪湿风帘絮。"《八声甘州》"游灵岩"云："箭径酸风射眼，腻水染花腥。"又云："连呼酒，上琴台去，秋与云平。"俱能超妙入神。

（七）周密。字公谨，号草窗，济南人，流寓吴兴，居弁山。自号弁阳啸翁，又号萧斋，又号四水潜夫。淳祐中为义乌令。有《蜡屐集》《草窗词》二卷，一名《蘋洲渔笛谱》。录词一首：

曲游春

禁苑东风外，飏暖丝晴絮，春思如织。燕约莺期，恼芳情、偏在翠深红隙。漠漠香尘隔。沸十里、乱丝丛笛。看画船、尽入西泠，闲却半湖春色。　　柳陌，新烟凝碧。映帘底宫眉，堤上游勒。轻暝笼烟，怕梨云梦冷，杏香愁幂。歌管酬寒食，奈蝶怨、良宵岑寂。正恁醉月摇花，怎生去得。

按草窗词，尽洗靡曼，独标清丽，有葱茜之色，有绵渺之思，与梦窗旨趣相侔。二窗并称，允矣无忝。其于词律，亦极严谨。盖交游甚广，深得切劘之益。如集中所称霞翁，乃杨守斋也。守斋名缵，字继翁，又号紫霞翁。善弹琴，明宫调词法。周美成有《紫霞洞箫谱》，尝著《作词五要》，于填词按谱，随律押韵二条详言之，守律甚细，一字不苟作。草窗与之交，宜其词律之细矣。观其《一萼红》"登蓬莱阁有感"一阕，苍茫感慨，情见乎词，当为草窗集中压卷。虽使美成、白石为之，亦无以过，惜不多觏耳。词云："步深幽，正云黄天淡，雪意未全休。鉴曲寒沙，茂林烟草，俯仰今古悠悠。岁华晚、飘零渐远，谁念我、同载五湖舟。磴古松斜，崖阴苔老，一片清愁。　　回首天涯归梦，几魂飞西浦，泪洒东州。故国山川，故园心眼，还似王粲登楼。最负他、秦鬟妆镜，好江山、何事此时游。为唤狂吟老监，共赋销忧。"又《法曲献仙音》"吊雪香亭梅"云："一片古今愁，但废绿、平烟空远。无语消魂，对斜阳、衰草泪满。又西泠残笛，低送数声春怨。"即杜诗"回首可怜歌舞地"之意，以词发之，更觉凄惋。《水龙吟》"白莲"云："擎露盘深，忆君凉夜，时倾铅水。想鸳鸯正结，梨云好梦。西风冷，还惊起。"词意兼胜，似此亦不亚碧山也。

右七家皆南宋词坛领袖，历百世不祧者也。其他潜研音吕，敷陈华藻，正不乏人。复择其著者，附录之，得十四家。

（1）陆游。字务观，山阴人。以荫补登仕郎，隆兴初，赐进士出身。范成大帅蜀，为参议官。人讥其颓放，因自号放翁。有《剑南集》，词二卷。录《水龙吟·春日游摩诃池》一首："摩诃池上追游路，红绿参差春晚。韶光妍媚，海棠如醉，桃花欲暖。挑菜初闲，禁烟将近，一城丝管。看金鞍争道，香车飞盖，争先占，新亭馆。　　惆怅年华暗换，黯消魂、雨收云散。镜奁掩月，钗梁拆凤，秦筝斜雁。身在天涯，乱山孤垒，危楼飞观。叹春来只有，杨花和恨，向东风满。"

刘潜夫云："放翁、稼轩，一扫纤艳，不事斧凿，但时时掉书袋，要是一癖。"余谓务观与稼轩，不可并列。放翁豪放处不多，今传诵最著者，如《双头莲》《鹊桥仙》《真珠帘》等，字字馨逸，与稼轩大不相同。至《南园》一记，蒙垢今古，《钗头》别凤，寄慨家庭。平生家国间，真有隐痛矣。

（2）张孝祥。字安国，历阳人。绍兴二十四年，廷试第一，历官至显谟阁直学士。有《于湖词》一卷。录《念奴娇·过洞庭》一首："洞庭青草，近中秋、更无一点风色。玉界琼田三万顷，着我扁舟一叶。素月分辉，明河共影，表里俱澄澈。悠然心会，妙处难与君说。　　应念岭表经年，孤光自照，肝胆皆冰雪。短鬓萧疏襟袖冷，稳泛沧溟空阔。尽吸西江，细斟北斗，万象为宾客。叩舷独啸，不知今夕何夕。"

此作《绝妙好词》冠诸简端，其气象固是豪雄，惟用韵不甚合耳。于湖他作，如《西江月》之"东风吹我过湖船，杨柳丝丝拂面"，《满江红》之"点点不离杨柳外，声声只在芭蕉里"，皆俊妙可喜。陈郡汤衡序《于湖词》云："元祐诸公，嬉弄乐府，寓以诗人句法，无一毫浮靡之气，实自东坡发之也。于湖紫微张公之词，同一关键。"以于湖并东坡，论亦不误，惟才气较薄弱耳。

（3）陈亮。字同甫，婺州人。绍熙四年，擢进士第一。有《龙川集》，词三卷。录《水龙吟》一首："闹红深处层楼，画帘半卷东风软。春归翠陌，平莎茸嫩，垂杨金浅。迟日催花，淡云阁雨，轻寒轻暖。恨芳菲世界，游人未赏，都付与莺和燕。　　　寂寞凭高念远。向南楼、一声归雁。金钗斗草，青丝勒马，风流云散。罗绶分香，翠绡封泪，几多幽怨。正消魂、又是疏烟淡月，子规声断。"

叶水心云："同甫长短句四卷，每一章成，辄自叹曰：'平生经济之怀，略已陈矣。'"周草窗云："龙川好谈天下大略，以节气自居，而词亦疏宕有致。"毛子晋云："龙川词读至卷终，不作一妖语媚语，殆所称不受人怜者欤？"余谓龙川与幼安，往来至密，集中《贺新郎》三首，足见气谊，故词境亦近之，而如此作，又复幽秀妍丽，能者固无所不能也。

（4）刘过。字改之，太和人。尝伏阙上书，请光宗过宫，复以书抵时宰，陈恢复方略，不报，放浪湖海间。有《龙洲词》一卷。录《沁园春·寄辛稼轩》一首："古岂无人可以似吾，稼轩者谁。拥七州都督，虽然陶侃，机明神鉴，未必能诗。常衮何如，公羊聊尔，千骑东方候会稽。中原事，总匈奴未灭，毕竟男儿。　　　平生出处天知。算整顿乾坤终有时。问湖南宾客，侵寻去矣，江西户口，流落何之。尽日楼台，四边屏障，目断江山魂欲飞。长安道，算世无刘表，王粲畴依。"

改之词学幼安，而横放杰出，尤较幼安过之，叫嚣之风，于此开矣。黄花庵云："如'别妓'《天仙子》、'咏画眉'《小桃红》诸阕，稼轩集中能有此纤秀语耶？"毛子晋又述此语为改之辩护。余以为改之诸作，如"美人指甲""美人足"，虽传述人口，实是秽亵，不足为法，至豪迈处又一放不可收。盖学幼安而不从沉郁二字着力，终无是处也。集中《沁园春》至多，"斗酒彘肩"一首尤著名，亦谰语耳。细检一过，惟《贺新郎》"老去相如"一阕，是其最胜者矣。

（5）卢祖皋。字申之。永嘉人，与四灵相唱和，盛称江湖间。庆元五年进士，为军器少监，嘉定十四年，擢直学士。有《蒲江词》。录《水龙吟·淮西重午》一首："会昌湖上扁舟，几年不醉西山路。流光又是，宫衣初试，安榴半吐。千里江山，满川烟草，薰风淮楚。念离骚恨远，独醒人去，阑干外，谁怀古。　　亦有鱼龙戏舞，艳晴川、绮罗歌鼓。乡情节意，尊前同是，天涯羁旅。涨绿池塘，翠阴庭院，归期无据。问明年此夜，一眉新月，照人何处。"

《蒲江词》仅二十五阕，而佳者颇多，如《贺新郎》之"钓雪亭"、《倦寻芳》之"春思"、《西江月》之"中春"、《清平乐》之"春恨"，字字工协。毛子晋谓其有古乐府佳句，犹在字句间求之。论其词境，可与玉田、草窗并美云。

（6）高观国。字宾王，山阴人。有《竹屋痴语》一卷。录《解连环·春水》一首："浪摇新绿。漫芳洲翠渚，雨痕初足。荡霁色、流入横塘，看风外漪漪，皱纹如縠。藻荇萦回，似留恋、鸳飞鸥浴。爱娇云蘸色，媚日挼蓝，远迷心目。　　仙源漾舟岸曲。照芳容几树，香浮红玉。记那回、西泠桥边，裙翠传情，玉纤轻掬。三十六陂，锦鳞渺、芳音难续。隔垂杨，故人望断，浸愁万斛。"

宾王与梅溪交谊颇挚，词亦各有长处。集中如《贺新郎》之"赋梅"、《喜迁莺》之"秋怀"、《花心动》之"梅意"、《解连环》之"咏柳"、《瑞鹤仙》之"筇枝"，皆情意悱恻，得少游之意。陈恺序其词云："高竹屋与史梅溪皆出周、秦之词，所作要是不经人道语，其妙处，少游、美成亦未及也。"此论虽推崇过当，惟以竹屋为周、秦之词，是确有见地。大抵南宋以来，如放翁，如于湖，则学东坡；如龙川，如龙洲，则学稼轩；至蒲江、宾王辈，以江湖叫嚣之习，非倚声家所宜，遂瓣香周、秦，而词境亦闲适矣。诸家造诣，固有不同，论其大概，不外乎此。

（7）张辑。字宗瑞，号东泽，鄱阳人，冯深居目为东仙。有《欸乃集》《东泽绮语债》二卷。录《疏帘淡月》一首："梧桐雨细，渐滴做秋声，被风惊碎。润逼衣篝，线袅蕙炉沉水。悠悠岁月天涯醉，一分秋、一分憔悴。紫箫吹断，素笺恨切，夜寒鸿起。 又何苦、凄凉客里，负草堂春绿，竹溪空翠。落叶西风，吹老几番尘世。从前谙尽江湖味，听商歌、归兴千里。露侵宿酒，疏帘淡月，照人无寐。"

东泽得诗法于姜尧章，词亦学之，但少尧章清刚之气耳。集中词共二十三首，皆摘取词中语标作牌名，与方回《寓声》正同。顾贺、张二家则可，今人则万不能学也。诸作中亦有效苏、辛者，如《貂裘换酒》（即《贺新郎》）"乙未冬别冯可久"，《淮甸春》（即《念奴娇》）"访淮海事迹"，《东仙》（即《沁园春》）"冯可迁号余为东仙，故赋"，皆雄健可喜，不似《疏帘淡月》之婉约矣。惟《杏梁燕》（即《解连环》）则与"梧桐雨细"情韵相类，盖东泽能融合豪放婉丽为一也。

（8）刘克庄。字潜夫，号后村，莆田人。以荫仕，淳祐中赐同进士出身，官至龙图阁直学士。有《后村别调》一卷。

录《满江红》一首："赤日黄埃，梦不到、清溪翠麓。空健
羡、君家别墅，几株幽独。骨冷肌清偏要月，天寒日暮尤宜
竹。想主人、杖履绕千回，山南北。宁委涧，嫌金屋。宁映
水，羞银烛。叹出群风韵，背时装束。竞爱东邻姬傅粉，谁怜
空谷人如玉。笑林逋、何逊漫为诗，无人读。"

《后村别调》，张叔夏谓直致近俗，乃效稼轩而不及者，
泂然。集中《沁园春》二十五首，《念奴娇》十九首，《贺新
郎》四十二首，《满江红》三十一首，可云多矣，而奔放跅
弛，殊无含蕴。且寿人自寿诸作，触目皆是，词品实不高也。
《古今词话》以《清平乐》"贪与萧郎眉语，不知舞错伊州"
二句为妙语，亦不过聪俊人口吻，非词家之极则。惟《南岳》
一稿，几兴大狱，诏禁作诗，词学遂盛，此则于倚声家颇有
关系。今读"访梅"绝句，虽可发一粲，而当时禁网可知矣。
（后村《贺新郎》云："君向柳边花底问，看贞元、朝士谁存
者。桃满观，几开谢。"又云："老子平生无他过，为梅花、
受取风流罪。"皆为《江湖集》狱而发。）

（9）蒋捷。字胜欲，阳羡人。德祐进士，自号竹山，遁
迹不出。有《竹山词》。录《高阳台·送翠英》一首："燕卷
晴丝，蜂黏落絮，天教绾住闲愁。闲甲清明，匆匆粉涩红羞。
灯摇缥缈茸窗冷，语未阑、娥影分收。好伤春，春也难留，人
也难留。　芳尘满目悠悠。问萦云佩响，还绕谁楼。别酒才
斟，从前心事都休。飞莺纵有风吹转，奈旧家苑已成秋。莫思
量，杨柳湾西，且棹吟舟。"

《竹山词》亦有警策处，如《贺新郎》之"浪涌孤亭

起""梦冷黄金屋"二首，确有气度。竹垞《词综》推为南宋一家，且谓源出白石，亦非无见。惟其学稼轩处，则叫嚣奔放，与后村同病。如《水龙吟》"落梅"一首，通体用些字韵，无谓之至。《沁园春》云："若有人寻，只教童道，这屋主人今自居。"又次强云卿韵云："结算平生，风流债负，请一笔勾。盖攻性之兵，花围锦阵，毒身之鸩，笑齿歌喉。"又云："迷因底叹，晴干不去，待雨淋头。"《念奴娇》"寿薛稼堂"云："进退行藏，此时正要，一着高天下。"又云："自古达官酣富贵，往往遭人描画。"《贺新郎》"钱狂士"云："据我看来何所似，一任韩家五鬼，又一似、杨家风子。"此等处令人绝倒，学稼轩至此，真属下下乘矣。大抵后村、竹山未尝无笔力，而风骨气度，全不讲究，是心余、板桥辈所祖，乃词中左道。有志复古者，当从梅溪、碧山用力也。

（10）陈允平。字君衡，四明人。有《日湖渔唱》二卷、《继周集》一卷。录《醉江月》一首："雾空虹雨，傍啼螀莎草，宿鹭汀洲。隔岸人家砧杵急，微寒先到帘钩。步幄尘高，征衫酒润，谁暖玉香篝。风灯微暗，夜长频换更筹。　应是雁柱调筝，鸳梭织锦，付与两眉愁。不似尊前今夜月，几度同上南楼。红叶无情，黄花有恨，孤负十分秋。归心如醉，梦魂飞趁东流。"

张叔夏云："词欲雅而正，志之所之。一为情所役，则失其雅正之音。近代陈西麓所作平正，亦有佳者。"夫平正则难见其佳，平正而有佳者，乃真佳也。其词取法清真，刻意摹效。《继周》一集，皆和周韵，多至百二十一首。（《继周集》共词百二十三首，和周韵者百二十一首，惟《过秦楼》前一首，《琴调相思引》，并非周韵。疑宋本《片玉词》别有存此二首者也。）其倾倒美成，可与方千里、杨泽民并传。然其面目，并不十分相似。此即脱胎法，可见古人用力之方矣。集中诸词，喜改平韵，如《绛都春》《永遇乐》及此词，别具幽秀之致，亦白石法也。"西湖十咏"，多感时之语，时时寄托，忠厚和平，真可亚于中仙，非草窗所可及。其词作于景定癸亥岁，阅十余年宋亡矣。是故读西麓词，一切流荡忘返之失，自然化去耳。

（11）施岳。字仲山，号梅川，吴人。其词无专集。录《曲游春·清明湖上》一首："画舸西泠路，占柳阴花影，芳意如织。小楫冲波，度曲尘扇底，粉香帘隙。岸转斜阳隔，又过尽别船箫笛。傍断桥、翠绕红围，相对半篙晴色。　顷刻，千山暮碧。向沽酒楼前，犹系金勒。乘月归来，正梨花夜缟，海棠烟幂。院宇明寒食，醉乍醒一庭春寂。任满身、露湿东风，欲眠未得。"

梅川词见于《绝妙好词》者，止有六首。其词亦法清真，如《水龙吟》《兰陵王》二作可知也。此清明词，盖与草窗同作者。草窗和词有"看画船、尽入西泠，闲却半湖春色"之句，为一时传诵。此云"相对半篙晴色"，可云工力悉敌。《西湖游幸记》云："西湖，杭人无时不游。凡缔姻赛社，会亲送葬，经会献神，无不在焉。故杭谚有'销金锅'之号。"观草窗、梅川二词，可见盛况矣。沈义甫云："梅川音律有源流，故其声无舛误。读唐诗多，故语雅淡。"此数语论梅川至当。

（12）孙惟信。字季蕃，号花翁，开封人。尝有官，弃去不仕。录《烛影摇红·牡丹》一首："一朵鞓红，宝钗压鬓东风溜。年时也是牡丹时，相见花边酒。初试夹纱半袖，与花枝、盈盈斗秀。对花临景，为景牵情，因花感旧。　题叶无凭，曲沟流水空回首。梦云不到小山屏，真个欢难偶。别后知他安否，软红街、清明还又。絮飞春尽，天远书沉，日长人瘦。"

《花翁集》今不传，其词仅见《绝妙好词》所录五首而已。刘后村《花翁墓志》云："始昏于婺，后去婺游，留苏杭最久。一榻之外无长物，躬爨而食，书无乞米之帖，文无逐贫之赋，终其身如此。"是花翁平生亦略见矣。沈伯时云："孙花翁有好词，亦善运意，但雅正中时有一二市井语。"余谓翁集既佚，无可评骘，就弁阳所录，固无此病也。

（13）李清照。自号易安居士，济南人。格非女，赵明诚妻。有《漱玉集》。录《壶中天》一首："萧条庭院，又斜风细雨，重门须闭。宠柳娇花寒食近，种种恼人天气。险韵诗成，扶头酒醒，别是闲滋味。征鸿过尽，万千心事谁寄。楼上几日春寒，帘垂四面，玉阑干慵倚。被冷香消新梦觉，不许愁人不起。清露晨梳，新桐初引，多少游春意。日高烟敛，更看今日晴未。"

易安词最传人口者，如《如梦令》之"绿肥红瘦"，《一剪梅》之"红藕香残"，《醉花阴》之"帘卷西风"，《凤凰台》之"香冷金猊"，世皆谓绝妙好词也。其《声声慢》一首，尤为罗大经、张端义所激赏。其实此词收二语，颇有伧气，非易安集中最胜者。大抵易安诸作，能疏俊而少沉着，即如《永遇乐》"元宵"词，人咸谓绝佳，此词感怀京洛，须有沉痛语方佳。词中如"如今憔悴，风鬟雾鬓，怕向花间重去"，固是佳语，而上下文皆不称。上云："铺翠冠儿，燃金雪柳，簇带争济楚。"下云："不如向帘儿底下，听人笑语。"皆太质率，明者自能辨之。惟其论词语绝精，因摘录之。其言曰：本朝柳屯田永，变旧声作新声，出《乐章集》，大得声称于世，虽协音律，而词语尘下。又有张子野、宋子京兄弟，沈唐、元绛、晁次膺辈继出，虽时时有妙语，而破碎何足名家。至晏丞相、欧阳永叔、苏子瞻，学际天人，作为小歌词，直如酌蠡水于大海，然皆句读不葺之诗耳，又往往不协音律。（中略）王介甫、曾子固文章似西汉，若作小歌词，则人必绝倒，不可读也。乃知词别是一家，知之者少。后晏叔原、贺方回、黄鲁直出，始能知之。而晏苦无铺叙，贺苦少典重。秦少游专主情致，而少故实，譬如贫家美女，虽极妍丽丰逸，而终乏富贵态。黄即尚故实，而多疵病，譬如良玉有瑕，价自减半矣。其讥弹前辈，能切中其病，世不以为刻论也。至玉壶献金之疑，汝舟改嫁之谬，俞理初、陆刚甫、李莼客辈论之详矣，不赘述。

（14）朱淑真。自号幽栖居士，钱塘人。世居姚村，不得志殁。宛陵魏仲恭辑其诗，名《断肠集》。录《清平乐》一首："恼烟撩露，留我须臾住。携手藕花湖上路，一霎黄梅细雨。　　娇痴不怕人猜，随群暂遣愁怀。最是分携时候，归来懒傍妆台。"

居士《生查子》一词，为升庵诬谤，今已大白于世，无庸赘论矣。余按《断肠词》止三十一首，且非全真，安得魏端礼原辑，及稽瑞楼注本，重付校雠也？就此三十一首中论之，如《菩萨蛮》之“湿云不度”，《忆秦娥》之“弯弯曲”，《柳梢青》之“玉骨冰肌”，《蝶恋花》之“楼外垂杨”，皆谐婉可诵。朱文公谓本朝妇人能文者，唯魏夫人及李易安，而不及淑真。今魏夫人词，仅有《菩萨蛮》一首，无可评论。而淑真尚存数十首，足资研讨，余故录以为殿焉。

右十四家，南宋词之著者略具矣。竹山、后村，仍复论列者，盖以见苏、辛词，实不可学，虽宋人且不能佳也。至南宋词人之盛，实多不胜数，讲学家如朱元晦、胡澹庵辈，亦有小词流传。（朱有《水调歌头》，胡有《醉落魄》。）大臣如真德秀、魏了翁、周必大等，又各有乐府名世。（真有《蝶恋花》，魏有《寿词》一卷，周有《省斋近体乐府》。）缁流如仲殊、祖可，羽流如葛长庚、丘长春，所作亦冲雅俊迈。（仲殊有《诉衷情》，祖可有《小重山》，长庚有《酹江月》，长春有《无俗念》。）名妓如苏琼、严蕊，复通词翰，斯已奇矣。（苏有《西江月》，严有《卜算子》《鹊桥仙》等。）至《词苑丛谈》载，李全之子璮《水龙吟》一首，有“投笔书怀，枕戈待旦，陇西年少”之语，是绿林之豪，亦知柔翰，更不胜胪举也。余故约略论之，聊疏流别而已。

第八章　概论三　金元

前述唐五代两宋人之作，为词学极盛之期，自是而后，此道衰矣。金元诸家，惟吴、蔡、遗山为正，余皆略事声歌，无当雅奏。元人以北词见长，文人心力，仅注意于杂剧。且有以词入曲者，虽有疏斋、仁近、蜕岩诸子，亦非专家之业也。今综金元二代略论之。

第一　金人词略

完颜一朝，立国浅陋，金宋分界，习尚不同。程学行于南，苏学行于北，一时文物，亦未谓无人。惟前为宋所掩，后为元所压，遂使豪俊无闻，学术未显，识者惜之。然而《中州》一编，悉金源之文献；《归潜》十卷，实艺苑之掌故，稽古者所珍重焉。至论词学，北方较衰，杂剧挡弹盛行，而雅词几废。间有操翰倚声，亦目为习诗余技，远非两宋可比也。综其传作言之，风雅之始，端推海陵，"南征"之作，豪迈无及。章宗颖悟，亦多题咏，"聚骨扇"词，一时绝唱。密国公璹，才调尤富，《如庵小稿》，存词百首，宗室才望，此其选矣。至若吴、蔡体行，词风始正，于是黄华、玉峰、稷山二妙，诸家并起，而大集其成，实在《遗山乐府》所集三十六家。知人论世，金人小史也，因就裕之所录，略志如左。

（一）章宗。金史称帝天资聪悟，《归潜志》亦云诗词多有可称者，并纪其《宫中绝句》《命翰林待制朱澜侍夜饮》诗、《擘橙为软金杯》词，皆清逸可诵。要未若"聚骨扇"词之胜也。词云：

蝶恋花　聚骨扇

几股湘江龙骨瘦。巧样翻腾，叠作湘波绉。金缕小钿花草斗，翠绦更结同心扣。　　金殿日长承宴久。□□招来，暂喜清风透。忽听传宣须急奏，轻轻褪入香罗袖。

帝词仅见此首，虽为赋物，而雅炼不苟。自来宸翰，率多俚鄙，似此寡矣。他如《铁券行》《送张建致仕归》《吊王庭筠》诸作，今皆不可见。《飞龙记》亦不存。

（二）密国公璹。璹字仲宝，一字子瑜，世宗之孙，越王允常子。自号樗轩居士。著有《如庵小稿》。录《沁园春》词一首：

壮岁耽书，黄卷青灯，留连寸阴。到中年赢得，清贫更甚；苍颜明镜，白发轻簪。衲被蒙头，草鞋着脚，风雨萧萧秋意深。凄凉否？瓶中匮粟，指下忘琴。　　一篇《梁父》高吟，看谷变陵迁古又今。便《离骚》经了，《灵光》赋就；行歌白雪，愈少知音。试问先生，如何即是，布袖长垂不上襟。掀髯笑，一杯有味，万事无心。

公词今止存七首，为《朝中措》《春草碧》《青玉案》《秦楼月》《西江月》《临江仙》及此词也。宣宗南渡，防忌同宗，亲王皆有门禁。公以开府仪同三司，奉朝请家居，止以讲诵吟咏为乐，潜与士大夫唱酬，然不敢彰露，其遭遇亦有可悲者。观其《西江月》云："一百八般佛事，二十四考中书。山林朝市等区区。着甚来由自苦。"《临江仙》云："醉向繁台台上问，满川细柳新荷。"及此词"谷变陵迁古又今"，盖心中有难言之隐也。天兴初，北兵犯河南，公已卧疾，尝语人曰："敌势如此，不能支，止可以降，全吾祖宗。且本边塞，如得完颜氏一族归我国中，使女真不灭，则善矣，余复何望？"其言至沉痛也。公喜与文士游，一时学子如雷希颜、元裕之、李长源、王飞伯，皆游其门。飞伯尝有诗云："宣平坊里榆林巷，便是临淄公子家。寂寞华堂豪贵少，时容词客听琵琶。"一时以为实录。刘君叔亦云："其举止谈笑，真一老儒，殊无骄贵之态。"则其风度可思矣。

（三）吴激。激字彦高，建州人，宋宰相栻子，米芾婿。使金，留不遣，官翰林待制。皇统初，出知深州。卒。有《东山集》，词一卷。录《风流子》一首，盖感旧作也。

书剑忆游梁。当时事，底处不堪伤。念兰楫嫩漪，向吴南浦，杏花微雨，窥宋东墙。凤城外、燕随青步障，丝惹紫游缰。曲水古今，禁烟前后，暮云楼阁，春草池塘。　　回首断人肠。流年去如电，镜鬓成霜。独有蚁尊陶写，蝶梦悠扬。听出塞琵琶，风沙淅沥，寄书鸿雁，烟月微茫。不似海门潮信，犹到浔阳。

按"游梁"云云，即指使金事，故有"寄书鸿雁""潮信""浔阳"之语。盖亦故国之思也。彦高以《人月圆》一词得盛名，见《中州乐府》。先是，宇文叔通主文盟，视彦高为后进，止呼为小吴。会饮酒间有一妇人，宋宗室子流落。诸公感叹，皆作乐章一阕。宇文作《念奴娇》有云："宗室家姬，陈王幼女，曾嫁钦慈族。干戈浩荡，事随天地翻覆。"次及彦高，彦高作《人月圆》词云："南朝千古伤心事，犹唱后庭花。旧时王谢，堂前燕子，飞向谁家。　　恍然一梦，仙肌胜雪，宫鬓堆鸦。江州司马，青衫泪湿，同是天涯。"虚中览之，大惊，自后人求乐府者，叔通即云："吴郎近以乐府名天下，可径求之。"余谓彦高词，篇数不多，皆精美尽善。虽多用前人语，而点缀殊自然也。

（四）蔡松年。松年字伯坚，真定人。累官至吏部尚书，参知政事。卒。封吴国公。著有《萧闲公集》。词名《明秀集》，见四印斋刻本，已残矣。录《石州慢》一首：

云海蓬莱，风鬟雾鬓，不假梳掠。仙衣卷尽云霓，方见宫腰纤弱。心期得处，世间言语非真，海犀一点通寒廓。无物比情浓，觅无情相博。　　离索。晓来一枕余香，酒病赖花医却。滟滟金尊，收拾新愁重酌。片帆云影，载将无际关山，梦魂应被杨花觉。梅子雨疏疏，满江千楼阁。

按此词为高丽使还日作。故事，上国使至，设有伎乐，此首即为伎作也。《明秀集》今止见残本，惟目录尚全（见四印斋刊词）。此词止载《中州乐府》而已。余尝考元以北散套见长，而杨朝英《阳春白雪》集，别有大乐一阕，以东坡《念奴娇》、无名氏《蝶恋花》、晏叔原《鹧鸪天》、邓千江《望海潮》、吴彦高《春草碧》、辛稼轩《摸鱼子》、柳耆卿《雨霖铃》、朱淑真《生查子》、张子野《天仙子》及伯坚此词实之。盖当时此词，固盛传歌者之口也。元人杂剧有《蔡翛闲醉写石州慢》，当即演此事。今虽不传，而其词之声价可知矣。伯坚他词尚富，《中州乐府》选十二首，多有四印斋刊本中未见者。

（五）刘仲尹。仲尹字致君，辽阳人。正隆中进士，以潞州节度副使召为都水监丞。有《龙山集》。录《鹧鸪天》四首：

满树西风锁建章，宫黄未里贡前霜（句疑有误字）。谁能载酒陪花使，终日寻香过苑墙。　　修月客，弄云娘，三吴清兴入琳琅。草堂人病风流减，自洗铜瓶煮蜜尝。（其一）

　　骑鹤峰前第一人，不应着意怨王孙。当年艳态题诗处，好在香痕与泪痕。　　调雁柱，引蛾𫐄，绿窗弦管合筝篥。砌台歌舞阳春后，明月朱扉几断魂。（其二）

　　楼宇沉沉翠几重，辘轳亭下落梧桐。川光带晚虹垂雨，树影涵秋鹊唤风。　　人不见，思何穷，断肠今古夕阳中。碧云犹作山头恨，一片西飞一片东。（其三）

　　璧月池南翦木犀，六朝宫袖窄中宜。新声慜巧蛾𫐄黛，纤指移筝雁着丝。　　朱户小，画帘低，细香轻梦隔涪溪。西风只道悲秋瘦，却是西风未得知。（其四）

　　按《中州乐府》录龙山作十一首，而《词综》仅选其二。遗山选择至严，此十一首，无一草草，不知竹垞如何去取也。致君为李钦叔外祖，少擢第，终管义军节度副使。能诗，学江西诸公。其《墨梅》《梅影》二诗，尤为人称重，世人知者鲜矣。

　　（六）王庭筠。字子端，熊岳人。大定中登第，官至翰林修撰。晚年卜居黄华山，自称黄华老人。《中州乐府》录词十二首。子端词无集，止以元选为准。录一首：

百字令　癸巳莫冬小雪家集作

　　山堂溪色，满疏篱寒雀，烟横高树。小雪轻盈如解舞，故故穿帘入户。扫地烧香，团圆一笑，不道因风絮。冰澌生砚，问谁先得佳句。　　有梦不到长安，此心安稳，只有归耕去。试问雪溪无恙否，十里淇园佳处。修竹林边，寒梅树底，准拟全家住。柴门新月，小桥谁扫归路。

　　按黄华得名最早，赵闲闲曾赋赠一诗云："寄语雪溪王处士，年来多病复何如。浮云世态纷纷变，秋草人情日日疏。李白一杯人影月，郑虔三绝画诗书。情知不得文章力，乞与黄华作隐居。"时闲闲尚未有盛名，由是益著称也。

　　（七）赵可。字献之，高平人。贞元二年进士，仕至翰林直学士。有《玉峰散人》集。

蓦山溪　赋崇福荷花，崇福在太原晋溪

　　云房西下，天共沧波远。走马记狂游，正芙蕖、平铺镜面。浮空阑槛，招我倒芳尊，看花醉，把花归，扶路清香满。　　水枫旧曲，应逐歌尘散。时节又新凉，料开遍、横湖清浅。冰姿好在，莫道总无情，残月下，晓风前，有恨何人见。

　　按献之少时赴举，及御试《王业艰难赋》，程文毕于席屋上戏书小词云："赵可可，肚里文章可可。三场捱了两场过，只有这番解火。　　恰如合眼跳黄河，知他是过也不过。试官道、王业艰难，好交你知我。"时海陵御文明殿，望见之，使左右趣录以来。有旨谕考官，此人中否，当奏之。已而中选，不然，亦有异恩矣。后仕世宗朝，为翰林修

撰。因夜览《太宗神射碑》，反覆数四。明日，会世宗亲飨庙，立碑下，召学士院官读之。适有可在，音吐鸿畅，如宿习然。世宗异之，数日迁待制。及册章宗为皇太孙，适可当笔，有云："念天下大器，可不正其本欤？而世嫡皇孙所谓无以易者。"人皆称之。后章宗即位，偶问向者册文谁为之，左右以可对，即擢直学士。可少轻俊，尤工乐章，有《玉峰集》行世。晚年奉使高丽，故事，上国使至馆中，例有侍伎。献之作《望海潮》以赠，为世所传诵，与蔡伯坚后先辉映。惟蔡之"宫腰纤弱"，与赵之"离觞草草"，皆不免为人疵议也。

（八）刘迎。字无党，东莱人。大定中进士，除豳王府记室，改太子司经。有诗文集，乐府号《山林长语》。

乌夜啼

离恨远萦杨柳，梦魂常绕梨花。青衫记得章台月，归路玉鞭斜。　　翠镜啼痕印袖，红墙醉墨笼纱。相逢不尽平生事，春思入琵琶。

（九）韩玉。字温甫，北平人。擢第入翰林，为应奉文字，后为凤翔府判官。有《东浦词》。

贺新郎

柳外莺声醉。晚晴天、东风力软，嫩寒初退。花底觅春春已去，时见乱红飞坠。又闲傍、阑干十二。阑外青山烟缥缈，远连空、愁与眉峰对。凝望处，两叠翠。　　鸳鸯结带灵犀佩。绮屏深、香罗帐小，宝檠灯背。谁道彩云和梦断，青鸟阻寻后会。待都把、相思情缀。便做锦书难写恨，奈菱花、都见人憔悴。那更有，函枕泪。

按玉词，《中州乐府》所未见，仅见《词综》。尚有《感皇恩》一首，题作"广东与康伯可"，是玉曾南游者矣。词中有"故乡何在。梦寐草堂溪友"，又"老去生涯殢尊酒"，又"故人今夜月，相思否"之句。则玉殆由南入北者也。

（十）党怀英。字世杰，其先冯翊人，后居泰安。官翰林承旨。有《竹溪集》。

鹧鸪天

云步凌波小凤钩，年年星汉踏清秋。只缘巧极稀相见，底用人间乞巧楼。　　天外事，两悠悠，不应也作可怜愁。开帘放入窥窗月，且尽新凉睡美休。

按世杰得第，适值章宗即位之初。是时诏修《辽史》，世杰与郝俣同充纂修官。一时辽时碑铭墓志及诸家文集，或记辽事者，悉上送官。至泰和初，诏分纪、志、列传刊修官，世杰寻卒。人咸以不睹全史为恨。其后陈大任继成辽史，或不如世杰远矣。区区词曲，不足见其学也。

（十一）王渥。字仲泽，太原人。擢第，令宁陵，召为省掾。使宋回，为太学助教。天兴中，出援武仙。战殁。录词一首：

水龙吟　从商帅国器猎，同裕之赋

短衣匹马清秋，惯曾射虎南山下。西风白水，石鲸鳞甲，山川图画。千古神州，一时胜事，宾僚儒雅。快长堤万弩，平冈千骑，波涛卷，鱼龙夜。　　落日孤城鼓角，笑归来长围初罢。风云惨淡，貔貅得意，旌旗闲暇。万里天河，更须一洗，中原兵马。看鞬橐鸣咽，咸阳道左，拜西还驾。

按仲泽使宋至扬州，应对华敏，宋人重之。其擢第时，为奥屯邦献完颜斜烈所知，故多在兵间。后援武仙于郑州，盖从赤盏合喜道遇北兵，殁于军阵，时论惜之。渥性明俊不羁，博学无所不通，长于谈论，工尺牍，字画遒美，有晋人风。诗多佳句，其《过颍亭》云："九山西络烟霞去，一水南吞涧壑流。宾主唱酬空翠琰，干戈横绝自沧洲。"又《赠李道人》云："簿领沉迷嫌我俗，云山放浪觉君贤。"又《颍州西湖》云："破除北客三年恨，惭愧西湖五月春。"世人多称道之。

（十二）景覃。字伯仁，华阳人，自号渭滨野叟。录词一首：

天香

市远人稀，林深犬吠，山连水村幽寂。田里安闲，东邻西舍，准拟醉时欢适。社祈雩祷，有箫鼓喧天吹击。宿雨新晴，陇头闲看，露桑风麦。　　无端短亭暮驿，恨连年此时行役。何似临流萧散，缓衣轻帻。炊黍烹鸡自劳，有脆绿甘红荐芳液。梦里春泉，糟床夜滴。

（十三）李献能。字钦叔，河中人。擢第，入翰林，为应奉文字，出为鄜州观察判官。再入，迁修撰。正大末，授河中帅府经历官。词不多作，录一首：

春草碧

紫箫吹破黄州月。簌簌小梅花，飘香雪。寂寞花底风鬟，颜色如花命如叶。千里浣兵尘，凌波袜。　　心事鉴影鸾孤，筝弦雁绝。旧时雪堂人，今华发。肠断金缕新声，杯深不觉琉璃滑。醉梦绕南云，花上蝶。

按《金史》，李家故饶财，尽于贞祐之乱，在京师无以自资。其母素豪奢，厚于自奉，小不如意，则必诃遣。人视之殆不堪忧，献能处之自若也。钦叔为人眇小而黑色，颇多髯，善谈论，工诗，有志于风雅，又刻意乐章。在翰院，应机得体。赵闲闲、李屏山尝云："李钦叔今世翰苑才。"故诸公荐之，不令出馆。词虽不多见，而气度风格，酷似秦少游。《中州乐府》又录其《江梅引》《浣溪沙》二首，卓然名手也。

（十四）赵秉文。字周臣，磁州人。擢第，入翰林，因言事外补。后再入馆，为修撰，转礼部郎中，又出典郡守。南渡后，为直学士，拜礼部尚书。自号闲闲居士。有《滏水集》。

水调歌头

四明有狂客，呼我谪仙人。俗缘千劫不尽，回首落红尘。我欲骑鲸归去，只恐神仙官府，嫌我醉时嗔。笑拍群仙手，几度梦中身。　　倚长松，聊拂石，坐看云。忽然黑霓落手，醉舞紫毫春。寄语沧浪流水，曾识闲闲居士，好为濯冠巾。却返天台去，华发散麒麟。

按此词为公述志之作。公尝自拟苏子美，此词自序云："昔拟栩仙人王云鹤赠余诗云：'寄与闲闲傲浪仙，枉随诗酒堕凡缘。黄尘遮断来时路，不到蓬山五百年。'其后玉龟山人云：'子前身赤城子也。'余因以诗记之云：'玉龟山下古仙真，许我天台一化身。拟折玉莲骑白鹤，他年沧海看扬尘。'吾友赵礼部庭玉说，丹阳子谓余再世苏子美也。赤城子则吾岂敢，若子美则庶几焉，尚愧词翰微不及耳。"据此则公之微尚可见矣。公幼年诗法王庭筠，晚则雄肆跌宕，魁然为一时文士领袖。金源一代，好奖励后进者，惟遗山与公而已。

（十五）辛愿。字敬之，福昌人，自号女几山人，又号溪南诗老。录词一首：

临江仙　河山亭留别钦叔、裕之

谁识虎头峰下客，少年有意功名。清朝无路到公卿。萧萧华屋，白发老诸生。　　邂逅对床逢二妙，挥毫落纸堪惊。他年联袂上蓬瀛。春风莲烛，莫忘此时情。

按敬之以诗名，《金史》入《隐逸传》。而此词"虎头功名""蓬瀛联袂"之句，是亦非忘情仕宦者。惟中年为人连诬，遂无远志耳。（《金史》：愿为河南府治中高廷玉客，廷玉为府尹温迪罕福兴所诬，愿亦被讯掠，几不得免。）平生不为科举计，且未尝至京师，俨然中州一逸士也。尝谓王郁曰："王侯将相，世所共嗜者，圣人有以得之，亦不避。得之不以道，与夫居之不能行己之志，是欲澡其身，而伏于厕也。"其志趣如此。《金史》录其诗，独取"黄绮暂来为汉友，巢由终不是唐臣"二语，以为真处士语，洵然。词则仅见此阕而已。

（十六）元好问。字裕之，秀容人。兴定五年进士，历官左司都事，转行尚书省，左司员外郎。金亡不仕。有《遗山乐府》。

迈陂塘　雁邱

问世间、情为何物，直教生死相许。天南地北双飞客，老翅几回寒暑。欢乐趣，离别苦，就中更有痴儿女。君应有语。渺万里层云，千山暮雪，只影向谁去。　横汾路，寂寞当年箫鼓。荒烟依旧平楚。招魂楚些何嗟及，山鬼暗啼风雨。天也妒，未信与、莺儿燕子俱黄土，千秋万古。为留待骚人，狂歌痛饮，来访雁丘处。

按此词裕之自序云："太和五年乙丑岁，赴试并州，道逢捕雁者云：今日获一雁，杀之矣。其脱网者，悲鸣不能去，竟自投于地而死。余因买得之，葬之汾水之上，累石为识，号曰雁邱。"此词即遗山首唱也，诸人和者颇多。而裕之乐府，深得稼轩三昧。张叔夏云："遗山词深于用事，精于炼句，风流蕴藉处，不减周、秦。"余谓遗山竟是东坡后身，其高处酷似之，非稼轩所可及也。其乐府自序云："'子故言宋诗大概不及唐，而乐府歌词过之。此论殊然。乐府以来，东坡为第一，以后便到辛稼轩。此论亦然。东坡、稼轩即不论，且问遗山得意时，自视秦、晁、贺、晏诸人为何如？'予大笑，拊客背云：'那知许事，且啖蛤蜊。'"是遗山平昔之旨可见也。晚年尤以著作自任，以金源氏有天下，典章法度，庶几汉唐，国亡史作，已所当任。时金国实录，在顺天张万户家，乃言于张，愿为撰述。既而为乐夔所沮。好问曰："不可令一代之迹，泯而不传。"乃构亭于家，著述其上，因名曰野史。凡金源君臣遗言往行，采摭所闻，辄以寸纸细字为记，录至百余万言。其后纂修《金史》，多本其所著焉。是以遗山所作，辄多故国之思，如《木兰花》云："冰井犹残石甃，露盘已失金茎。"《石州慢》云："生平王粲，而今憔悴登楼，江山信美非吾土。"《鹧鸪天》云："三山宫阙空银海，万里风埃暗绮罗。"又云："旧时逆旅黄粱饭，今日田家白板扉。"又云："墓头不要征西字，元是中原一布衣。"皆可见其襟抱也。（邓千江《望海潮》一首，在当时负盛名。元人且以之入大曲，实则寻常语耳。尚不如龙洲"上郭殿帅"之《沁园春》也。）

第二　元人词略

　　元人以北词登场，而歌词之法遂废。其时作者，如许鲁斋之《满江红》，张弘范之《临江仙》，不过余技及之，非专家之业。即如刘太保之《干荷叶》，冯子振之《鹦鹉曲》，亦为北词小令，非真两宋人之词也。盖入元以来，词曲混而为一。（始自董《西厢》，如《醉落魄》《点绛唇》《哨遍》《沁园春》之类，皆取词名入曲。元人杂剧，仍之不变。）而词之谱法，存者无多，且有词名仍旧，而歌法全非者。是以作家不多，即作亦如长短句之诗，未必如两宋之可按管弦矣。至如解语花之歌《骤雨打新荷》，陈凤仪之歌《一络索》，殊不可见也。总一朝论之，开国之初，若燕公楠、程钜夫、卢疏斋、杨西庵辈，偶及倚声，未扩门户；逮仇仁近振起于钱塘，此道遂盛。赵子昂、虞道园、萨雁门之徒，咸有文彩，而张仲举以绝尘之才，抱忧时之念，一身耆寿，亲见盛衰。故其词婉丽谐和，有南宋之旧格。论者谓其冠绝一时，非溢美也。其后如张埜、倪瓒、顾阿瑛、陶宗仪，又复赓续雅音，缠绵赠答。及邵复孺出，合白石、玉田之长，寄"烟柳斜阳"之感，其《扫花游》《兰陵王》诸作，尤近梦窗，殿步一朝，良无愧怍，此其大较也。爰分述之如下。

　　（一）燕公楠。字国材，江州人。至元初，辟赣州通判，累官至湖广行中书省右丞。

摸鱼儿　答程雪楼见寿

又浮生、平头六十，登楼怅望荆楚。出山小草成何事，闲却竹松烟雨。空自许，早摇落江潭，一似琅玕树。苍苍天路。漫伏枥心长，衔图志短，岁晏欲谁与。　　梅花赋，飞堕高寒玉宇。铁肠还解情语。英雄操与君侯耳，过眼群儿谁数。霜鬓缕，只梦听、枝头翡翠催归去。清觞飞羽。且细酌旰泉，酣歌郢雪，风致美无度。

按公楠即芝庵先生也。芝庵有《唱论》行世，历论古帝王善音律者，自唐玄宗至金章宗，得五人。又谓近世大曲，为苏小小《蝶恋花》、邓千江《望海潮》等十词，陶宗仪《辍耕录》所载，即本芝庵旧说也。又论歌之格调、节奏、门户、题目等，皆当行语。又云"词山曲海，千生万熟，三千小令，四十大曲"，亦为明李中麓所本。盖公深通音律，故议论亲切不浮如是也。其词不多见，所著《五峰集》复不传。元人盛推刘太保、卢疏斋，盖就北曲言，非论词也。（刘秉忠有《三奠子》词，张弘范有《鹧鸪天》词，皆非当行语，不备录。）

（二）程钜夫。以字行，建昌人。仕世祖，官至翰林学士承旨，谥文宪。有《雪楼集》。

摸鱼子　次韵卢疏斋题岁寒亭

问疏斋、湘中朱凤，何如江上鹦鹉。波寒木落人千里，客里与谁同住。茅屋趣。吾自爱吾亭，更爱参天树。劳君为赋。渺雪雁南飞，云涛东下，岁晚欲何处。　　疏斋老，意气经文纬武。平生握手相许。江南江北寻芳路，共看碧云来去。黄鹄举。记我度秦淮，君正临清句（原注：宣城水名）。歌声缓与。怕径竹能醒，庭花起舞，惊散夜来雨。

按钜夫宏才博学，被遇四朝，忠亮鲠直，为时名臣。所传《雪楼集》，春容大雅，有北宋馆阁余风。所作词不多，《词综》所录，尚有"寿燕五峰"《摸鱼儿》、"送王莅臣"《点绛唇》、"答西野使君"《清平乐》三首。

（三）杨果。字西庵，蒲阴人。金正大中进士。入元为北京宣抚使，出为淮孟路总管，谥文献。

摸鱼儿　同遗山赋雁邱

恨千年、雁飞汾水，秋风依旧兰渚。网罗惊破双栖梦，孤影乱翻波素。还碎羽。算古往今来，只有相思苦。朝朝暮暮。想塞北风沙，江南烟月，争忍自来去。　　埋恨处。依约并州旧路。一邱寂寞寒雨。世间多少风流事，天也有心相妒。休说与。还怕却、有情多被无情误。一杯待举。待细读悲歌，满倾清泪，为尔酹黄土。

遗山雁邱词见前，此为西庵和作。同时和者甚多，不让双蕖怨故事也。李仁卿亦有和作，见遗山词集中。西庵词无集，而其北词小令，散见《阳春白雪》《太平乐府》中者至多，如《小桃红》云："采莲人和采莲歌，柳外兰舟过。不管鸳鸯梦惊破，应如何，有人独上江楼卧。伤心莫唱，南朝旧曲，司马泪痕多。"又云："玉箫声断凤凰楼，憔悴人非旧。留得啼痕满罗袖，去来休。楼前风景浑依旧，当初只恨无情烟柳，不解系行舟。"清新俊逸，不亚东篱、小山也。

（四）仇远。字仁近，钱塘人。官溧阳州儒学教授。有《山村集》。

齐天乐　赋蝉

　　夕阳门巷荒城曲，清音早鸣秋树。薄剪绡衣，凉生影鬓，独饮天边风露。朝朝暮暮。奈一度凄吟，一番凄楚。尚有残声，蓦然飞过别枝去。　　齐宫前事漫省，行人犹说与，当日齐女。雨歇空山，月笼古柳，仿佛旧曾听处。离情正苦。甚懒拂冰笺，倦拈琴谱。满地霜红，浅莎寻蜕羽。

　　按远有《金渊集》，皆官溧阳日所作，故取投金濑事以为名。远在宋末，与白珽齐名，号曰仇白。厥后张翥、张羽，以诗词鸣于元代者，皆出其门。他所与唱和者，如周密、赵孟頫、吾丘衍、鲜于枢、方回、黄溍等，皆一时有名之士。故其所作，格律高雅，往往颉颃古人。其词亦清俊拔俗，与南宋诸公相类。盖远虽为元人，而所居在南方，且往来酬酢，多宋代遗臣，故所作与北人不同也。此词见《乐府补题》，是书皆宋末遗民唱和之作，共十三人，中如王沂孙、周密、唐珏、张炎为尤著称。论元词者，当以远为巨擘焉。

　　（五）王恽。字仲谋，汲县人。官至翰林学士承旨，谥文定。有《秋涧集》，词四卷。

水龙吟　赋秋日红梨花

纤苞淡贮幽香，玲珑轻锁秋阳丽。仙根借暖，定应不待，荆王翠被。潇洒轻盈，玉容浑是，金茎露气。甚西风宛转，东阑暮雨，空点缀，真妃泪。　　谁遣司花妙手，又一番、角奇争异。使君高卧，竹亭闲寂，故来相慰。燕几螺屏，一枝披拂，绣帘风细。约洗妆快写玉屏，芳酒枕秋蟾醉。

按恽有《秋涧集》百卷，皆以论事见长。盖恽之文章，源出元好问，故其波澜意度，皆不失前人矩矱。其所作《中堂事纪》《乌台笔补》《玉堂嘉话》，皆足备一朝掌故。文章经济，照耀一时，不徒以词章著焉。其词精密弘博，自出机杼。《春从天上来》一支，尤多故国之感。自制腔如《平湖乐》，直是小令；而《后庭花》《破阵子》，即为北词仙吕《后庭花》之滥觞。词云："绿树远连洲，青山压树头。落日高城望，烟霏翠满楼。木兰舟，彼汾一曲，春风佳可游。"较吕止庵小令无异。元人词中，往往有与曲相混处，不可不察，非独《天净沙》《翠裙腰》而已也。（赵子昂亦有此调，较多一衬字。）

（六）赵孟頫。字子昂，宋宗室，侨湖州。至元中，以程钜夫荐，授兵部郎中，累官至翰林学士承旨，谥文敏。有《松雪斋词》一卷。

蝶恋花

侬是江南游冶子，乌帽青鞋，行乐东风里。落尽杨花春满地，萋萋芳草愁千里。　　扶上兰舟人欲醉，日暮青山，相映双蛾翠。万顷湖光歌扇底，一声吹下相思泪。

按孟頫以宋朝皇族，改节事元，遂不谐于物议。然其晚年和姚子敬诗，有"同学少年今已稀，重嗟出处寸心违"之句，是未尝不知愧悔。且风流文采，冠绝当时，不独翰墨为元代第一，即其文章亦揖让于虞、杨、范、揭之间，固非陋儒所可议也。其词迢逸，不拘拘于法度，而意之所至，时有神韵。邵复孺云："公以承平王孙而婴世变，黍离之感，有不能忘情者。故长短句深得骚人意度。"其在李叔固席上赠歌者贵贵，有《浣溪沙》一首云："满捧金卮低唱词，尊前再拜索新诗。老夫惭愧鬓成丝。　　罗袖染将修竹翠，粉香须上小梅枝。相逢不似少年时。"说者谓承平结习，未能尽除，不知此正杜牧之鬓丝禅榻，粉碎虚空时也。读公词，宜平恕。

（七）詹正。字可大，一号天游，郢人。官翰林学士。

霓裳中序第一　古镜

一规古蟾魄，瞥过宣和几春色。知那个、柳松花怯，曾搓玉团香，涂云抹月。龙章凤刻，是如何、儿女消得。便孤了，翠鸾何限，人更在天北。　　磨灭，古今离别，幸相从蓟门仙客。萧然林下秋叶，对云淡星疏，眉青影白。佳人已倾国，漫赢得痴铜旧画。兴亡事，道人知否，见了也华发。

按此词天游至元间监醮长春宫，见羽士丈室古镜，状似秋叶，背有金刻"宣和御宝"四字，因赋此阕也。余见天游诸作，如《三姝媚》题云"古卫舟子谓曾载钱塘宫人"，《齐天乐》题云"赠童瓮天兵后归杭"，其故国之思，时流露于笔墨间，盖亦由宋入元者矣。

（八）虞集。字伯生，号邵庵，崇仁人。累官至翰林直学士，兼国子祭酒。有《道园集》。

苏武慢　和冯尊师

放棹沧浪，落霞残照，聊倚岸回山转。乘雁双凫，断芦飘苇，身在画图秋晚。雨送滩声，风摇烛影，深夜尚披吟卷。算离情何必，天涯咫尺，路遥人远。　空自笑、洛阳书生，襄阳耆旧，梦底几时曾见。老矣浮邱，赋诗明月，千仞碧天长剑。雪霁琼楼，春生瑶席，容我故山高宴。待鸡鸣日出，罗浮飞度，海波清浅。

按公诗文，为四家之冠，当时虞、杨、范、揭，并见称一时，而伯生自评所作，拟诸老吏断狱，则其自信有素也。词不多作，《辍耕录》载其《短柱折桂令》，极险窄之苦，而能挥翰自如，不为韵缚。才大者亦工小技，信为一代宗匠焉。

（九）萨都剌。字天锡，雁门人。登泰定进士，官镇江录事，终河北廉访经历。萨都剌者，汉言犹济善也。有《雁门集》，尚书干文传为之序。词学东坡，颇有豪致。

满江红　金陵怀古

六代豪华，春去也、更无消息。空怅望、山川形胜，已非畴昔。王谢堂前双燕子，乌衣巷口曾相识。听夜深、寂寞打孤城，春潮急。　　思往事，愁如织。怀故国，空陈迹。但荒烟衰草，乱鸦斜日。玉树歌残秋露冷，胭脂井坏寒蛩泣。到如今、只有蒋山青，秦淮碧。

天锡词不多作，而长调有苏、辛遗响。大抵元词之始，实皆受遗山之感化。子昂以故国王孙，留意词翰，涵养既深，英才辈出。云石海涯，以绮丽清新之派，振起于前，而天锡继之。元词以此时为盛矣。天锡小词，亦有法度，如《小阑干》云："去年人在凤凰池，银烛夜弹丝。沉水消香，梨云梦暖，深院绣帘垂。　　今年冷落江南夜，心事有谁知。杨柳风柔，海棠月澹，独自倚阑时。"殊清婉可诵。余按天锡以《宫词》得盛名，其诗清新绮丽，自成一家。虞道园作《傅若金诗序》，亦盛推之，而独不言其词。独明宁献王曾品评其词格，盖词为诗名所掩矣。

（十）张翥。字仲举，晋宁人。至正初，以荐为国子助教，累官至河南行省，平章政事，兼翰林学士承旨。有《蜕岩词》三卷。

多丽　西湖泛舟

晚山青，一川云树冥冥。正参差、烟凝紫翠，斜阳画出南屏。馆娃归、吴台游鹿，铜仙去、汉苑飞萤。怀古情多，凭高望极，且将尊酒慰飘零。自湖上、爱梅仙远，鹤梦几时醒。空留得、六桥疏柳，孤屿危亭。　　待苏堤、歌声散尽，更须携妓西泠。藕花深、雨凉翡翠，菰蒲软、风弄蜻蜓。澄碧生秋，闹红驻景，采菱新唱最堪听。见一片、水天无际，渔火两三星。多情月，为人留照，未过前汀。

仲举此词，气度冲雅，用韵尤严，较两宋人更细。《多丽》一调，终以此为正格。仲举他作皆佳，至此调三首，亦以此为首也。仲举少时，负才不羁，好蹴鞠，喜音乐，不以家业屑意。一旦翻然悔悟，受业于李存之门，又学于仇仁近，由是以诗文知名。薄游扬州，众闻其名，争延致之。仲举肢体昂藏，行则偏竦一肩，韩介玉以诗嘲之云："垂柳阴阴翠拂檐，倚阑红袖玉纤纤。先生掉臂长街上，十里朱帘尽下帘。"坐中皆失笑。晚年尝集兵兴以来死节之人为一编，曰《忠义录》，识者韪之。仲举词为元一代之冠，树骨既高，寓意亦远。元词之不亡，赖有此耳。其高处直与玉田、草窗相骖靳，非同时诸家所及。如《绮罗香》云："水阁云窗，总是惯曾经处。曾信有、客里关河，又怎禁、夜深风雨。"刻意学白石，冲淡有致。又《水龙吟》"蓼花"云："瘦苇黄边，疏蘋白外，满汀烟穟。"用黄边白外四字殊新。又云："船窗雨后，数枝低入，香零粉碎。不见当年，秦淮花月，竹西歌吹。"系以感慨，意境便厚；船窗数语，更合蓼花神理，此等处皆仲举特长。规抚南宋诸家，可云神似。

（十一）倪瓒。字元镇，无锡人。有《清闷阁集》，词一卷。

人月圆

伤心莫问前朝事，重上越王台。鹧鸪啼处，东风草绿，残照花间。　　怅然孤啸，青山故国，乔木苍苔。当时明月，依依素影，何处飞来。

此词沉郁悲壮，即南宋诸公为之，亦无以过。吴彦高以此调得盛名，实不及元镇作也。他词如《江城子》"感旧"、《柳梢青》、《小桃红》诸作，亦蕴藉可喜。盖元镇先世以赀雄于乡，元镇不事生产，强学好修，藏书数千卷，手自勘定，性又好洁，避俗若浼，故所作无尘垢气。句曲张雨、钱塘俞和尝缮录其稿，论者谓如白云流天，残雪在地，洵合其高洁也。元镇与陆友仁善，因得其词学，集中有怀友仁诗云："归扫松阴苔，迟君践幽约。"可见两人之交谊，无怪其词之雅洁也。

（十二）顾阿瑛。字仲瑛，昆山人。举茂才。署会稽教谕，力辞不就，后以子官封武略将军，钱塘县男。晚称金粟道人。有《玉山草堂集》。

青玉案

春寒恻恻春阴薄。整半月，春萧索。晴日朝来升屋角。树头幽鸟，对调新语，语罢还飞却。　　红入花腮青入萼。尽不爽，花期约。可恨狂风空自恶。朝来一阵，晚来一阵，难道都吹落。

阿瑛世居界溪之上，轻财结客。年三十，始折节读书，
购古书名画，三代以来，彝鼎秘玩，集录鉴赏，殆无虚日。筑
玉山草堂，园池亭馆，声伎之盛，甲于天下。四方名人，如张
仲举、杨廉夫、柯九思、倪元镇、方外张伯雨辈，常住其家。
日夜置酒赋诗，风流文雅，著称东南焉。淮张据吴，遁隐嘉兴
之合溪。母丧，归绰溪，张氏再辟之，断发庐墓，翻阅释典，
自称金粟道人云。其词不多作，竹垞《词综》仅录三首，《青
玉案》外，尚有《蝶恋花》《清平乐》二支。词境虽不高，而
风趣特胜。遭世乱离，壮怀消歇，尝自题其像云："儒衣僧帽
道人鞋，天下青山骨可埋。若说当时豪侠兴，五陵鞍马洛阳
街。"其晚境亦可悲焉。

（十三）白朴。字太素，又字仁甫，真定人。有《天籁集》。

水龙吟　遗山先生有醉乡一词，仆饮量素悭，不知其趣，
　　　　　独闲居嗜睡有味，因为赋此

醉乡千古人行，看来直到亡何地。如何物外，华胥境界，
升平梦寐。鸾驭翩翩，蝶魂栩栩，俯观群蚁。恨周公不见，庄
生一去，谁真解，黑甜味。　　闻说希夷高卧，占三峰、华山
重翠。寻常羡杀，清风岭上，白云堆里。不负平生，算来惟
有，日高春睡。有林间剥啄，忘机幽鸟，唤先生起。

太素少时，鞠养于元遗山。元白为中州世契，两家子弟，
每举长庆故事，以诗文相往还。太素为寓斋仲子，于遗山为
通家侄。甫七岁，遭壬辰之难，寓斋以事远适。明年春，京

城变，遗山遂挈以北渡。自是不茹荤血，人问其故，曰："俟见吾亲，即如故。"尝罹疫，遗山昼夜抱持，凡六日，竟于臂上得汗而愈。盖视亲子弟不啻过之。读书颖悟异常儿，日亲炙遗山謦欬谈笑，悉能默记。数年，寓斋北归，以诗谢遗山云："顾我真成丧家狗，赖君曾护落巢儿。"居无何，父子卜居于溏阳。律赋为专门之学，而太素有能声，号后进之翘楚者。遗山每过之，必问为学次第，尝赠之诗曰："元白通家旧，诸郎独汝贤。"未几，生长见闻，学问博览，然自幼经丧乱，仓皇失母，便有山川满目之叹。逮亡国，恒郁郁不乐，以故放浪形骸，期于适意。中统初，开府史公，将以所业力荐之于朝。再三逊谢，栖迟衡门，视荣利蔑如也。其词出语遒上，寄情高远，音节协和，轻重稳惬。凡当歌对酒，感事兴怀，皆自肺腑流出，真如天籁，因以《天籁》名集。江阴孙大雅云："先生少有志于天下，已而事乃大谬。顾其先为金世臣，既不欲高蹈远引，以抗其节，又不欲使爵禄以干其身，于是屈己降志，玩世滑稽，徙家金陵，从诸遗老，放情山水间，日以诗酒优游，用示雅志，以忘天下。"是仁甫身世亦可惋也。词中如"咸阳怀古""感南唐故宫"诸作，颇多故国之感，赋咏金陵名胜，亦有狡童禾黍之意；而《沁园春》辞谢辟召一词，竟拟诸嵇康、山涛绝交故事，是其志尚，非同时诸子所能默契也。今人读仁甫《梧桐雨》杂剧，仅目为词人，又乌知先生出处之大节哉！

（十四）邵亨贞。字复孺，号清溪，华亭人。著有《野处集》及《蛾术词选》四卷。

兰陵王　岁晚忆王彦强而作

暮天碧，长是登临望极。松江上，云冷雁稀，立尽斜阳耿相忆。凭阑起太息，人隔吴王故国。年华晚，烟水正深，难折梅花寄寒驿。　　东风旧游历。记草暗书帘，苔满吟屐，无情征斾催离席。嗟月堕寒影，夜移清漏，依稀曾向梦里识，恍疑见颜色。　　空惜，鬓毛白，恨莫趁金鞍，犹误尘迹。何时弭棹苏台侧。共漉酒纱帽，放歌瑶瑟。春来双燕，定到否，旧巷陌。

按复孺以眉目《沁园春》二词，得盛名于时，实是侧艳语，不足见复孺之真面也。其自序云："龙洲先生以此词咏指甲、小脚，为绝代脍炙，继其后者，独未之见。"是复孺仅学龙洲耳。不知龙洲二词，亦非刘改之最得意作，而世顾盛推之。世人遂以二词概复孺，亦可谓不知复孺者矣。复孺通博敏赡，虽阴阳医卜佛老书，靡弗精核。元时训导松江府学，以子讵误戍颍上，久乃赦还，入明方卒，年九十三。其词如拟古十首，凡清真、白石、梅溪、稼轩，学之靡不神似，即此可见词学之深。又和赵文敏十词，自序云："余生十有四年而公薨，每见先辈谈公典型学问，如天上人，未尝不神驰梦想。昔东坡先生自谓不识范文正公为平生遗恨，其意盖可想见。"是复孺托契古人，足征微尚，岂仅词章云尔哉！

第九章　概论四　明清

明词芜陋，清词则中兴时也。流派颇繁，疏论如左。

第一　明人词略

论词至明代，可谓中衰之期，探其根源，有数端焉。开国作家，沿伯生、仲举之旧，犹能不乖风雅。永乐以后，两宋诸名家词，皆不显于世，惟《花间》《草堂》诸集，独盛一时。于是才士模情，辄寄言于闺闼，艺苑定论，亦揭橥于香奁。托体不尊，难言大雅。其蔽一也。明人科第，视若登瀛，其有怀抱冲和，率不入乡党之月旦，声律之学，大率扣槃。迨夫通籍以还，稍事研讨，而艺非素习，等诸面墙。花鸟托其精神，赠答不出台阁，庚寅揽揆，或献以谀词；俳优登场，亦宠以华藻。连章累篇，不外酬应。其蔽二也。又自中叶，王、李之学盛行，坛坫自高，不可一世。微吾长夜，于鳞既跋扈于先；才胜相如，伯玉复簸扬于后。品题所及，渊膝随之；谀闻下士，狂易成风。守升庵《词品》一编，读弇州《卮言》半册，未悉正变，动肆诋諆。学寿陵邯郸之步，拾温、韦牙后之慧。衣香百合（用修《如梦令》），止崇祚之余音；落英千片（弇州《玉蝴蝶》），亦草堂之坠响。句搋字捃，神明不属。其弊三也。况南词歌讴，遍于海内，白苧新奏，盛推昆山；宁庵吴歈，蚤传白下。一时才士，竞尚侧艳。美谈极于利禄，雅情拟诸桑濮。以优孟缠达之言，作乐府风雅之什。小虫机杼，义仍只工回文；细雨窗纱，圆海惟长绮语。好行小慧，无当雅言。其蔽四也。作者既雅郑不分，读者亦泾渭莫辨。正声既绝，繁响遂多，删汰之责，是在后贤。爰自青田、青邱而下，及于卧子，略为论次之。

（一）刘基。字伯温，青田人，元进士。洪武初，官至御史中丞，论佐命功，封诚意伯，为胡惟庸毒死，正德中追谥文成。有《覆瓿集》《犁眉公集》。

千秋岁

淡烟平楚，又送王孙去。花有泪，莺无语。芭蕉心一寸，杨柳丝千缕。今夜雨，定应化作相思树。　　忆昔欢游处，触目成前古。口良会，知何许。百杯桑落酒，三叠阳关句。情未与，月明潮上迷津渚。

公诗为开国第一，词则与季迪并称。其佳处虽不逮宋人，固足为朱明冠冕也。小令颇有思致，如《临江仙》《小重山》

《少年游》诸作，清逸可诵，惟气骨稍薄耳。盖明初诸家，尚不失正宗。所可议者，气度之间，终不如两宋。降至升庵辈，句琢字炼，枝枝叶叶为之，益难语于大雅。自马浩澜、施阆仙辈，淫词秽语，无足置喙。词至于此，风雅扫地矣。迨季世陈卧子出，能以秾丽之笔，传凄婉之神，始可当一代高手。此明词大略也。公词于长调不擅胜场，小令如《谒金门》云："风袅袅，吹绿一庭春草。"《转应曲》云："秋雨秋雨，窗外白杨自语。"《青门引》云："相怜自有明月，照人肺腑清如水。"《渔家傲》云："乱鸦啼破楼头鼓。"《踏莎行》云："愁如溪水暂时平，雨声一夜依然满。"《渡江云》云："定巢新燕子，睡起雕梁，对立整乌衣。"此皆清俊绝伦者也。公在元时，有和王文明诗云："夜凉月白西湖水，坐看三台上将星。"好事者遂傅会之，谓公望西湖云气，语坐客云："后十年有帝者起，吾当辅之。"此妄也。当公羁管绍兴时，感愤至欲自杀，借门人密里沙抱持，得不死。明祖既定婺州，犹佐石抹宜孙相守，是岂预计身为佐命者耶？其《题太公钓渭图》云："偶应飞熊兆，尊为帝者师。"则公自道也。世多以前知目公，至凡纬谶堪舆，动多妄托，岂其然乎？

（二）高启。字季迪，长洲人，隐吴淞江之青邱，自号青邱子。洪武初，召修《元史》，授编修，擢户部侍郎，坐魏观苏州府《上梁文》罪腰斩。有《扣舷词》一卷。

沁园春　雁

木落时来，花发时归，年又一年。记南楼望信，夕阳帘外，西窗惊梦，夜雨灯前。写月书斜，战霜阵整，横破潇湘万里天。风吹断，见两三低去，似落筝弦。　相呼共宿寒烟。想只在芦花浅水边。恨呜呜戍角，忽催飞起，悠悠渔火，长照愁眠。陇塞间关，江湖冷落，莫恋遗粮犹在田。须高举，教弋人空慕，云海茫然。

青邱乐府，大致以疏旷见长。《行香子》"赋芙蓉"，亦一时传诵者也。世传青邱贾祸，因《题宫女图》，其诗云："女奴扶醉踏苍苔，明月西园侍宴回。小犬隔花空吠影，夜深宫禁有谁来。"孝陵猜忌，容或有之，然集中又有《题画犬》诗云："猦儿初长尾茸茸，行响金铃细草中。莫向瑶阶吠人影，羊车半夜出深宫。"此则不类明初掖庭事。二诗或刺庚申君而作，好事者因之傅会也。总之明祖猜疑群下，恐有不臣之心，故于魏观罪且不赦，因波及青邱耳。假令观建府治，不在淮张故基，虽有谗者，亦未必入太祖之耳也。吾乡明初有北郭十友之名，今传者无一二矣。

（三）杨基。字孟载，嘉州人，大父仕江左，遂家吴中。洪武初，知荥阳县，历山西按察副使。有《眉庵集》，词附。

烛影摇红　帘

花影重重，乱纹匝地无人卷。有谁惆怅立黄昏，疏映宫妆浅。只有杨花得见。解匆匆、寻芳觅便。多情长在，暮雨回廊，夜香庭院。　曾记扬州，红楼十里东风软。腰肢半露玉娉婷，犹恨蓬山远。闲闷如今怎遣。看草色青青似翦。且教高揭，放数点残春，一双新燕。

孟载少时，曾见杨廉夫，命赋铁笛诗成，廉夫喜曰："吾意诗境荒矣，今当让子一头地。"当时因有老杨小杨之目。眉庵词更新俊可喜，尤宜于小令，如《清平乐》《浣溪沙》诸调，更为擅场。盖眉庵聪慧，故出语便媚，其佳处并不摹临《花间》《草堂》，与中叶后元美、升庵诸作，不可同日语矣。《静志居诗话》云："孟载诗'芳草渐于歌馆密，落花偏向舞筵多'，'细柳已黄千万缕，小桃初白两三花'，'布谷雨晴宜种药，葡萄水暖欲生芹'，'雨颔风颏枝外蝶，柳遮花映树头莺'，'燕子绿芜三月雨，杏花春水一群鹅'，'江浦荷花双鹭雨，驿亭杨柳一蝉风'诸联，试填入《浣溪沙》，皆绝妙好词也。"洵然。

（四）瞿佑。字宗吉，钱塘人。洪武中，以荐历仁和、临安、宜阳训导，升周府长史，永乐间谪保安，洪熙元年放还。有《乐府遗音》五卷，《余情词》一卷。

摸鱼子　苏堤春晓

望西湖、柳烟花雾，楼台非远非近。苏堤十里笼春晓，山色空蒙难认。风渐顺，忽听得、鸣榔惊起沙鸥阵。瑶阶露润。把绣幕微搴，纱窗半启，未审甚时分。　　凭阑处，水影初浮日晕，游船未许开尽。卖花声里香尘起，罗帐玉人犹困。君莫问，君不见、繁华易觉光阴迅。先寻芳信。怕绿叶成阴，红英结子，留作异时恨。

宗吉风情丽逸，著《剪灯新话》及乐府歌词，多偎红倚翠之语，为时传诵。及谪戍保安，当兴安失守，边境萧条，永乐己亥，降佛曲于塞外，选子弟唱之。时值元宵，作《望江南》五首，词旨凄绝，闻者皆为泣下。又凌彦翀于宗吉为大父行，曾作"梅词"《霜天晓角》、"柳词"《柳梢青》各一百首，号梅柳争春。宗吉一日尽和之，彦翀大惊叹，呼为小友。宗吉以此知名。后彦翀自南荒归葬西湖，宗吉以诗送之云："一去西川隔夜台，忽看白璧瘗苍苔。酒朋诗友凋零尽，只有存斋冒雨来。"其敦友谊如此。词不多作，四声平仄，时有舛失，而琢语固精胜也。

（五）王九思。字敬夫，鄠县人。弘治丙辰进士，选庶吉士，授检讨，调吏部主事，升郎中，坐刘瑾党，降寿州同知，寻勒致仕。有《碧山乐府》。

蝶恋花　夏日

门外长槐窗外竹。槐竹阴森，绕屋重重绿。人在绿阴深处宿，午风枕簟凉如沐。　　树底辘轳声断续。短梦惊回，石鼎茶方熟。笑对碧山歌一曲，红尘不到人间屋。

敬夫与德涵，俱以词曲见长。德涵之《中山狼》，敬夫之《杜甫游春》，皆盛年屏弃、无聊泄愤之作，而敬夫尤称能手，词则多酬应率意。集中寿词多至数十首，亦可知其颓唐不经意矣。此《蝶恋花》一首，虽随笔所之，而集中尚是上乘者。大抵康、王虽以词曲著名，实皆注意散套，故论曲家则不可不推上座，论词则未曾升堂也。世传敬夫将填词，以厚赀募国工，杜门学习琵琶三弦，熟按诸曲，尽其技而后出之。故其词雄放奔肆，俨然有关马之遗。余读其《游春记》及康德涵《中山狼》，嬉笑谑浪，力诋西涯，无怪为世人诟病也。德涵小令云："真个是不精不细丑行藏，怪不得没头没脑受灾殃。从今后花底朝朝醉，人间事事忘。刚方，奚落了膺和滂，荒唐，周旋了籍与康。"颇有东篱遗响，词亦不称盛名云。

（六）杨慎。字用修，新都人。正德辛未赐进士第一，授翰林修撰，以议大礼泣谏，杖谪永昌。天启初，追谥文宪。有《升庵集》。

水调歌头　牡丹

春宵微雨后，香径牡丹时。雕阑十二，金刀谁剪两三枝。六曲翠屏深掩，一架银筝缓送，且醉碧霞卮。轻寒香雾重，酒晕上来迟。　　席上欢，天涯恨，雨中姿。向人欲诉飘泊，粉泪半低垂。九十春光堪惜，万种心情难写，彩笔寄相思。晓看红湿处，千里梦佳期。

用修所著书百余种，号为"百洽金华"。胡应麟嫌其熟于稗史，不娴于正史，作《笔丛》以驳之。然杨所辑《百琲真珍》《词林万选》，亦词家功臣也。所著《词品》，虽多偏驳，顾考核流别，研讨正变，确有为他家所不如者。在永昌日，曾红粉傅面，作双丫髻插花，令诸妓扶觞游行，了不愧怍。吴江沈自晋曾为谱《簪花髻》杂剧，词场艳称之。大抵用修文学，一依茶陵衣钵。自北地哆言复古，力排茶陵，用修乃沉酣六朝，览采晚唐，创为渊博靡丽之词，其意欲压倒李、何，为茶陵别张壁垒。其用力固至正也。惟措辞运典，时出轻心，援据博则乖误良多，摹仿惯则瑕疵互见，窜改古人，假托往籍，英雄欺人，亦时有之。要其钩索渊深，藻彩繁会，自足牢笼一世。即以词曲论之，如《转应曲》云："花落花落，日暮长门寂寞。"又："门掩门掩，数尽寒城漏点。"《昭君怨》云："楼外东风到早，染得柳条黄了。低拂玉阑干，怯春寒。"皆不弱两宋人之作。他如《陶情乐府》，警句尤多，如"费长房缩不尽相思地，女娲氏补不完离恨天"，又"别泪铜壶共滴，愁肠兰焰同煎"，又"和愁和闷，经岁经年"，又"傲霜雪镜中紫髯，任光阴眼前赤电。仗平安头上青天"，诸语皆未经人道者。

（七）王世贞。字元美，太仓州人。嘉靖丁未进士，历官至刑部尚书。有《弇州四部稿》。

渔家傲

细雨轻烟装小暝，重衾不耐春寒横。袅尽博山孤篆影。闲自省，天涯有个人同病。　　十二巫峰围昼永，黄莺可唤梨花醒。雨点芳波揩不定。临晚镜，真珠簌簌胭脂冷。

《弇州四部稿》，盛行海内，毁誉翕集，弹射四起，实则晚年亦自深悔也。世皆以王李并称，然元美才气，十倍于鳞。惟病在爱博，笔削千兔，诗载两牛，自以为靡所不有，方成大家，究之千篇一律，安在其靡所不有也！《艺苑卮言》为弇州少作，其中论词诸篇，颇多可采。其自言云："作《卮言》时，年未四十，与于鳞辈是古非今，此长彼短，未为定论。行世已久，不能复秘，惟有随事改正，勿误后人。"元美之虚心克己，不自掩护如此。又《自述》诗云："野夫兴到不复删，大海回风生紫澜。"言虽夸大，亦实语也。其词小令特工，如《浣溪沙》云："权把来书钩午梦，起沽村酿泼春愁。"《虞美人》云："鸭头虚染最长条，酝造离亭清泪几时消。"又："珊瑚翠色新丰酒，解醉愁人否。"皆当行语。独世传《鸣凤记》，谱介溪相国杨忠愍公事，则时有失律欠当处。或云，为同时人假托者，要亦可信也。

（八）张綖。字世文，高邮人。正德癸酉举人，官武昌通判，迁知光州。有《南湖集》。

风流子

新阳上帘幕，东风转，又是一年华。正驼褐寒侵，燕钗春袅，句翻词客，簪斗宫娃。堪娱处，林莺啼暖树，渚鸭睡晴沙。绣阁轻烟，剪灯时候，青旌残雪，卖酒人家。　　此时应重省，瑶台畔，曾遇翠盖香车。惆怅尘缘犹在，密约还赊。念鳞鸿不见，谁传芳信，潇湘人远，空采蘋花。无奈疏梅风景，碧草天涯。

世文学词曲于王西楼。西楼名磐，亦高邮人，为南湖外舅。今南湖《西楼乐府》弁言所云"不肖甥张守中者"，即綖也。中论西楼家世甚详，不啻王博文之序《天籁集》也。南湖词所可见者，仅《词综》所录《风流子》《蝶恋花》两首。《古今词话》亦盛推之，目为风流蕴藉，足以振起一时，亦非溢美。惟所著《诗馀图谱》一书，略有可议而已。《四库提要》云："是编取宋人歌词，择声调合节者一百十首，汇而谱之。各图其平仄于前，而缀词于后，有当平当仄、可平可仄二例，而往往不据古词，意为填注。于古人故为拗句，以取抗坠之节者，多改谐诗句之律。又校雠不精，所谓黑围为仄、白围为平、半黑半白为平仄通者，亦多混淆，殊非善本。"此言确中张氏之弊，宜为万氏所讥也。

（九）马洪。字浩澜，仁和人。有《花影集》三卷。

东风第一枝　梅花

饵玉餐香，梦云惜月，花中无此清莹。俨然姑射仙人，华佩明珰新整。五铢衣薄，应怯瑶台凄冷。自骖鸾来下人间，几度雪深烟暝。　孤绝处，江波流影。憔悴也，春风销粉。相思千种闲愁，声声翠禽啼醒。西湖东阁，休说当时风景。但留取一点芳心，他日调羹翠鼎。

《词品》云："鹤窗善咏诗，尤工长短句。虽皓首韦布，而含吐珠玉，锦绣胸肠，褒然若贵介王孙也。词名《花影》，盖取月下灯前、无中生有之意。"余案，明有二《花影集》，一为鹤窗，一为施子野也。鹤窗气度春容，不入小家态。子野则流于纤丽矣。鹤窗《少年游》云："原来却在瑶阶下，独自踏花行。笑摘朱樱，微揎翠袖，枝上打流莺。"《行香子》云："惜月前宵，病酒今朝。"《满庭芳》"落花"云："谁道天机绣锦，都化作、紫陌尘埃。"颇有隽永意味，非子野所及也。

（十）陈子龙。字卧子，青浦人。崇祯十年进士，官兵科给事中，进兵部侍郎。明亡殉节，清谥忠裕。有《湘真阁词》。

蝶恋花

雨外黄昏花外晓。催得流年，有恨何时了。燕子乍来春又老，乱红相对愁眉扫。　午梦阑珊归梦杳。醒后思量，踏遍闲庭草。几度东风人意恼，深深院落芳心小。

大樽文宗西汉，诗轶三唐，苍劲之色，与节义相符。乃《湘真》一集，风流婉丽，言内意外，已无遗议。柴虎臣所谓华亭肠断，宋玉魂销，惟卧子有之。所微短者，长篇不足耳。余尝谓明词非用于酬应，即用于闺闼。其能上接风骚，得倚声之正则者，独有大樽而已。三百年中，词家不谓不多，若以沉郁顿挫四字绳之，殆无一人可满意者。盖制举盛而风雅衰，理学炽而词意熄，此中消息，可以参核焉。至卧子则屏绝浮华，具见根柢，较开国时伯温、季迪，别有沉着语，非用修、弇州所能到也。他作如《山花子》云："杨柳凄迷晓雾中，杏花零落五更钟。寂寂景阳宫外月，照残红。　蝶化彩衣金缕尽，虫衔画粉玉楼空。惟有无情双燕子，舞东风。"凄丽近南唐二

主，词意亦哀以思矣。又《江城子》后半叠云："楚宫吴苑草
茸茸，恋芳丛，绕游蜂。料得来年相见画屏中。人自伤心花自
笑，凭燕子，骂东风。"亦绵邈凄恻，不落凡响。先生于诗学
至深，曾选明人诗，其自序略云："一篇之收，互为讽咏，一
韵之疑，互相推论。览其色矣，必准绳以观其体；符其格矣，
必吟讽以求其音；协其调矣，必渊思以研其旨。"论诗能于色
泽气韵中辨之，自是深得甘苦语，宜其词之渊懿大雅，为一代
知音之殿也。丹徒陈亦峰云："明末陈人中，能以浓艳之笔，
传凄惋之神，在明代便算高手。然视国初诸老，已难同日而
语，更何论唐宋哉！"寓贬于褒，持论未免过刻矣。

第二　清人词略

词至清代，可谓极盛之期，惟门户派别，颇有不同。
二百八十年中，各遵所尚，虽各不相合，而各具异采也。其始
沿明季余习，以《花》《草》为宗，继则竹垞独取南宋，而分
虎、符曾佐之，风气为之一变，至樊榭而浙中诸子，咸称彬彬
焉。皋文、朗甫，独工寄托，去取之间，号为严密，于是毗陵
遂树帜骚坛矣。鹿潭雄才，得白石之清，而俯仰身世，动多感
喟，庾信萧瑟，所作愈工，别裁伪体，不附风气，骎骎入两宋
之室。幼霞之与小坡，南北不相谋也，而幼霞之严，小坡之
精，各抒称心之言，咸负出尘之誉，风尘澒洞，家国飘摇，
读其词者，即可知其身世焉。一代才彦，迥出朱明之上。迨及
季世，彊村、夔笙，并称瑜亮，而新亭故国之感，尤非烟柳斜

阳所可比拟矣。（朱、况两家，以人皆生存，未便辑入云。）
盖尝总而论之：清初荦毂诸公，尊前酒边，借长短句以吐其胸
中之气，始而微有寄托，久则务为谐讴。而吴越操觚家闻风竞
起，选者、作者，妍媸糅杂。渔洋数载广陵，实为此道总持。
迨纳兰容若才华门地，直欲牢笼一世，享年不永，同声悲惋，
此一时也。竹垞以出类之才，平生宗尚，独在乐笑，江湖载
酒，尽扫陈言，而一时裙屐，亦知趋武姜、张，叫嚣奔放之
风，变而为敦厚温柔之致。二李继轨，更畅宗风，又得太鸿羽
翼，如万花谷中，杂以芳杜。扬州二马，太仓诸王，具臻妙
品。而东坡词诗，稼轩词论，肮脏激扬之调，遂为世所垢病。
此一时也。自樊榭之学盛行，一时作家，咸思拔帜于陈、朱之
外，又遇大力者负之以趋，窈曲幽深，词格又非昔比。武进张
氏，别具论古之怀，大汰言情之作，词非寄托不入。皋文已揭
橥于前，言非宛转不工，子远又联骖于后，而黄仲则、左仲
甫、恽子居、张翰风辈，操翰铸辞，绝无饾饤之习。又有介存
周子，接武毗陵，标赵宋为四家，合诸宗于一轨。其壮气毅
力，有非同时哲匠可并者。此一时也。洪、杨之乱，民苦锋
镝，《水云》一卷，颇多伤乱之语。以南宋之规模，写江东之
兵革，平生自负，接步风骚。论其所造，直得石帚神理。复堂
雅制，品骨高骞，窥其胸中，殆将独秀。而艺非专嗜，难并鹿
潭。《箧中词》品题所及，亦具巨眼，开比兴之端，结浙中之
局，礼义不愆，根柢具在。月坡樵风，无所不赅。持较半塘，
未云才弱。其精到之处，雅近玉田。而《苕雅》一卷，又有
《狡童》《离黍》之悲焉。此又一时也。至于论律诸家，亦以

清代为胜，红友订词，实开囊钥；顺卿论韵，亦推输墨。而其所作，率皆颓唐，不称其才。岂知者未必工，工者未必尽知之欤？于是综核一代之言，复为论次之。

（一）曹溶。字洁躬，嘉兴人。崇祯十年进士，清官至户部侍郎。有《静惕堂集》，词附。

满江红　钱塘观潮

浪涌蓬莱，高飞撼、宋家宫阙。谁荡激、灵胥一怒，惹冠冲发。点点征帆都卸了，海门急鼓声初发。似万群、风马骤银鞍，争超越。　江妃笑，堆成雪。鲛人舞，圆如月。正危楼湍转，晚来愁绝。城上吴山遮不住，乱涛穿到严滩歇。是英雄、未死报仇心，秋时节。

先生为浙词之最先者，故竹垞最为心折，其言曰："余壮日从先生南游岭表，西北至云中，酒阑灯炧，往往以小令慢词更迭唱和。念倚声虽小道，当其为之，必崇尔雅，斥淫哇，极其能事，则亦以宣昭六义，鼓吹元音。往者明三百祀，词学失传，先生搜辑遗传，余曾表而出之。数十年来，浙西填词者，家白石而户玉田，春容大雅，风气之变，实由于此。"观竹垞此言，亦犹惜抱之与海峰也。其词虽不尽工，然颇得空灵之趣。如"题静志居琴趣后"《凤凰台上忆吹箫》云："无限柔肠，宛转秋雨，夜想朱唇。"又："真真者番瘦也，酒醒后，新词只索休频。"雅有玉田遗意。

（二）王士禛。字贻上，号阮亭，新城人。顺治十八年进士，官至刑部尚书。有《衍波词》。

浣溪沙　红桥

北郭清溪一带流，红桥风物眼中秋。绿杨城郭是扬州。

西望雷塘何处是，香魂零落使人愁。澹烟芳草旧迷楼。

渔洋小令，能以风韵胜，仍是做七绝惯技耳。然自是大雅，但少沉郁顿挫之致。昔人谓渔洋词为诗掩，非笃论也。词固以含蓄为主，惟能含蓄，而不能深厚，亦是无益。若谓北宋皆如是，为文过之地，正清初诸子之失，不独渔洋也。长调殊不见佳，《词综》所录，《拜星月》"踏青"一首，亦非《衍波》集中妙文，惟《凤凰台上忆吹箫》一首和漱玉韵者，可云集中之冠，因并录之："镜影圆冰，钗痕却月，日光又上楼头。正罗帷梦觉，红褪细钩。睡眼初睏未起，梦里事、寻忆难休。人不见，便须含泪，强对残秋。　　悠悠。断鸿南去，便潇湘千里，好为依留。又斜阳声远，过尽西楼。颠倒相思难写，空望断、南浦双眸。伤心处，青山红树，万点新愁。"思深意苦，几欲驾易安而上之。《衍波集》中，仅见此篇。

（三）曹贞吉。字升六，安邱人。顺治十七年举人，官礼部郎中。有《珂雪词》二卷。

水龙吟　白莲

平湖烟水微茫，个人仿佛横塘住。碧云乍起，羽衣初试，靓妆楚楚。露下三更，月明千里，悄无寻处。想芦花蘋叶，空蒙一色，迷玉井，峰头路。　　莫是苧萝未嫁，曳明珰、若耶归去。游仙梦杳，瑶天笙鹤，凌波微步。宿鹭飞来，依稀难认，风吹一缕。泛木兰舟小，轻绡掩映，问谁家女。

浙派词喜咏物，征故实，为后人操戈之地在此，升六固不居此例。然如"龙涎香""白莲""莼""蝉"等篇，嘉道以后，词家率喜学步，而所作未必工也。余故谓律不可不细，咏物题可不作。至于借守律之严，恕临文之拙，吾不愿士夫效之。清初诸老，惟《珂雪》最为大雅，才力虽不逮朱、陈，而取径则正大也。其词大抵风华掩映，寄托遥深，古调之中，纬以新意。盖其天分于此事独近耳。至咏物诸作，为陈迦陵推挹者，吾甚无取也。

（四）吴绮。字薗次，江都人。由选贡生官湖州知府。有《艺香词》。

钗头凤　冬闺

灯花滴，炉香熄，屏风静掩遥山碧。箫难弄，衾长空，五更帘幕，月和霜重。冻，冻，冻。　　闲寻觅，无消息，泪痕冰惹红绵湿。愁难送，情还种，巫云昨夜，同骑双凤。梦，梦，梦。

小令学《花间》，长调学苏、辛，清初词家通例也。然能情语者，未必工壮语，薗次则两者皆工，故竹垞论其词，谓选调寓声，各有旨趣，其和平雅丽处，绝似西麓，亦非溢美。余读其《满江红》“醉吟”，有“髀肉晚销燕市马，乡心秋冷扬州鹤”，又云“海上文章苏玉局，人间游戏东方朔”，出语又近迦陵。盖薗次与迦陵为异姓昆季，是以词境有相同处。

（五）顾贞观。字华峰，号梁汾，无锡人。康熙五年举人，官国史院典籍。有《弹指词》。

双双燕　用史邦卿韵

单衣小立，正秋雨槐花，鬓丝吹冷。屏山几曲，犹忆画眉人并。残叶暗飘金井，问燕子、归期未定。伤心社日辞巢，不是隔年双影。　　碧甃生怜苔润。伴欲折垂条，越加轻俊。为他萦系，絮语一帘烟暝。容易雕梁占稳，待二十四番风信。重来唤取疏狂，半刻玉肩偷凭。

梁汾词，以《金缕曲》二首“寄汉槎”为最著，词云：“季子平安否。便归来、生平万事，那堪回首。行路悠悠谁慰藉，母老家贫子幼。记不起、从前杯酒。魑魅搏人应见惯，料输他，覆雨翻云手。冰与雪，周旋久。　　泪痕莫滴牛衣透。数天涯、依然骨肉，几家能彀。比似红颜多薄命，更不如今还有。只绝塞、苦寒难受。廿载包胥承一诺，盼乌头马角终相救。置此札，君怀袖。”次章云：“我亦飘零久。十年来、深恩负尽，死生师友。夙昔齐名非忝窃，试看杜陵消瘦，曾不减、夜郎僝僽。薄命长辞知己别，问人生、到此凄凉否。千万恨，为兄剖。　　兄生辛未吾丁丑。共些时、冰霜摧折，早衰蒲柳。词赋从今须少作，留取心魂相守。但愿得、河清人寿。

归日急翻行戍稿，把空名、料理传身后。言不尽，观顿首。"
二词纯以性情结撰而成，悲之深，慰之至，丁宁告语，无一
字不从肺腑流出。此华峰之胜处也。惟不悟沉郁之致，终非
上乘。

（六）彭孙遹。字骏孙，号羡门，海盐人。康熙十八年鸿
博第一，历官至吏部侍郎。有《延露词》三卷。

绮罗香　春尽日有寄

翠远浮空，红残欲滴，帘掩青山无数。旧事难寻，春色半
归尘土。扑蝶会、如梦光阴，研花笺、相思图谱。怪东风、不
为吹愁，凝眸又见碧云暮。　　年来沦落已惯，任一身长是，
飘零吴楚。珠泪缄题，恨字分明寄与。想南楼、柳絮飞时，是
玉人、夜来凭处。应望断、远水归帆，蒙蒙江上雨。

清初诸家，羡门较为深厚。严绳孙云："羡门惊才绝艳，
长调数十阕，固堪独步江左。至其小词啼香怨粉，怯月凄花，
不减南唐风格。"此朋友标榜之语，原非定论。余谓羡门长调
小令，咸有可观，惟不能沉着，故仍以聪明见长。盖力量未
足，不得不以巧胜也。《忆王孙》"寒食"、《苏幕遮》"娄
江寄家信"等篇，颇得北宋人遗韵。

（七）陈维崧。字其年，宜兴人。康熙十八年举鸿博，授
检讨。有《迦陵词》三十卷。

江南春　和倪云林韵

风光三月连樱笋，美人踌躇白日静。小楼空翠飔东风，不见其余见衫影。无端料峭春闺冷，忽忆青骢别乡井。长将妾泪颣红巾，愿作征夫车畔尘。　　人归迟，春去急，雨丝满院流光湿。锦书远道嗟奚及，坐守吴山一春碧。何日功成还马邑，双倚琵琶花树立。夕阳飞絮化为萍，揽之不得徒营营。

　　清初词家，断以迦陵为巨擘。曹秋岳云："其年与锡鬯，并负轶世才，同举博学鸿词，交又最深。其为词，亦工力悉敌。《乌帽》《载酒》，一时未易轩轾也。"后人每好扬朱而抑陈，以为竹垞独得南宋真脉，盖亦偏激之论。世之所以抑陈者，不过诋其粗豪耳。而迦陵不独工于壮语也，《丁香》"竹菇"、《齐天乐》"辽后妆楼"、《过秦楼》"疏香阁"、《愁春未醒》"春晓"、《月华清》诸阕，婉丽娴雅，何亚竹垞乎？即以壮语论之，其气魄之壮，古今殆无敌手。《满江红》《金缕曲》多至百余首，自来词家有此雄伟否？虽其间不无粗率处，而波澜壮阔，气象万千，即苏、辛复生，犹将视为畏友也。短调《点绛唇》云："悲风吼，临洺驿口，黄叶中原走。"《醉太平》云："估船运租，江楼醉呼。西风流落丹徒，想刘家寄奴。"《好事近》云："别来世事一番新，只吾徒犹昨。话到英雄失路，忽凉风索索。"平叙中峰峦叠起，力量最雄，非余子所能及也。长调《满江红》诸曲，纵笔所之，无不雄大。如"生子何须李亚子，少年当学王昙首"（"为陈九之字题扇"）又"被酒我思张子布，临江不见甘兴霸"，

"汴京怀古樊楼"一章下半云:"风月不须愁,变换江山,到处堪歌舞。恰西湖甲第又连天,申王府。"此类皆极苍凉,又极雄丽,而老辣处几驾稼轩而上之,其年真人杰哉!至如《月华清》后半云:"如今光景难寻,似晴丝偏脆,水烟终化。碧浪朱阑,愁杀隔江如画。将半帧、南国香词,做一夕、西窗闲话。吟写,被泪痕占满,银笺桃帕。"《沁园春》"题徐渭文钟山梅花图"后半云:"如今潮打孤城,只商女、船头月自明。叹一夜啼乌,落花有恨,五陵石马,流水无声。寻去疑无,看来似梦,一幅生绡泪写成。携此卷,伴水天闲话,江海余生。"情词兼胜,骨韵都高,几合苏、辛、周、姜为一手矣。

(八)性德。原名成德,字容若,满洲正白旗人。康熙十二年进士。有《饮水词》三卷。

一丛花　咏并蒂莲

阑珊玉佩罢霓裳,相对绾红妆。藕丝风送凌波去,又低头、软语商量。一种情深,十分心苦,脉脉背斜阳。　色香空尽转生香,明月小银塘。桃根桃叶终相守,伴殷勤、双宿鸳鸯。菰米漂残,沉云乍黑,同梦寄潇湘。

容若小令,凄惋不可卒读,顾梁汾、陈其年皆低首交称之。究其所诣,洵足追美南唐二主。清初小令之工,无有过于容若者矣。同时佟世南有《东白堂》词,较容若略逊,而意境之深厚,措词之显豁,亦可与容若相勒,然如《临江仙》"寒柳"、《天仙子》"渌水亭秋夜"、《酒泉子》"荼蘼谢后作",非容若不能作也。又《菩萨蛮》云:"杨柳乍如丝,故园春尽时。"凄惋闲丽,较驿桥春雨,更进一层。或谓容若是李煜转生,殆专论其词也。承平宿卫,又得通儒为师,搜辑旧籍,刊布艺林,其志尚自足千古,岂独琢词之工已哉!

(九)朱彝尊。字锡鬯,号竹垞,秀水人。康熙十八年以布衣召试鸿博,授检讨。有《江湖载酒集》三卷、《静志居琴趣》一卷、《茶烟阁体物集》二卷、《蕃锦集》一卷。

解佩令　自题词集

十年磨剑,五陵结客,把平生涕泪都飘尽。老去填词,一半是、空中传恨,几曾围、燕钗蝉鬓。　　不师秦七,不师黄九,倚新声、玉田差近。落拓江湖,且分付、歌筵红粉,料封侯、白头无分。

竹垞诸作,《载酒集》洒落有致,《茶烟阁》组织甚工,《蕃锦集》运用成语,别具匠心,皆无甚大过人处。惟《静志居琴趣》一卷,尽扫陈言,独出机杼,艳词有此,不独晏、欧所不能,即李后主、牛松卿,亦未易过之。生香真色,得未曾有。其前后次序,略可意会,不必穿凿求之也。余尝谓竹垞自比玉田,故词多浏亮;惟秦七与黄九,不可相提并论。秦之工处,北宋殆无与抗,非黄九所能望其肩背。竹垞不学秦,而学玉田,盖独标南宋之帜耳。然而竹垞词托体之不能高,即坐此病。知音者当以余言为然也。近人慴于陈、朱之名,以为国朝冠冕，不知陈、朱虽足弁冕一朝，究其所诣，尚未绝伦。有志于古者，当宜取法乎上也。

（十）李良年。字符曾，秀水人。康熙十八年举鸿博。有《秋锦山房词》二卷。

疏影　黄梅

岁阑记否，著浅檀宫样，初染庭树。懒趁群芳，雪后春前，年年点缀寒圃。横斜月淡蜂黄影，长只傍、短垣低护。倚茜裙、欲捻苔枝，冻鸟一双飞去。　依约荷圆磬小，剪来越镜里，先映眉妩。蓓蕾匀拈，细绞银丝，钗冷玉鱼偏处。还愁羯鼓催无力，沸蟹眼、胆瓶新注。正暖香、梦惹江南，忘了陇头人苦。

秋锦论词，必尽扫蹊径，尝谓南宋词人，梦窗之密，玉田之疏，必兼之乃工。斯言最确。然秋锦自作诸词，不能践此言也。梦窗固密，惟有灵气往来；玉田固疏，而其沉着处，虽白石亦且不及。浙词专学玉田之疏，于是打油腔格，摇笔即来，如"别有一般天气"，"禁得天涯羁旅"等语，一时词稿中，几几触目皆是。又好运用书卷，秋锦催雪之红梅，用《比红儿》诗，必注明罗虬，《解连环》"送孙以恺使朝鲜"，用雌图别叙，又须注明《孝经纬》，不知词之佳处，不必以书卷见长。搬运类书，最无益于词境也。符曾所作，纯疵互见，如《好事近》云："五十五船旧事，听白头人语。"《高阳台》云："一笛东风，斜阳淡压荒烟。"《踏莎行》云："游人休

吊六朝春，百年中有伤心处。"胜国之感，妙于淡处描写，味
隽意长，似非竹垞所能到者。

（十一）李符。字分虎，一字耕客，嘉兴人。布衣。有
《耒边词》二卷。

齐天乐　苕南道中

野塘水漫孤城路，晓来载诗移槛。柳悴汀荒，邱迟宅坏，
急雨鸣蓑千点。绿芜如染。映翠藻参差，鹈鹕能占。沽酒何
村，花明独树小桥店。　　昔游如昨日耳，记深深院宇，罗绮
春艳。妆阁悬蛛，舞衫化蝶，满目繁华都减。湿云乍敛，露浮
玉遥峰，相看无厌。渔唱沧浪，荻根灯又闪。

竹垞论分虎词云："分虎游屐所向，南朔万里，词帙繁
富，殆善学北宋者。顷复示我近稿，益精研于南宋诸名家词，
乃变而愈上矣。"斯言也，盖即为自己张旗鼓也。是时长调
词学南宋者不多，分虎与竹垞同旨，宜其水乳交融矣。案南宋
词，格律居音先，而《齐天乐》四处去上，分虎竟未遵守，是
词律亦有舛误也。惟集中佳句颇多，赋物体亦有弦外意，较秋
锦诚不愧弟兄耳。如《河满子》"经阮司马故宅"云："惨淡
君王去国，风流司马无家。歌扇舞衣行乐地，只余衰柳栖鸦。
赢得名传乐部，春灯燕子桃花。"《疏影》"帆影"云："忽
遮红日江楼暗，只认是、凉云飞度。待翠蛾帘底凭看，已过几
重烟浦。"《钓船笛》云："曾去钓江湖，腥浪黏天无际。浅
岸平沙自好，算无如乡里。从今只住鸭儿边，远或泛苔水。

三十六陂秋到，宿万荷花里。"此等随手挥洒，别具天然风骨。

（十二）厉鹗。字太鸿，钱塘人。康熙五十九年举人，乾隆元年荐举鸿博。有《樊榭山房词》二卷，续集二卷。

齐天乐　秋声馆赋秋声

簟凄灯暗眠还起，清商几处催发。碎竹虚廊，枯莲浅渚，不辨声来何叶。桐飘又接，尽吹入潘郎，一簪愁发。已是难听，中宵无用怨离别。　　阴虫还更切切。玉窗挑锦倦，惊响檐铁。漏断高城，钟疏野寺，遥送凉潮呜咽。微吟渐怯，讶篱豆花开，雨筛时节。独自开门，漫庭都是月。

清朝词人，樊榭可谓超然独绝者矣。论者谓其沐浴白石、梅溪，洵是至言。大抵其年、锡鬯、太鸿三人，负其才力，皆欲于宋贤外，别树一帜；而窈曲幽深，当以樊榭为最。学者循是以求深厚，则去姜、史不远矣。集中佳处，指不胜缕，如《国香慢》"素兰"云："月中何限怨，念王孙草绿，孤负空香。冰丝初弄清夜，应诉悲凉。玉斫相思一点，算除是、连理唐昌。闲阶澹成梦，白凤梳翎，写影云窗。"声调清越，是其本色，亦是其所长。又《百字令》云："万籁生山，一星在水，鹤梦疑重续。孥音遥去，西岩渔父初宿。"无一字不清俊。下云："林净藏烟，峰危限月，帆影摇空绿。随风飘荡，白云还卧深谷。"炼字炼句，归于纯雅，此境亦未易到。至于造句之工，亦雅近乐笑翁，世有陆辅之，定录入《词眼》也。

如《齐天乐》云："将花插帽，向第一峰头，倚空长啸。"《高阳台》云："秘翠分峰，凝花出土。"《忆旧游》云："溯溪流云去，树约风来，山翦秋眉。"又云："又送萧萧响，尽平沙霜信，吹上僧衣。凭高一声弹指，天地入斜晖。"诸如此类，是樊榭独到处。

（十三）江炳炎。字研南，钱塘人。有《琢春词》。江昱、江昉附。

垂杨　柳影

　　轻寒乍暖，算碧阴占地，昼闲庭院。欲折偏难，巧莺空送声千啭。休嫌云暗章台畔，怕纤雨楚腰吹断。正依稀低映江潭，共夕阳飘乱。　　辛苦长亭夜半，是摇漾瘦魂，兔华初满。误了闺人，也曾描出春前怨。还教学缀修蛾浅，但漠漠、如烟一片。秋来待写疏痕，愁又远。

　　研南在清代不甚显，然学南宋处，颇有一二神解，与宾谷音趣相同。宾谷得南宋之意趣，研南得南宋之神理。若橙里则句琢字炼，归于纯雅，惟不能深厚。此三江词之工力，皆不能到沉郁地步也。清朝词家多犯此病，故骤览之，居然姜、史复生；深求之，皆姜、史之糟粕而已。

　　（十四）王策。字汉舒，太仓人。诸生。有《香雪词钞》二卷。时翔附。

薄幸　秋槎题余香雪词，似有宋玉之疑，赋此奉答

心花落艳，似寂寞、枯禅退院。便吟出、晓风残月，那是兰陵真面。只钧天、一梦消魂，颜凭泪洗肠轮转。叹雨絮前缘，霜兰现业，负尽三生恩眷。　却是诗因墨果，休猜做、世间情态。况天荒地老，名闻影隔，东风不认楼中燕。秋坟露溅，倘知音怜我，客嘲肯制招魂换。装来玟瑁，留抵返生香片。

太仓诸王，皆工词翰，汉舒尤为杰出，惜其享年不永，未尽所长，其笔分固甚高也。作词贵在悲郁中见忠厚，若悲怨而激烈，则其人非穷则夭。汉舒《念奴娇》"秋思"一首，颇有衰飒气象，如"浮生皆梦，可怜此梦偏恶"，又云"看取西去斜阳，也如客意，不肯多耽搁"，皆悲惨语耳。卒至早夭，言为心声，便成词谶矣。汉舒外惟小山为佳，小山工为绮语，才不高而情胜，措语亦自婉雅，无绮罗恶态，如"病容扶起淡黄时"，又云"燕子寻人巷口，斜阳记不真"，又云"一双红豆寄相思，远帆点点春江路"，又云"灯微屏背影，泪暗枕留痕"，皆情词凄惋，晏、欧之流亚也。

（十五）史承谦。字位存，宜兴人。诸生。有《小眠斋词》四卷。

双双燕　过红桥怀立甫

春愁易满，记红到樱桃，乍逢欢侣。几番携手，醉里听残杜宇。曾向花源问渡，是水国、风光多处。可应酒滞香留，不

记江南春雨。　　南浦清阴如故。谁料得重来，暗添凄楚。月蓬烟棹，载了冷吟人去。可惜千条弱柳，更难系、轻帆频住。如今绿遍桥头，尽作情丝恨缕。

清词中其年雄丽，竹垞清丽，樊榭幽丽，位存则雅丽，皆一代艳才。位存稍得其正而已。如《团扇》："先秋生薄怨，小池风不断。"神似温、韦语，然非心中真有怨情，亦不能如此沉挚。他词如《采桑子》云："泪滴寒花，渐渐逢人说鬓华。"《满江红》云："更不推辞花下酒，最难消受黄昏雨。"非天才学力兼到者不能。同时如朱云翔、吴荀叔、朱秋潭、汪对琴诸君，皆以词名东南，然概不如位存也。

（十六）任曾贻。字淡存，荆溪人。诸生。有《矜秋阁词》一卷。

百字令　立春前一日寄怀储文漋津

短篷听雨，共江干秋晚，几番潮汐。不道烟帆分别浦，一水迢迢长隔。贳酒当垆，敲诗午夜，弹指成今昔。双鱼何处，飘摇尺素难觅。　　又是雪霁明窗，炉温小阁，残腊余今夕。想到南枝初破蕊，一点新春消息。稳卧湖林，鬓丝无恙，肯便闲吟笔。甚时花底，玉尊同醉春碧。

储长源云："淡存词删削靡曼，独抒性灵，于宋人不沾沾袭其面貌，而能吸其神髓。一语之工，令人寻味无穷。"余按淡存与位存、遂佺（朱云翔，字遂佺，元和人，有《蝶梦词》），工力相等，《矜秋》一集，卓有声誉，而律以沉着两字，尚未能到，一览便知清人之词，然其用力亦勤矣。宜兴多彦，二史储任，皆负清才，承红友之律，而能以妍丽语出之，至周介存，遂得独辟奥窍，自抒伟论，其于阳湖，洵可揖让坛坫，不得以附庸目之也。淡存他作如《临江仙》云："砧声今夜月，灯影昔年情。"《高阳台》云："何因得似红襟燕，认朱楼飞入伊家。"《西子妆》云："相思一点落谁家，叹匆匆、欲留难住。"皆佳。惟《买陂塘》云："花开常怕春归早，那更几经烟雨。"《祝英台》云："眼看红紫飘残，蔷薇开也，尚留得、春光几许。"则摹仿稼轩，太觉形似矣。

（十七）过春山。字葆中，吴县人。诸生。有《湘云遗稿》二卷。

倦寻芳　过废园见牡丹盛开有感

絮迷蝶径，苔上莺帘，庭院愁满。寂寞春光，还到玉阑干畔。怨绿空余清露泣，倦红欲倩东风浣。听枝头、有哀音凄楚，旧巢双燕。　漫伫立，瑶台路杳，月佩云裳，已成消散。独客天涯，心共粉香零乱。且共花前今夕酒，洛阳春色匆匆换。待重来、只有断魂千片。

湘云笔意骚雅，为吾乡词家之秀。论其品格，雅近樊榭。吴竹屿称其词如雪藕冰桃，沁人醉梦。此言是也。余谓湘云词，聪秀在骨，咀嚼无厌。其人独立不惧，当时坛坫，皆未尝附和，所谓不随风气者是也。吾乡词人至多，论不附声气，

独行其是者，仅葆中一人而已。他如潘氏诸子，问梅七子，贵
胄标榜，皆不如湘云矣。葆中词如《明月生南浦》云："几点
萍香鸥梦稳，柳棉吹尽春波冷。"又："回首桃源仙路迥，一
声欸乃川光暝。"《瑞鹤仙》云："凄恻，西泠春晚，天竺云
深，空怀孤洁。荷衣未葺，天涯愁倚岩石。念幽人去后，峰南
峰北，多少啼猿唤客。暗伤心、欲荐江蓠，夜凉露白。"皆不
事雕琢，以气度胜者，是之谓大雅。

（十八）张惠言。字皋文，武进人。有《茗柯词》。琦附。

木兰花慢　杨花

尽飘零尽了，谁人解当花看。正风避重帘，雨回深幕，
云护轻幡。寻他一春伴侣，只断红、相识夕阳间。未忍无声坠
地，将低重又飞还。　疏狂情性，算凄凉、耐得到春阑。但
月地和梅，花天伴雪，合称清寒。收将十分春恨，做一天、愁
影绕云山。看取青青池畔，泪痕点点凝斑。

皋文《词选》一编，扫靡曼之浮音，接风骚之真脉，直
具冠古之识力者也。词亡于明，至清初诸老，具复古之才，惜
未能穷究源流。乾嘉以还，日就衰颓，皋文与翰风出，而溯
源竟委，辨别真伪，于是常州词派成，与浙词分镳争先矣。皋
文《水调歌头》五章，既沉郁，又疏快，最是高境。论者辄以
为疏于律度，洵然，然不得以此少之。如首章云："难道春
花开落，又是春风来去，便了却繁华。花外春来路，芳草不
曾遮。"次章云："招手海边鸥鸟，看我胸中云梦，蒂芥近如

何。楚越等闲耳，肝胆有风波。"三章云："珠帘卷春晓，胡蝶忽飞来。游丝飞絮无绪，乱点碧云钗。肠断江南春思，黏着天涯残梦，剩有首重回。银蒜且深押，疏影任徘徊。"五章云："晓来风，夜来雨，晚来烟。是他酿就春色，又断送流年。"热肠郁思，全自风骚中来，所以不可及也。茗柯存词止四十六首，可谓简而又简。仁和谭仲修，拟为评注，而迄未能就，甚可惜也。

弟琦，字翰风，与皋文同撰宛邻《词选》，虽町畦未尽，而奥窔始开。其所作诸词，亦深美闳约，振北宋名家之绪，如《南浦》云："惊回残梦，又起来、清夜正三更。花影一枝枝瘦，明月满中庭。道是江南绮陌，却依然、小阁倚银屏。怅海棠已老，心期难问，何处望高城。　忍记当时欢聚，到花时、长此托春醒。别恨而今谁诉，梁燕不曾醒。帘外依依香絮，算东风、吹到几时停。向鸳衾无奈，啼鹃又作断肠声。"妍丽流转，雅近少游，宜其负盛名于江南也。其子仲远，序《同声集》有云："嘉庆以来名家，皆从此出。"信非虚语。周止斋益穷正变，潘四农又持异论，要之倚声之学，至二张而始尊，此可为定论耳。

（十九）周济。字保绪，荆溪人。有《止庵词》。

渡江云　杨花

春风真解事，等闲吹遍，无数短长亭。一星星是恨，直送春归，替了落花声。凭阑极目，荡春波、万种春情。应笑人、春粮几许，便要数征程。　冥冥，车轮落日，散绮余霞，渐都迷幻景。问收向、红窗画箧，可算飘零。相逢只有浮萍好，奈蓬莱东枝，弱水盈盈。休更惜、秋风吹老莼羹。

　　茗柯《词选》出，倚声之学日趋正鹄。张氏甥董晋卿，亦能踵美。止庵又切磋于晋卿，而持论益精，其言曰："慎重而后出之，驰骋而变化之，胸襟酝酿，乃有所寄。"又曰："词非寄托不入，专寄托不出。一物一事，引伸触类，意感偶生，假类必达，斯入矣。万感横集，五中无主，赤子随母笑啼，乡人缘剧悲喜，能出矣。"至其所撰《词辨》及《宋四家词筏》，推明张氏之旨而广大之。此道遂与于著作之林，与诗赋文笔，同其正变也。止庵自作诸词，亦有寄旨，惟能入而不能出耳。如《夜飞鹊》之"海棠"、《金明池》之"荷花"，虽各有寓意，而词涉隐晦，如索枯谜，亦是一蔽。余谓词本于诗，当知比兴，固已，究之《尊前》《花间》，岂无即景之篇？必欲深求，殆将穿凿。皋文与止庵，虽所造之诣不同，而大要在有寄托，尚蕴藉，然而不能无蔽。故二家之说，可信而不可泥也。

　　（二十）项鸿祚。字莲生，钱塘人。有《忆云词》四卷。

兰陵王　春晚

　　晚阴薄，人在酴醾院落。秋千罢，还倚琐窗，花雨和烟冷银索。近来情绪恶。遮莫青春过却，单衣减、沈水自薰，酒病经年怯孤酌。　　低低燕穿幕，任笺绿绡红，心事难托。柳丝系梦轻飘泊。叹衾凤羞展，镜鸾空掩，思量睡也怎睡着。恨依旧寂寞。　　妆阁，闭鱼钥。怕唱到阳关，箫谱慵学。夜占蛛喜朝灵鹊。只目断千里，锦帆天角。玲珑帘月，照见我，又瘦削。

　　莲生词甲乙丙丁稿，意学梦窗，集中拟体至多。其才力固高人一等，持律亦细，惟其措辞终伤滑易。余始喜读之，与郭频伽等，继知频伽不可学，遂屏不复观，独爱《忆云》矣。又见同时词家推崇甚至，谭仲修云："有白石之幽涩而去其俗，有玉田之秀折而无其率，有梦窗之深细而化其滞，殆欲前无古人。"黄韵甫曰："《忆云词》古艳哀怨，如不胜情，猿啼断肠，鹃泪成血，不知其所以然也。"初不知一入其彀，必至儇薄也。盖莲生天资聪俊，故出语能沁人心脾，且律度谐合，涩体诸词，一经炉锤，无不谐妥。于是论频伽则严，论忆云则宽。实则词律之细，固郭不如项，而词品之差，则相去无几也。（集中如《河传》云："梧桐叶儿风打窗。"《南浦》"咏柳"云："且去西泠桥畔等。"《卜算子》云："也似相思也似愁。"《减兰》云："只有垂杨，不放秋千影过墙。"《百字令》云："归期自问，也应芍药开矣。"诸如此类，皆徒作聪明语，与南北曲几不能辨。）其丁稿自序云："不为无益之事，何以遣有涯之生。"亦可哀其志矣。以成容若之贵，项莲生之富，而词皆悲艳哀怨，所谓伤心人别有怀抱也。

　　（二一）蒋春霖。字鹿潭，江阴人。有《水云楼》词二卷。

扬州慢　癸丑十一月二十七日贼趋京口报官军收扬州

　　野幕巢乌，旗门噪鹊，谯楼吹断笳声。过沧桑一霎，又旧日芜城。怕双燕归来恨晚，斜阳颓阁，不忍重登。但红桥风雨，梅花开落空营。　　劫灰到处，便遗民见惯都惊。问障扇遮尘，围棋赌墅，可奈苍生。月黑流萤何处，西风黯、鬼火星星。更伤心南望，隔江无限峰青。

　　嘉庆以前词家大抵为其年、竹垞所牢笼，皋文、保绪，标寄托为帜，不仅仅摹南宋之垒，隐隐与樊榭相敌，此清朝词派之大概也。至鹿潭而尽扫葛藤，不傍门户，独以风雅为宗，盖托体更较皋文、保绪高雅矣。词中有鹿潭，可谓止境。谭仲修虽尊庄中白，陈亦峰亦崇扬之，究其所诣，尚不足与鹿潭相抗也。词有律有文，律不细非词，文不工亦非词。有律有文矣，而不从沉郁顿挫上着力，或以一二聪明语见长，如《忆云词》类，尤非绝尘之技也。鹿潭律度之细，既无与伦，文笔之佳，更为出类，而又雍容大雅，无搔头弄姿之态。有清一代，以水云为冠，亦无愧色焉。复堂论水云曰："文字无大小，必有正变，必有家数。《水云楼词》，固清商变徵之声，而流别甚正，家数颇大，与成容若、项莲生，二百年中，分鼎三足。咸丰兵事，天挺此才，为倚声家老杜，而晚唐两宋，一唱三叹之意，则已微矣。"（《箧中词》五）余谓复堂以鹿潭得流别之正，此言极是，惟以成、项二君并论，则鄙意殊不谓然。成、项皆以聪明胜人，乌能与水云比拟？且复堂既以杜老比水云，试问成、项可当青莲、东川欤？此盖偏宕之论也。鹿潭不专尚比兴，《木兰花》《台城路》，固全是赋体。即一二小词，如《浪淘沙》《虞美人》，亦直言本事，经不寄意帷闼，是真实力量。他人极力为之，不能工也。至全集警策处，则又指不胜偻，如《木兰花慢》云："云埋蒋山自碧，打空城、只有夜潮来。"又云："看莽莽南徐，苍苍北固，如此山川。钩连，更无铁锁，任排空、樯橹自回旋。寂寞鱼龙睡稳，伤心付与秋烟。"又《甘州》云："避地依然沧海，随梦逐潮还。一样貂裘冷，不似长安。"又云："引吴钩不语，酒罢玉犀寒。总休问、杜鹃桥上，有梅花、且向醉中看。南云暗，任征鸿去，莫倚阑干。"《凄凉犯》云："疏灯晕结，觉霜逼帘衣自裂。"《唐多令》云："哀角起重关，霜深楚塞寒。背西风、归雁声酸。一片石头城上月，浑怕照旧江山。"皆精警雄秀，决非局促姜、张范围者可能出此也。

（二二）周之琦。字稚圭，祥符人。嘉庆十三年进士，官广西巡抚。有《金梁梦月词》（应在鹿潭前）。

三姝媚　海淀集贤院

交枝红在眼。荡帘波香深，镜澜痕浅。费尽春工，占胜游惟许，等闲莺燕。步屟廊回，盈裼粉、蛛丝偷罥。小影玲玎，冷到梨云，便成秋苑。　　容易题襟吹散。又酒逐花迷，梦将天远。马系垂杨，但翠眉还识，旧时人面。暗数韶华，空笑我、樱桃三见。剩有盈盈胡蝶，西窗弄晚。

《梦月词》浑融深厚，语语藏锋，北宋瓣香，于斯未坠（黄韵甫语）。余谓稚圭词，托体至高，诚有如韵甫之言者。近时论者与鹿潭并称，似尚非确当。鹿潭集中，无酬应之作，《梦月》则社课特多，即此而论，已不如《水云》矣。且悼亡诸作，专录一卷，虽元相才多，未免士衡辞费。至心日斋《十六家词选》，截断众流，金针暗度，纵不如皋文、保绪之高，要亦倚声家疏凿手也。

（二三）戈载。字顺卿，吴县人。诸生。官国子监典簿。有《翠薇花馆词》三十九卷。

兰陵王　和周清真韵

画桥直，明镜波纹绉碧。轻烟绕，歌榭舞楼，一派迷离黯春色，东风遍故国。吹老关津怨客，长堤畔，千缕翠条，时见流莺度金尺。　　萍踪半陈迹。记侧帽题襟，香蔼瑶席。天涯今又逢寒食。叹携手人远，俊游难再，飞花飞絮散旧驿，送潮过江北。　　悲恻，乱愁积。对孤馆残灯，无限凄寂。青门望断情何极。乍倚枕寻梦，怕闻邻笛。那堪窗外，更细雨，夜半滴。

清代词集之富，莫如迦陵，顺卿《翠薇词》，乃更过之。而泥沙不除，亦与迦陵相等。集中佳构，如《山亭宴》"秋晚游天平山"，《霜叶飞》"落叶"，《垂杨》"题吴伊人白门杨柳图"，《春霁》"柳影"，《露华》"苔痕"，《南浦》"春水秋水"二首，《步月》"春夜闲步"，《惜红衣》

"皇甫墩观荷"，《琐窗寒》"秋晚"，《秋宵吟》"题籧石老人秋叶图"等作，精心结撰，文字音律，两臻绝顶，宜其独步江东，一时无与抗衡也。顺卿论词律极精，于旋宫八十四调之旨，研讨至深。故其自称在能辨阴阳，能分宫调。又白石旁谱，当时词家，不甚明了，顺卿能一一按管。数百年聚讼纷如，望而却步者，一旦大畅其理，此诚绝顶聪明也。惟集中平庸芜浅诸作，触目皆是，读者亦以其守律之严，反恕其行文之劣，无怪为谢枚如所讥也。顺卿词开卷即有"龙涎香""白莲""莼""蝉"等题，此当日学南宋者几成例作习气，愈觉可厌。且顺卿一贡士耳，太学典簿，未尝一履任也，而自十三卷后，交游渐广，攀援渐高，中丞、方伯、观察、太守、司马、明府，历碌满纸，所作无非应酬，虚声愈大，心灵愈短，岂芝麓之于迦陵乎？抑何其不惮烦也？至为麟见亭河帅题《鸿雪因缘图》，前后合一百六十阕，多至四卷，观其自述，知配合雕镂，费尽苦心。然以《花间》《兰畹》之手笔，加以引商刻羽之工夫，乃为巨公谱荣华之录，摹德政之碑也。言之不足，又长言之，若以为有厚幸焉。此真极词场之变矣。

（二四）庄棫。字中白，丹徒人。有《蒿庵词》。

高阳台　长乐渡

长乐溪边，秦淮水畔，莫愁艇子曾携。一曲西河，尊前往事依稀。浮萍绿涨前溪遍，问六朝、遗迹都迷。映颓黎，白下城南，武定桥西。　　行人共说风光好，爱沙边鸥梦，雨后莺啼。投老方回，练裙十幅谁题。相思子夜春还夏，到欢闻、先已凄凄。更休提，柳外斜阳，烟外长堤。

　　中白与谭复堂并称，其词穷极高妙，为道咸间第一作手。平生论词宗旨，见于《复堂词序》。其言云："夫义可相附，义即不深；喻可专指，喻即不广。托志房帷，眷怀身世，温、韦以下，有迹可寻。然而自宋及今，几九百载，少游、美成而外，合者鲜矣。又或用意太深、义为辞掩，虽多比兴之旨，未发缥缈之音。近世作者，竹垞撷其华，而未芟其芜；茗柯溯其源，而未竟其委。"又曰："自古词章，皆关比兴，斯义不明，体制遂舛。狂呼叫嚣，以为慷慨，矫其弊者，流为平庸，风诗之义，亦云渺矣。"（《谭复堂词序》）先生此论，实具冠古之识，非大言欺人也。其词深得比兴之致，如《蝶恋花》四章，即所谓托志房帷，眷怀身世也。首章云："城上斜阳依绿树。门外斑骓，过了偏相顾。玉勒珠鞭何处住，回头不觉天将暮。""回头"七字，感慨无限。下云："风里余花都散去。不省分开，何日能重遇。凝睇窥君君莫误，几多心事从君诉。"声情酸楚，却又哀而不伤。次章云："百丈游丝牵别院。行到门前，忽见韦郎面。欲待回身钗乍颤，近前却喜无人见。"心事曲曲传出，钗颤身回，见得非常周折。下云："握手匆匆难久恋。还怕人知，但弄团团扇。强得分开心暗战，归时莫把朱颜变。"韬光匿彩，忧谗畏讥，可谓三叹。三章云："绿树阴阴晴昼午。过了残春，红萼谁为主。宛转花旛勤拥护，帘前错唤金鹦鹉。"词殊怨慕，所遇不合也。故下云："回首行云迷洞户。不道今朝，还比前朝苦。"悲怨已极。结云："百草千花羞看取，相思只有侬和汝。"怨慕之深，却又深信不疑，非深于风骚者，不能如此忠厚。四章云："残梦初回新睡足。忽被东风，吹上横江曲。寄语归期休暗卜，归来梦亦难重续。"决然舍去，中有怨情。下云："隐约遥峰窗外绿。不许临行，私语频相属。过眼芳华真太促，从今望断横江目。"天长地久之情，海枯石烂之恨，不难得其缠绵沉着，而难得温厚和平耳。故先生之词，确自皋文、保绪中出，而更发挥光大之也。

（二五）谭廷献。字仲修，仁和人。有《复堂类稿》，词附。

金缕曲　唐栖月夜怀劳平甫

木叶飞如雨。绕空舟、惟闻暗浪，悄无人语。篷背新霜侵衣袂，冷压钉花不吐。料此际、微吟闭户。三径萧萧蓬蒿满，记往前、裙屐欢谁补。春去也、惜迟暮。　　飘零我亦泥中絮。叹明明、入怀月色，夜深还去。芳草变衰浮云改，况复美人黄土。算生作、有情原误。莫倚平生丹青手，看寻常、颜面皆行路。哀与乐，等闲度。

仲修词取径甚高，源委深达，窥其胸中眼中，非独不屑为陈、朱，抑且上溯唐五代。此浙词之变也。仲修之言曰："南宋词敝，琐屑饾饤，朱、厉二家，学之者流为寒乞。枚庵高朗，频伽清疏，浙词为之一变。"余谓吴、郭二子，不足当此语。变浙词者，复堂也。其《蝶恋花》六章，美人香草，寓意甚远。余最爱"玉枕醒来追梦语，中门便是长亭路"，又"惨绿衣裳年几许，争禁风日争禁雨"，又"语在修眉成在目，无端红泪双双落"，又"一握鬟云梳复裹，半庭残日匆匆过"，又"连理枝头侬与汝，千花百草从渠许"，又"遮断行人西去道，轻躯愿化车前草"，此等词直是温、韦，决非专学南宋者可拟，而又非迦陵、西堂辈轻率伎俩也。所录《箧中词》二集，搜罗富有，议论正大。其论浙词之病，尤为中肯。余故谓变浙词者复堂也。

（二六）王鹏运。字幼遐，临桂人。有《半塘词稿》。

齐天乐　秋光

新霜一夜秋魂醒，凉痕沁人如醉。叶染新黄，林凋暗绿，野色犹堪描绘。危楼倦倚，对一抹斜阳，冷鸦翻背。怅触愁心，暮烟明灭断霞尾。　　遥山青到甚处。淡云低蘸影，都化秋水。蟹簖灯疏，雁汀月小，滴尽鲛人清泪。孤檠绽蕊。算夜读秋窗，尚饶滋味。秋落江湖，曙光摇万苇。

幼遐早岁官中书，与上元端木埰，吴县许玉瑑，临桂况周颐，更叠唱和，有《薇省同声集》之刻。其时子畴、鹤巢，年齿已高，夔笙最年少。继而子畴、鹤巢相继徂谢，幼遐又以直谏去官，客死吴下，独夔笙屑涕新亭，栖迟海滨，而身亦垂垂老矣。广西词境之高，实王、况二公之力也。《四印斋词刻》尚在京师，时仅有《东坡乐府》至戈顺卿《词林正韵》耳，其后日益增刊，遂成巨制。晚年又自订《半塘定稿》，体备众制，无一不工。近三十年中，南则小坡，北则幼遐，当时作者，未能或之先也。朱丈沤尹从半塘游，而专力梦窗，其所诣尤出夔笙之上。粤使归后，即息影吴门，尝与小坡往返酬和，极一时盉簪之乐。迨辛壬以后，身经丧乱，词不轻作。（朱丈尝谓"理屈词穷"，此虽戏言，亦寓感喟焉。）又值小坡作古，吟侣益稀，适夔笙寓沪，数过从谈艺。春江花月，间及倚声，无非汐社遗民之泪矣。因论幼遐，并及朱、况，藉见三十年来词学之消息焉。

（二七）郑文焯。字叔问，汉军。有《瘦碧》《冷红》《比竹余音》《苕雅》诸集，晚订《樵风乐府》。

寿楼春　秋感次冯梦华同年韵

听吴沤消魂。正江城角冷，雨驿灯昏。记得残鹃啼遍，乱山红春。明镜老，如花人。寄故裾、遥遥乌孙。念浊酒谁呼，零烟自语，愁满一筝尘。　　沧波苑，空林曛。渐题香秀笔，不点歌尊。最忆烟沉荒戍，月孤长门。砧杵急，悲从军。赋楚萍、飘飘无根。怎说与黄华，西风泪痕吹满巾。

叔问于声律之学，研讨最深，所著《词源斠律》，取旧刻图表，一一厘正；又就八十四调住字，各注工尺，皆精审可从。至其所作词，炼字选声，处处稳洽，而语语缠绵宕动。清末论词笔之清，无逾叔问者矣。道咸以来，六十年中，南国才人，雅词日出，审音订律，独有翠薇。而孙月坡掉鞅词坛，分题唱和，不欲为筝琶俗响。叔问以承平贵胄，接继其武，虎山、邓尉间，时见吟屐，较枚庵、频伽，相去不可道里计也。先是，湘中王壬秋以文字雄一世，自负词笔不亚时彦。及见叔问作，遂敛手谢不及，始壹意于选诗。故湘社词人，如程子大、易实甫弟兄、陈伯弢辈，咸频首请益，而叔问临文感发，不少假借。宧隐吴皋，声溢四宇。晚近词人之福，未有如叔问者也。小城葺宇，老鹤寄音，握手笑言，一如昨日。人琴俱杳，能无慨然。